講談社文庫

新装版
真説宮本武蔵

司馬遼太郎

講談社

目次

真説宮本武蔵 7
京の剣客 87
千葉周作 131
上総の剣客 211
越後の刀 245
奇妙な剣客 287
年譜 317

真説宮本武蔵

真説宮本武蔵

一

いまの東京文京区大塚の地に、五代将軍綱吉《つなよし》の生母桂昌院《けいしょういん》の発願《ほつがん》によって護国寺が営まれたのは、元禄年間であった。一説には、京の清水寺を模して建てられたために、門前の町を「音羽」と名づけられたという。清水寺の南のガケに、水の清さで古来名のある「音羽ノ滝」がかかっているからである。いまでも、京の茶人は、わざわざここまで水を汲みに行って茶をたてる。

当時、この大塚のあたりは、丘陵の起伏がいかにも京の御室《おむろ》に似ており、しかも山桜が多かったから、市中の文人墨客に愛され、春には花を賞《め》でに来る者が多い。おそらくひなびた武蔵野の田園だったのであろう。

ところで元禄から数年たった宝永のころ、この護国寺の門前に一庵を結んで閑居している老人があった。老人のとし、百二十八歳である。

名は、渡辺幸庵といった。晩年、「幸庵対話」という書物を残した人物だが、天正十年、織田信長が京の本能寺で明智光秀に殺された月に駿河でうまれたというから、驚くにたえた高齢であった。当時、江戸市中の話題だったにちがいない。

しかもただの閲歴ではなく、もともと家康に愛された旗本の士で、二代将軍秀忠にも歴仕し、慶長年間に伏見城在番となった。大坂冬、夏ノ陣に出役して軍功があり、戦後、山城守に叙爵され、のち駿河大納言忠長の付家老《つけがろう》になり、高《たか》、一万石という高禄を受けた。ところが三代将軍家光（実兄）の密命で主人忠長が生害せしめられ駿河徳川家がほろんだために、幸庵は牢人となった。その後当人のいうところでは、唐土に渡って三十年諸州を歩き、帰国後はこの護国寺門前に隠棲した。

この老人は宝永八年、百三十歳で死んだ。ところが死ぬ二年前の同六年の春、加賀百万石の太守前田綱紀《つなのり》が幸庵のうわさをきき、これこそ生きた歴史である、として近習の杉木三之丞をやって聞き書をとらせた。

杉木三之丞が幸庵を訪問しておどろいたのは、幸庵の容貌はやっと七十前後の若さであったことである。歯も耳も壮者とかわらなかった。ただ足だけが多少不自由そうで、歩くたびに腰をしゃくるようなシグサをした。

その後、杉木三之丞は幸庵が死ぬまで二年間かよいつめて、いまの原稿用紙にすれば百枚ほどの聞き書をとった。それがいまに残る「渡辺幸庵対話」である。

内容は、幸庵が生きた一世紀あまりの時代の見聞をあつめたもので、史談もあれば、戦陣の心得などもある。かと思えば、

「権現様《ごんげん》（家康）は無筆同然の悪筆に候」

などと愉快な口述もある。幸庵はいう、「権現様は三河の宝蔵寺でお手習いなされたよしじゃが、それにしては、お書きなさる文字は、いろはも満足にカタチをなしておりませぬ。自然、花押《かきはん》もきたのうござった」――家康の死後、九十余年も経ているころの話だ。

旧主のことをそこまで悪しざまにいわなくてもよさそうなものだが、人間百二十八歳まで生きれば、世間に遠慮も会釈もなくなるのであろう。余談だが、「対話」には唯一の色ばなしがある。それも男女のつややかな機微をハニカんで述べたものではなく、これも遠慮がない。

「予、一代に、女の陰門に蛇の入りたるを三度見たり」

かれが見た三人の被害者のうちの一人は、駿河の医師片羽《かたばね》道味が治療した、という。

医師道味は、頓智のきく男だったらしく、蛇の好物は蛙であることに気づいて、水を張ったタライに蛙を放ち、当の婦人にタライをまたがせた。なお蛙の腹には、あら

かじめ山椒の実を二、三粒入れてある。蛙は水中でシキリと動く。蛇は四半刻ほど女陰のなかから水中の蛙の様子をうかがっていたが、やがて頭を出して食いついた。それを呑みこみつつざらざらと這い出てきた。——ほんとかいな、といいたくなるが、むかしの日本人は、さまざまに知恵があったものらしい。

この渡辺幸庵は、武蔵より二歳年上である。武蔵の死後半世紀生きのびたが、そのながい生涯のあいだで、宮本武蔵を実際に見た。その記事が、この「対話」のなかに出ている。

以上、ながながと幸庵のことを紹介してきたのは、いまではアイマイになっている剣客宮本武蔵の映像を決定するのに、この渡辺幸庵の「実見」が最も信頼できるとおもったからである。なお武蔵の事柄については、かれ自身の文章（五輪書《ごりんのしょ》など）や養子宮本伊織の撰文した「二天居士碑」の碑文をはじめ、後人の書いたものなどがあるが、それらの資料の解釈によっては、武蔵はそれほどの強豪ではなかったという解釈も一方になりたつ。げんに、そういう説も多い。

武蔵自身、「五輪書」のなかで自分の剣歴を自ら飾って、

「自分は若年のころから兵法に心をかけ、国々を遍歴して諸流の兵法者に行きあい、六十余たび勝負をしたが、一度もその利をうしなったことがなかった」

自分のことはなんとでもいえる。ところがかれのいう「兵法者」とは、京の吉岡一門をのぞいては、いずれも、夢想権之助、大瀬戸隼人、辻風某などといった第二流、三流の剣客ばかりであった。武蔵が活躍した江戸初期は、日本剣術史の黄金時代で、しかも江戸府内に名人が集まっていた。まず柳生但馬守宗矩《やぎゅうたじまのかみむねのり》がいるではないか。なぜ訪ねなかったか。

なるほど宗矩は幕閣の重役で総目付役、一万二千五百石の大名であり、将軍家指南役という立場にあったから放浪の剣客が仕合をのぞんでもかなえられる筋あいではなかった。しかしそれでも柳生の門下には、木村助九郎、庄田喜左衛門という天下公認の名人がいたし、また新陰流五世神谷伝心、一刀流の小野次郎右衛門などがいた。武蔵は江戸に何度も足をふみ入れながら、これら剣歴の明らかな名人のもとには、一度も訪ねた形跡がない。どうしたわけか。

という疑問によって、在来、武蔵非名人説が出ている。その論拠はただ「それらの名家を訪ねなかった」というだけのことだが、なぜ武蔵が天下公認の名人と仕合をして自分の記録を明確にしなかったか。その理由については地下の武蔵自身にきいてみなければわからない。

しかし武蔵に公認記録が乏しいからといって、かれの不世出の剣技をうんぬんできない。ここに武蔵と同時代人である、二つの年長である渡辺幸庵を出したのは、幸庵がかつて幕臣として同輩の柳生但馬守宗矩について兵法をまなび、印可までも与えられている力倆人だからである。しかも武蔵も宗矩もすべて過去の人になっているこの宝永年間では、たれに遠慮をすることもなかった。その評は十分に信憑《しんぴょう》するに足るとみていい。――で、老人は、筆記者の加賀藩士に、

「予は柳生但馬守宗矩弟子にて、免許印可も取りしなり。ときに竹村武蔵といふ者あり。自己に剣術を錬磨《れんま》して名人也。但馬にくらぶれば、碁にていへばセイモクも武蔵強し」

井目《せいもく》も強し、と、武蔵の位置を将軍家師範柳生但馬守の上位においている。

ただ、――と幸庵はいった、おそらく幸庵は眉をしかめて付け加えたであろう、

「洗足行水をきらひて、一生沐浴することなし」

武蔵の風呂ぎらいは、ほかにも多くの資料があるから事実である。よほどその垢じみた姿が、当時の評判だったのであろう。

武蔵はときどき手拭いをしぼって身をぬぐうだけだった。衣服は不断着は寒暑とも麻織のもので、よごれをかくすために赤い無地のものを用いた。晩年はめったに新調せず、垢が染みても一向に平気で、ハカマは持ちがいいために鶉巻《うずらまき》の革バカマをは

き、また好んで袖ナシ羽織を着た。幼年のころ頭に腫物を病んだために月代《さかやき》を剃らなかった。髪を調髪もしなかった。壮年のころには頭髪の長さが帯をすぎ、老年のころには肩まで垂れてい た。しかも武蔵は、眼は黄味を帯び、身の丈五尺七、八寸、ホオ骨高くヒゲはなか った。ヒゲの薄いのは近畿、中国地方に多い体質で、朝鮮、蒙古型の特徴である。

「それ故、歴々に疎《そ》して近づかず」

と幸庵はいっている。この天才はむさい姿をしていたために、歴とした権門、名士の屋敷を訪れるのは遠慮をしたというのである。

まさか、自分のなりが汚いために江戸の第一流の兵法者とは交わらず、田舎剣客とばかり打ち合いをしていた、ともいえまい。要するに、若年のころ権門に近づかなかったのは、武蔵の偏執者にちかい狷介《けんかい》孤高な性格によるものであろうか。

さて幸庵は、宮本武蔵のことを竹村武蔵とよんだ。

この老人の記憶ちがいによるものか、あるいは江戸へ出たころの武蔵は、一時期、「竹村」という仮の姓を用いていたのか、くわしくはわからない。

もともと姓というものは、当時、こんにちのように戸籍に登録された法的なものではなかった。家系の都合その他によって、同一人物がさまざまな姓をもっている例が多かった。武蔵の家系上の氏《うじ》は藤原（一説には菅原）であった。姓は、平田、新免《しんめん》、宮本の三種があり、ときに平尾ともいった。いずれも、かれの血縁の姓である。名は、政名といい、のちに玄信《まさのぶ》とあらためている。このために、武蔵は数人いたという奇説も成りたつわけだ。奇説というのはつまり、平田武蔵、竹村武蔵、新免宮本武蔵、さらに武蔵政名、武蔵玄信というように、うようよと似たような人物がいて、それらが諸国を歩き、各地で仕合をし、その各人の伝説や行跡が後世に総合されて、通説宮本武蔵になった、というのである。

さらに珍奇なのは、武蔵の出生地である美作《みまさか》の刀鍛冶が、刀の宣伝のために「武蔵」と名乗る剣客を何人も全国に派遣していた、という説まである。いずれも、とるに足りない説である。ところで、

幸庵も、——

「武蔵は、武芸だけではなく、詩歌、茶道、碁、将棋など諸芸に長じていた」

といっている。事実、武蔵（雅号は二天）は画家、彫刻家としても日本美術史上に欠くことのできぬ人物で、残っている作品の数も多い。いま重要美術品に指定されている枯枝に一羽のモズを配した「枯木鳴鵙図《こぼくめいげきず》」などをみても、なまなかな画家のかけるものではない。これほどの天才が幾人もうろうろしているはずがなかろう。

その著「五輪書」などをみても、当時としては斬新な達意の名文で、論理性が高く、文飾を排し、用語には一語一意のきびしさがある点、現代の文章感覚に通ずる。明治以前の文章家のなかで、平易達意の名文家は、筆者不明の「歎異鈔《たんにしよう》」と室町末期に本願寺を中興した蓮如《れんによ》上人（白骨の文章）と宮本武蔵のほかにはみられない。従ってこれほどの天才は、一人しかいなかった。あたりまえのことだろう。

二

この漂泊の兵法者は、天正十二年三月、美作国吉野郡讃甘《さぬも》村宮本にうまれた（異説はある。しかしこの小説は考証を目的とするものでないために、筆者の信ずる資料によって書きすすめる）。

父は、新免無二斎《むにさい》。

——無二斎は妙な男だったらしい。ある日、すでに初老をすぎた無二斎が自室で楊枝を削っていると、戸ブスマのかげから、まだ幼い武蔵（幼名弁之助）が入ってきて、父の小刀さばきをシキリとからかった。ついには父の兵法の悪口までをいった。察するに武蔵の幼時は（いや長じてからも）可愛げのないこどもだった。

無二斎はわが子ながらも弁之助がきらいだったらしく、その小面憎さに激怒して手にもった小刀を投げ、弁之助は憎くもかわした。無二斎はついにたまりかねて小柄を抜きとって投げ、

「これでもか」

異様な親子である。弁之助は器用にかわし、柱に突きあたった小柄をぬきとりながら、さらにあざけり笑った。この「丹治《たんじ》峯均筆記《ほうきんひっき》」の記述が事実とすれば、武蔵の家系には、狂人と紙一重の異常な血が流れていたのであろう。

この田舎兵法家新免無二斎は、いまも宮本村および近在の下町に現存する平田家系図によれば、このあたり（宮本村、中山村）を領していた地侍平田将監《ひらたしょうげん》の長子だった。

武蔵の祖父にあたる将監は、付近一帯の小領主新免伊賀守則重《のりしげ》に仕えて、家老職にまでなった。村長の手代といった格である。則重に愛され、主家の新免の姓をもらった。宮本家の新免という別姓は、ここから始まる。

無二斎は父将監のあとを継いで新免家につかえ驍勇《ぎょうゆう》ならぶなし、といわれた。とくに刀術に達し、中年からのちは、十手術に凝り、独特の流風をひらいた。

芸がおもしろくなれば、仕官がつまらなくなる。無二斎は新免家を辞し、宮本村に

住んだ。このときから、村名をとって「宮本」と通称した。はじめて武蔵の家系に「宮本」姓が誕生したわけである。

この無二斎は、足利最後の将軍義昭から、

「日下無双兵法術者《ひのしたむそうひょうほうじゅつしゃ》」

との栄誉号をうけたほどの術者であった。いや、本人が自称していた。

――当時、たぎりきっていた戦国の世で、京の足利将軍家も、義輝、義昭のころになると空位を擁するにすぎず、自分の身をまもることさえおぼつかなかった。義輝はみずから塚原卜伝《ぼくでん》をまねいて印可をうけ、その臣三好長慶に居館を包囲されるや、将軍みずから刀をとってみごとな奮戦をして死んだ。最後の将軍義昭は自分で学ぶよりも、諸国の兵法家とつながりをもって、できれば護衛役に使おうと考え、諸国の兵法家を招いて昵懇《じっこん》した。そのころ、たまたま無二斎が京にきていたのであろう、これを招んで兵法談をきいたあげく、

「されば、憲法と立ちあえ」

とは、吉岡兵法所《ひょうほうどころ》の当主のことであった。この京流を伝承する家は、西日本を通じての兵法の名家で、足利将軍家の「兵法所」になっており、将軍家から、

「扶桑《ふそう》第一兵術」

の称をもらっていた。憲法という名はこの京流伝世の家の世襲のもので、のちに武蔵が仕合をした吉岡憲法の祖父（直光）か父（直賢《なおかた》）である。

憲法と無二斎の勝負は三度ときめられ、木刀をもって打ちあったところ、たちどころに憲法が勝った。

「まだ」

と無二斎はゆずらない。

さらに立ちあったところ、あとの二度は無二斎が勝ちをしめた。無二斎はこれを生涯の名誉とし、

「日下無双兵法術者」

の称をふれ歩いた。そのわりには世にときめきもせず、美作、播磨ざかいの山ふかい宮本村でくすぶって、楊枝をけずりながら幼い武蔵を相手に親子喧嘩をしていたとは、どういうわけであったろう。ひょっとすると日下《ひのした》うんぬんは無二斎の考えついたコケオドシの法螺《ほら》であったのかもしれない。それともかたよった性格のために人から嫌われて、ついには田舎ずまいをするしか手がなかったものか。

げんに、この人物は、楊枝事件よりすこし前に、女房に逃げられている。

女房は、宮本村から山一つ越えた播州佐用《さよ》郡平福村の土豪別所家から嫁いできた率《よし》

子《こ》という女性だった（武蔵の生母。一説には武蔵は率子の連れ子だったという）。率子は無二斎のきちがいぶりにヘキエキして逃げだしたか、それとも無二斎に追い出されたか、いずれにせよ、幼児に小刀を投げつけるような性格の男では、女房にどういう仕打ちをしたか見当がつく。連れ添えなかったのである。これが武蔵の生母で、かれが三歳のときに家を出、のち播州の人田住《たずみ》政久に再縁した。

のち、無二斎は於政《おまさ》という妻をめとった。この無二斎・於政の墓は、現在、岡山県苫田《とまた》郡鏡野町川上に現存しているが、それらは後の世に考証されたもので、武蔵自身は、あれだけ筆のたつ男でありながら、老いてからも自分の出生のことや幼少時代のことは語りも書きもしなかった。口にできぬほどの複雑で、つめたい環境におい育ったのであろう。武蔵という異常な人物の性格を知る上で重要な事実である。

武蔵は、無二斎の晩年の子であった。無二斎は、天正十八年、この宮本村の山里で死んだ。武蔵は七歳の孤児になった。その後、少年武蔵は、播州の親族のあいだを転々としていた様子だが、のち播州の僧庵にあずけられた。かれは兵法家のなかでは卓抜した教養があったが、その基礎はこの時期にできたのであろう。しかしその播州の地名も寺の名も、師僧の名もわからない。

十三歳のとき、村に有馬喜兵衛という新当流の兵法者がやってきた。村中は、喜兵衛のうわさで持ちきった。

――新当流とは、家康がまだ三河にいたころにその近国で流行していた流儀である。ときに有馬時貞という兵法者が三河に流れてきた。それがこの流儀の印可をもっているというので家康は珍重し、物ずきにもみずから学んで奥儀《おうぎ》を得た。のち時貞は死に、家康はその家系の絶えるのを惜しんで秋重という者を養子にし、それに豊前守と名乗らせて、のち紀州徳川家の師範にした。江戸中期までは紀州を中心にこの流儀がひろまっている。

播州へやってきた有馬喜兵衛はその有馬豊前守の一族と思われる。この男は当時の兵法者らしく派手ごのみな人物で、村の辻に金箔をはった高札を立て、われと思わん者は仕合をせよ、と墨くろぐろとしたためた。村の百姓は一驚した。

喜兵衛の目的はむろん、武者修行のかたわら、流儀の宣伝を兼ねていた。しかしそれにしても、京、江戸、大坂ならともかく、武士もろくにいない播州の大田舎で金箔の高札を立てたのはどういうつもりだったのであろう、おそらく土地で顔をひろめて、庄屋あたりの振舞いにありつきたいのが本音だったかもしれない。それが戦国末期の武者修行者のふつうの渡世だった。

しかし喜兵衛の不幸は、この高札を見たのが、十三歳の弁之助（武蔵）だったことである。弁之助は兵法家の子である。喜兵衛の評判をにがにがしく思い、高札を墨でぬりつぶし、そのわきに、挑戦に応ずる旨を認《したた》めて、素知らぬ顔で寺にもどった。

ところが、有馬喜兵衛のほうはまさか十三歳の少年のいたずらとは知らず、早速、高札のそばに竹矢来を組んで仕合場をつくり、使者を寺にやって、挑戦を受ける旨を返事させた。おどろいたのは、弁之助を養育している住持である。喜兵衛の宿所に駈けこみ、

「あの者、こどもでござりまするわ」

と陳謝したが、喜兵衛は「左様か」とはいえなかった。このまま退《ひ》きさがれば、うわさが他国まで聞こえたとき、有馬喜兵衛は少年に挑まれて逃げたことになる。

「御坊、それでは拙者の立場がない。すでに近郷に触れてあるゆえ、当日、相当の数の見物の衆が集まる。後日の聞こえのために、衆人の前で弁之助にあやまらせていただきたい」

「それは安きこと。エリガミをつかんでも引きずってきて叩頭《こうとう》させましょう」

当日がきた。寺僧は弁之助を連れてきて有馬喜兵衛の前に進み出、クビをおさえて、

「さ、お詫びを申せ」

弁之助は、むっつり押しだまったまま喜兵衛をにらみすえていた。喜兵衛も始末にこまって、

「わっぱ。詫びよ」

と聞くや、弁之助はいきなり手にもった樫《かし》の棒をふるって打ちかかった。喜兵衛はあやうく身をかわし、

「かくては許せぬ」

太刀をひきぬいた。とたんに弁之助はカラリと棒を捨てた。

「組もう」

と叫んだ。太刀打ちでは負けるとみたのだ。天性の喧嘩上手だったといえる。

「おう、組むか」

喜兵衛も、太刀をすてた。こどもとみて油断があった。

組んだ瞬間、弁之助は怪力をもって喜兵衛を持ちあげ、逆落しに大地にたたきつけた。あわてて起きあがろうとする喜兵衛の脳天を、樫の棒で割り、血へどを吐いてころがりまわるのをさらになぐり、蛙をたたきつぶすようにして喜兵衛を殺した。村中、その残忍さに戦慄した。——著書「五輪書」に、

「われ若年の昔より兵法の道に心をかけ、十三にして初めて勝負をなす。その相手は

新当流の有馬喜兵衛」

　というのは、これである。

　その後、村に居づらくなったのであろう、武蔵は寺を出奔し、諸国を流浪した。時は秀吉の朝鮮征伐の末期であった。天下は疲弊し、諸方に盗賊、浮浪の者が横行した。武蔵はそういう者の仲間にまじっていたのであろう。十六の年、但馬ノ国にあらわれ、ここでは、秋山某という兵法者を打ち殺している。

　この秋山某との格闘は、詳細がのこっていない。武蔵自身、相手の名さえ忘れているところをみると、ろくな兵法家ではなかったのであろう。

　この間、渡辺幸庵もいっているように武蔵は「自己に剣術を錬磨」した。武蔵はついに生涯、何流をも学ばず、何者をも師としなかった。武蔵の兵法は、殺人から出発した。

　学ばずに実際の格闘から体系をたてた兵法家は、古来、武蔵ひとりであった。

　もともと兵法は名あるものだけでも数百の流儀にわかれていた。各流とも複雑精妙な太刀数を誇っているが、それらを誇示したのは諸流の営業上の宣伝で、柳生但馬守も「すべてのカマエ、組太刀は無用のもの」といっている。しょせん、兵法は、太刀行きの早さできまる。太刀行きの迅速さは、卓抜した運動神経と膂力《りょりょく》と気力の三拍子がそろうことによって可能だが、武蔵は千万人に一人といえる天賦があった。武蔵の兵法は、武蔵ひとりに通用するものだった。自然、かれの影響下にうまれた武蔵流、政名流、円明流《えんみょう》、二天一流などの諸流が、この不世出の天才を流祖としながら、その死後ほとんど絶え、日本兵法史の本流をなさなかったのは、武蔵を学ぼうとすれば武蔵になる以外に手がなかったからである。

三

武蔵は晩年、自分の経歴に綺羅をかざるために、

「自分は若いころ、軍場《いくさば》に六度出た」

と物語っている。ところがどの大名について、どういう役目であった、とはいっておらず、どの大名の侍帳（将校以上の名を記した職員簿）にものっていない。おそらく、誇ることができぬほどのみじめな身分で出陣したのであろう。最初の戦さは、かれの十七歳のとき、慶長五年九月、関ケ原の合戦であった。

武蔵は、敗れた西軍に属していた。

なぜ参加したか、むろん、立身出世をしたかったのである。あわよくば侍大将にな

り、できれば一国一城の主になりたかった。

武蔵は、備前岡山五十七万石余の太守宇喜多中納言秀家に属していた、かとおもわれる。関ケ原における秀家は一万七千の兵をひきい、西軍最大の軍団であった。が、武蔵は直属の兵ではなかった。この秀家に武蔵の亡父の旧主であった新免伊賀守（宇喜多家がつぶれてから筑前黒田家へ仕官）が属しており、浮浪中の武蔵は、父祖の縁によって頼み入った。しかし新免の態度はすげなかった。足軽にさせられた。

「足軽か」

武蔵は痛憤したことであろう。

いかに浪々の身とはいえ、その家祖が新免家の家老までつとめた家の子である。無二斎の旧知の者もいたが、とりなさなかった。生前の無二斎が、いかに主人、後輩にとっていやな男であったか、この一事でもわかる。

武蔵はこのときから武家社会の「出世」から踏みはずした。剣という「芸」で身を立てようと、肝に銘じて決意したことであろう。

武蔵は関ケ原の戦場にたどりつくまでは、荷駄はこびなどをさせられていたのではあるまいか。ところが晩年の武蔵はすこし法螺ふきの気味がある。肥後熊本の城主細川忠利に招かれ、忠利にさしだした「上答書」（履歴書）に、

「私は若年のころから六度合戦に出ましたが、そのうち四度は、先駆けをし」とある。「このことは証拠もあることでございます」とも付けくわえている。そのときの戦友のたれかが知っているというのだろう。しかしたかが足軽のことだ、士分ならともかく、足軽風情が一人で先に駆けて行ったところで「先駆け」というような功ではない。

――ところで、新免の部隊が関ケ原の戦場に到着するすこし前、どの地点かに宿営したときに、武蔵は足軽なかまと一緒に山中で薪でもさがしていたのか、ガケの上にさしかかった。

ガケの下には、竹ヤブを切りはらった跡がある。あたり一面に削ぎ竹の切り株が突き立っていた。武蔵は、なかまを顧《かえり》み、

「どうじゃ、ここから飛びおりる勇気があるか」

「ばかな」

飛びおりれば、削ぎ竹で、足を踏みぬくにきまっている。武蔵は昂然としていった。

「もしこの下を敵勢が通れば、うぬらはどうする。ガケの上から馬鹿づらをさげて見ているつもりか」

「おのし、法螺をふくなら、とびおりてみよ」

「心得た」

と叫ぶや、武蔵は、すでにガケの下にいた。足を踏みぬき、そのまま跳びはねて、スタスタと歩き去った。尋常な勇気ではない。異常の精神のなかでも、自分の体を傷つける衝動は最も異常なものだ。ひとつには、自分の名を、軍中にひろめたかったのかもしれなかった。武士の評判は、こうした逸話の積みかさねによってできあがるものである。

しかし、関ケ原の武蔵は無名におわった。西軍が敗北したからである。

その後、武蔵は無名のままの放浪をつづけている。どうして食っていたか。

当時の武者修行者の常例として、たいていは寺にとまったであろう。また田舎の兵法好きの地侍、豪農などを訪ねてはわらじ銭にありついていたのか、ふしぎと武蔵は金にこまらなかった。前掲の「丹治峯均筆記」に、

「武蔵一生福力《ふくりき》あり、金銀乏しからず」

と特筆している。かれの工面上手はすでに晩年には有名であった。名を成したのちは、自宅の天井の椽《たるき》（屋根を受けている横木）にいくつも金銀を入れた木綿のフクロをかけておき、入用のことがあると、

「何番のフクロをおろせ」

矢筈竹を差しのばしておろさせた。この几帳面すぎるほどの理財観念からみると、一方で削ぎ竹の上へとびおりるような野獣そのままの精神をもっていても、武蔵は無頼破滅型の男ではなかった。

もっとも、吝嗇《りんしょく》ではない。後年、内弟子などが暇を申し出て他国へ出るとき、かならず、

「用意はあるか」

とたずねた。用意とは金銀のことである。

「なければ、つかわそう。どこへ行っても、金銀がなければ落ちつきがたいものじゃ。それ、何番のフクロをおろせ」

——さて、放浪中のことだ。

ある夏、備後鞆《とも》ノ津に立ち寄り、懇意の庄屋某の屋敷に逗留した。武蔵の暮らしはこういう屋敷を歴訪することで成りたっていた。庄屋のほうも、武者修行者がとまっておれば、自衛上心強くもある。

ある日、屋敷うちに人が騒がしく出入りするのをみて武蔵が、

「なんぞ、諍《いさか》いでもござるのか」

「いや、そのことでござりまする。隣村の百姓が攻め入ってくるうわさでありまするゆえ、かように人を集めておりまする。お力をお貸しねがえませぬか」

庄屋のはなしでは、この一郷の間で水争いがこじれ、ついに隣村の百姓どもが押しよせてくるという。

「いかにも、引きうけよう」

それが、無名の武者修行者の宿賃である。

「ただし、騒動は好まぬ。村の口を固めるのは、それがし一人でよろしい」

武蔵は木刀をもって屋敷を出た。しばらく行くと路傍に櫂《かい》が落ちていたので、それを拾い、左手にもった。

はたして村の入口に、手に手に得物をもった喧嘩支度の百姓が押し寄せてきた。百姓たちは、武蔵をみて、肝をつぶした。万人に一人の異相である。

「うぬは、何者じゃ」

「この村の寄食人である」

「一人かや」

「ふたり」

武蔵は、木刀と櫂をふってみせた。

「益《やく》たいもない。取り籠めて打ち殺せ」

先頭の数人が、まず武蔵にむかって棒を打ちおろした。えたりと武蔵は左の櫂で受けとめ、右の木刀で最初の男をたたき殺した。おなじ左右の操作で数人打ちすえたとき、

「これじゃ」

と狂喜した。

武蔵がのちに「二天一流」と称した二刀流は、このときに開眼した。

――もともと二刀流は、父の無二斎が編み出したものといわれている。十手の名人であった無二斎は、相手の太刀を左手の十手で受けてコジリ取り、右手で抜刀して斬り倒す術技を工夫した。武蔵はこの父の工夫を、鞆ノ津で完成した。兵法の秘太刀には伝説がつきものである。一説には武蔵は幼少のころ、村の荒牧の明神の祭礼で、大人が遊び太鼓をうっているのを見、二本のバチで打ちながら、左右おなじ音であることから感悟したともいう。

もっとも武蔵自身のことばでは、この二刀の目的について、

「片手で一刀を振れるように自分を鍛えるためである」

といっている。事実、武蔵の兵法の特徴は二刀よりも片手打ちであった。武蔵は、

太刀の片手打ちをもって、生涯六十余度の仕合を勝ちぬいた。

この片手打ちについては、心形刀流《しんぎょうとうりゅう》の達人でもあった肥前平戸侯松浦静山が、

「乱車刀」

と解説している。乱とは「定まれる型なし」ということだ。車とは「車のごとく旋回せしむ」。つまり両手でツカをにぎると、太刀の運動律が力学的にかぎられてしまうものだが、片手で使えば、乱車のごとく変幻きわまりない運動ができる、という。しかしよほどの膂力がなければできないわざで、史上、これで達人になりえたのは、ついに武蔵ただ一人であった。

さて、武蔵はまだ二十そこそこの若者である。諸国を遊歴するうちに、知己が多くできた。播州姫路城下の富商「赤壁屋」の道斎もそのひとりである。

武蔵がほとんど乞食《こつじき》同然の身でありながら、その佩刀として、伯耆安綱とか、武州鍛冶和泉守兼重とか、伝正宗作とつたえる通称「武蔵正宗」（文部省指定重要美術品）などの業物《わざもの》を用いていたのは、こういう保護者が各地にいたからであろう。つまり、「福力《ふくりき》」である。

赤壁屋道斎の子で、道意という少年がいた。

武蔵は道斎からたのまれて、この道意に兵法を教えた。あるときこの少年が、

「お師匠さま。兵法は、どういう心得で修行すれば上手になれますか」

「わけはござらぬ」

武蔵は、部屋の敷居を指さし、

「あの上を歩けますかな」

少年は即座に、

「歩けると存じます」

「されば、あの敷居を一間も上へ吊りあげたとしたら、渡れるか」

「はて、それは怖うございまするな」

「では、敷居の幅を三尺にすれば？」

少年はちょっと考え、

「渡れまする」

「それを見切りという。自分が、これならば自分の手に合うという判断の範囲が、見切りである」

見切るというのは、武蔵独特の術語である。あとで述べるが、この見切りの術が、武蔵の兵法の特徴というべきものであった。

「されば、その三尺幅の板を、姫路のお天守から僧位《ぞうい》山《ざん》の頂上まで橋のごとくわたしたとしたら、おことは渡れようか」

　少年は想像するだけでおびえ、

「それは見切れませぬ」

　武蔵は、そこよ、とうなずき、

「モトモトは三尺幅の板にすぎない。その位置が一尺の高さであろうと百丈の高さであろうとおなじことであるべきである。しかし百丈ならば、落ちれば死ぬという不安の心がおこる。兵法とは、不安を殺すことであり、よく見切って、不安を殺せば、たちどころに達人になれる」

　一日《いちじつ》、赤壁屋に異様な風体の男が訪ねてきた。

「貴家に、宮本武蔵と名乗る諸国回遊の修行者がおらるるということであるが、ひと手、ご教授ねがいたい」

　店の者が「どなたであられまする」ときくと、この者は、クルリと背をむけた。袖ナシ羽織のセナカに、

「天下夢双兵法者夢想権之助」

　と大書されてある。店の者は仰天した。

　こういう宣伝の法は、当時の兵法者としては常套のことで、げんに武蔵の父親がか

って「日下無双《ひのしたむそう》」と触れて歩いた。またある兵法者は、女の衣裳《いしょう》をきて歩いたという。し、微塵流《みじんりゅう》の根岸菟角《ねぎしとかく》は羽毛の衣裳を作って天狗然《ぜん》として歩いた。

武蔵はおりから、裏の部屋で楊弓の均調《むら》をしていた。権之助が庭へまわっても手をやすめず、

「仕合を望まるるなら、お支度をなされ」

「お手前は?」

「これにて、つかまつる」

ツルのない楊弓をもって、庭へおりた。権之助は軽侮されたとみて激怒し、いきなり木太刀をふりあげた。

刀尖があがるとともに、小手もあがった。その小手へ、ピタリと武蔵の楊弓が吸いついて離れない。一見、武蔵はかるく触れている様子だったが、権之助は木太刀をふりあげたまま動きがとれず、離れようとして体をもがかせながら進退させたが、武蔵はそれに従ってついてあるく。権之助は蒼白になりあぶら汗をながして、

「まいりました。お手前は、天下第一の兵法者におわす」

「左様か」

と、楊弓をすてた。武蔵はめずらしく相手を殺傷していない。力をふるうほどの相

手ではなかったことにもよるだろうが、ひとつには、夢想権之助という男の稚気を愛したのだろう。事実、権之助はその後諸国をまわって武蔵をほめ歩いた。

しかし鎖鎌《くさりがま》の使い手宍戸《ししど》典膳《てんぜん》のばあいは、こうはいかなかった。宍戸典膳の来歴はわからない。

しかし、宍戸姓は、武蔵の郷国である美作や播州、安芸の地侍に多い姓だから、武蔵が山陽路を往来していたころの地元の兵法者だったとおもわれる。げんに、元亀天正の戦乱期に貫心流の兵法をひらいた宍戸司箭《しぜん》家俊は、安芸菊山の山城のぬしであった。典膳はそのゆかりの者だろうか。

鎖鎌は、当時ようやく流行しはじめた兵器で、これよりすこし降《くだ》った江戸初期までつづき、刀術家はこれを大いににが手とした。このとき武蔵は、鎖鎌と争闘するのははじめての体験であった。前日に工夫し、仕合の当日は、常用の大脇差にかえて、ひどく短い脇差を帯びて立ちあらわれた。

武蔵が剣を八双《はっそう》にかまえるや、典膳は分銅《ふんどう》を投げて武蔵の太刀に鎖をからみつかせた。

——してやったり。

と典膳はおもったであろう。徐々に手もとにたぐりよせはじめた。典膳の左手には、武蔵の首を掻くべき鎌が、ぎらぎらと陽に反射している。

武蔵は、内心、勝ちを見た。にわかに左手をツカから離した。武蔵の超人的な右手の膂力が、平然と典膳の引きよせる力をささえている。このとき、いきなり左手の手首をひるがえして脇差を抜いた。と同時に典膳の胸もとにむかって投げた。

「あっ」

とかわそうとして、典膳の体がくずれた。瞬間、

「みたか――」

と武蔵の太刀が典膳の脳天からみぞおちまで断ち割っていた。典膳は、血まみれの肉塊になってころがった。

武蔵は、この程度の田舎仕合を何度か重ねていたが、相手が無名の兵法家ばかりであったために、名を売るためには何の効もなく、依然として無名漂泊の青年にすぎなかった。この青年が兵法者として立つ以上、世間に高名をあげるために、京にのぼる必要があった。関西の剣門に君臨する京の名流吉岡家に挑戦する必要があったのである。武蔵としては死にものぐるいの戦いであり、これを防衛する吉岡家としては、迷惑しごくな挑戦であったであろう。京の郊外蓮台野《れんだいの》と一乗寺下り松《さがりまつ》の決闘は、こうしてうまれる。

四

そのころ、西洞院《にしのとういん》に兵法所をかまえる京流の吉岡家のことを京の庶民は親しんで、

「けんぽうの家」

と通称していた。

「正直のけんぽう」

ともよぶ。憲法とは、歴世、正直を家憲にしていたところからおこった家号である。伊勢屋、備前屋というのとかわらない。

この家は、旧足利将軍家の「兵法所」であったとはいえ、京の庶人は、とくに尊ばなかった。もともと京では、菓子屋でも御所に出入りすれば「陸奥大掾《むつのだいじょう》」などという官位をもらう者がざらにいたからだ。しかも吉岡家には官位がない。庶人の目からみれば、剣法を売る「けんぽう屋」というべきものであったろう。もっともこの吉岡家は、兵法所を構えるかたわら、明人李三官《みんじんりさんかん》から教わった墨染色を工夫し、染屋を兼業してもいた。ひとはよんで、吉岡染めという。色がしぶくて、染めが落ちないので評判がよかった。

そのむかし、足利義晴の指南役になった家祖の吉岡直元以来、直光、直賢、直綱とつづき、当主はいずれも温厚で、一見、あきゅうどと見ちがえるほどであった。

武蔵が挑戦したときの当主は、源左衛門直綱といった。襲名して憲法。

この人物には、晩年に逸話がある。

三代将軍家光のころ、江戸や京で、兵法自慢の者のあいだで辻斬りが流行した。

寛永年間のあるとし、美作の森家の家士がふたり、京へのぼってきて、しきりと辻斬りをし、手ごわい相手には、ふたりがかりで切り倒していた。

ある夜、辻の物蔭にそれぞれわかれて人を待っていると、やがて挟箱《はさみばこ》のようなものをかついだ商家の隠居ふうの老人が、雪駄ばきでやってきた。

「きた」

と二人は、辻の前後にわかれた。

まず、一人がおどり出、いきなり背後から斬りかかった。ところが隠居は足をとめもせず、肩の挟箱をヒョイ、ヒョイとふっては刀をはずし、そのまま通りすぎてしまった。

しばらくゆくと、そこで待ちかまえていた一人が抜き打ちに斬りかかった。老人はやっと足をとめ、

「待った。支度をさせてくれ」

老人は大事そうに雪駄をぬいで帯にはさみこみ、尻をハシ折って扇子をかまえた。

「よかろう。打ちこんでくれ」

森家の家士は、なにほどのことやある、とふりかぶって打ちおろしたが、たちまちかわされ、さらに斬ろうとしても飴桶のなかで刀をふりまわしているようで身動きがとれない。その間、老人は、手もとに付け入っては扇子で相手の刀のむねをピタピタとたたき、

「まだまだ」

とからかった。最後にやっとふりかぶったとき、「撞《どう》」とひと当てされ、昏倒してしまった。

やがてさきの一人が駈けつけてきたとき、老人はスソをはたきながら、

「夜遊びもよいが、このような不鍛錬ではこまる。もそっと修行してからするがよかろう」

「貴殿は、なにびとでござる」

「憲法さ」

謡《うたい》をうたいながら、立ち去った。

その憲法が、武蔵と立ちあった年齢は、おそらく三十前後。慶長九年か、十年ごろである。

当時、徳川政権の成立早々のことでもあり、京都所司代板倉伊賀守の市政は手きびしく、いやしくも市中の騒擾《そうじょう》をゆるさなかった。京の旧家である吉岡家は、私闘をすることを好まず、仕合のことを所司代にとどけ出た。

ところが伊賀守勝重は、

「予が検分する」

といった。京の市政官としては、双方恨みをのこして市中で騒擾することをおそれたのだ。仕合は所司代屋敷でおこなわれ、伊賀守の検分では、

「相打ち」

ときまった。果して相打ちであったかどうかはわからない。検分役の伊賀守は、僧侶あがりの文官で、兵法などには無智な男だったからである。「吉岡伝」につたわっている武蔵と憲法の仕合は、あとにもさきにも、これだけであった。「武蔵伝」でいう蓮台野《れんだいの》も一乗寺の決闘も出ていない。

しかし「武蔵伝」では、吉岡家の家長は源左衛門直綱ではなく、「清十郎」という名の者になっている。「吉岡伝」では、清十郎という名前はどこにもない。

もっとも一説では、京の吉岡家は、本家と分家とで二軒あった。本家をサキの吉岡といい、分家をアトの吉岡といった。とすれば、武蔵は本家の憲法を打ったあと、分家の清十郎以下を打ち殺したのだろうか、それとも、武蔵・吉岡の双方が、兵法家仲間の常套で、虚実とりまぜて宣伝しあったものか。

さて、吉岡清十郎との仕合は、洛北《らくほく》蓮台野で行なわれ、武蔵の一撃によって清十郎は倒れ、絶息した。武蔵は木太刀をひいてとびさがるや、吉岡の門弟にむかって、

「まだ脈はある。医師《くすし》にみせよ」

はじめの約定により、武蔵は二ノ太刀をふりおろさなかった。

清十郎の弟で、伝七郎という者がいた。矯激な性格だが、腕は兄にまさるといわれていた。伝七郎は復讐を決意し、武蔵に申し入れた。

伝七郎は、尋常では武蔵を討てまいと思い、五尺余の長大な木太刀を作り、その切《きっ》尖《さき》に穴をあけて、そのなかに分銅のついたクサリを仕込んだ。べつに卑怯ではなく、鎖鎌と同様、新兵器を考案したわけである。

仕合の当日、武蔵はわざと刻限に遅れて相手をじらせた。伝七郎は激怒し、

「武蔵、臆したるや」

「いや、すこし寝すごした」

と微笑した。その微笑のおわらぬまに、伝七郎の五尺の木太刀がうちおろされた。武蔵は受けた。が、とびだした分銅に髪のハエギワを打たれ、柿色木綿の鉢巻が、一時に変色した。しかしこの分銅も、武蔵のような異常人の頭蓋骨を砕くにいたらなかった。分銅が武蔵を打つよりも早く、武蔵の木太刀は片手なぐりに伝七郎の半面を打ち、その衝撃で相手がよろめくのを見すごさず、すぐとびこんでその手から五尺の木太刀を奪い、

「見たか」

と真向から撃ちおろして伝七郎の脳天をこなごなに砕いた。

カラリと木太刀を捨て、吉岡の門弟に、

「ご介抱を」

と武蔵が会釈したとき、すでに伝七郎に息はなかった。

このあとが、有名な洛北一乗寺下り松の決闘になる。

この仕合は、武蔵の養子宮本伊織がかいた武蔵礼讃の「二天居士碑文」の記述によると、

「吉岡門生、うらみを含んでひそかに語りていはく。兵術をもつてしては、敵対しうべきところにあらず。よし、籌《はかりごと》を帷幄《いあく》にめぐらさんと。而して吉岡又七郎、事を兵

術に寄せて洛外の下り松のあたりに会す。彼の門生数百人」(原文は漢字)

むろん、宮本伊織が、流祖をたたえんがための曲筆である。数百人といえば、万石の諸侯が動かす軍勢ではないか。しかも禁闕《きんけつ》の所在地である京で動かすとなれば、京都所司代がだまって見すごすはずがなく、よし隠密裏に動かしたとしても、事後に吉岡兵法所は幕権によって処断されたはずだが、兵法所は、このあと十年も京に健在しており、罪をうけた形跡がない。

なるほど吉岡兵法所は、はるかにくだって慶長十九年に閉鎖された。これは、この年の六月、禁裡《きんり》で猿楽の催しがあったとき、一門の清次郎重賢という者が脳乱して抜刀さわぎを起した事件によるものである。

この猿楽の事件で吉岡憲法は、自ら道場を閉じ、弟とともに、縁者の御宿《みしゆく》越前守長則のもとに身をよせて、数年京に帰らなかった。三年ののち京に帰ってからは、染屋を専業とし、晩年は、兄弟とも円鑑禅師に帰依して禅に凝り、天寿を全うしている。吉岡・宮本両派の伝説は、こうもちがっている。兵法流儀の盛衰は宣伝の巧拙にもよるものだ。

しかし、武蔵関係の諸書が事実とすれば、吉岡一門は、めだたぬ程度の人数を集めたであろうとおもわれる。

門生たちは、清十郎の子又七郎を擁して総大将とした。又七郎は、まだ刀術もさだかでない少年である。

仕合の当日、武蔵は、天がまだ暗いころに京を出発し、未明に洛北一乗寺村に入った。まだ、吉岡一門は到着していない。あたりは、闇である。

山麓に沿うた一乗寺村のあちこちで鶏鳴がきこえ、東の空が、かすかに白みはじめている。

武蔵は下り松の根もとに腰をすえ、そっと脚をのばして寝そべった。休息したのである。

やがて街道のむこうから点々と籠提灯が近づくのを武蔵はみたが、鍔《つば》さき三尺八分の業物を擁したまま起きあがらなかった。

吉岡一門は、武蔵の癖で遅参すると思いこんでいた。そこに油断があった。かれらは下り松の根まできて、あれこれと人配りをはじめたとき、天がようやく人の顔が見えるほどにシラんだ。一人がふと不審をもち、

「そこにいるのは、誰《た》そ」

その影はやっと動いた。

「武蔵である」

起きあがると同時に、そばにいた又七郎を一刀のもとに斬り倒した。吉岡の同勢のなかには、場所によっては何事がおこったかも知らず、あとで聞かされ、又七郎の幼い死体をみておどろいた者もあったろう。仕合は一瞬ですみ、武蔵は、眼の前の数人を斬りはらって、山中に逃げこんだ。みごとな喧嘩のうまさである。

これが二十一歳。豊前小倉の船島で巌流の佐々木小次郎を斃した、武蔵の前半生における唯一の公式仕合は、二十九歳のときであった。

その後、大坂ノ陣のとき、大坂城の牢人募集に応じて入城した。武蔵は、なお一国一城の夢からぬけきらなかったのである。兵法などは、所詮は芸にすぎない。当時のことばで「芸者」とか「芸術者」といった。芸術者よりも武蔵は将になりたかった。ところが、「二天居士碑文」では、「大坂において秀頼公兵乱のとき、武蔵の勇功佳名、たとへ海ノ口、渓《たに》ノ舌ありといへども、なんぞ説き尽さんや」とたたえている。が、大坂ノ陣では、東西両軍のどの資料にも武蔵の名は残っていない。勇功佳名とは、養子伊織の孝心から出た曲筆である。

なるほど、大坂城には、六万以上の牢人が入城したから、たしかに武蔵もまじっていたであろう。

しかし当時の大坂城では、毛利勝永、明石全登、後藤又兵衛、塙団右衛門《ばん》、御宿勘兵衛など名ある牢人が入城するごとに内外に宣伝した。が、武蔵が入城しても、宣伝されなかった。豊前船島で小次郎を相手に細川家役人検分による公式仕合をしたとはいえ、それは戦場の武功ではなく、芸術者の芸名をあげたにすぎなかった。武蔵は卑《ひ》くあつかわれた。この不幸は、武蔵の晩年までつきまとう。

大坂落城後、武蔵は、ふたたび敗軍の兵として世を忍ばねばならなくなり、他の籠城牢人とともに諸国に逃竄《とうざん》した。数年足跡が知れなかった。

宮本武蔵玄信が、いわば一種の名士として世間のオモテ通りを歩きはじめたのは、その後十年、かれが四十をすぎてからである。この中年以後の武蔵は、青年のころとは、ひどく変った人間になっていた。

五

前掲の渡辺幸庵が、まだ山城守照《ひかる》として駿河徳川家の家老であったころ、江戸から駿府へもどる道中、蒲原《かんばら》の宿にちかい七難坂のあたりまできたとき、背後から近づいてきた牢人の一行がある。

幸庵は、万石の家老として供に騎乗三騎、徒士《かち》十人、その他雑人《ぞうにん》をつれ、馬上にゆられていた。家士をかえりみ、

「あの者、修験者《しゆげんじや》か」

「はて」

「名をきいてみよ」

それが武蔵であった。幸庵が山伏と間違えたのは、色目のさだかでない旅装をし、五尺の杖をつき、髪を総髪にして長く垂れたそのなりよりも、凄気《せいき》をおびた眼をみて、ちかごろハヤリの大峰行者かと思ったのである。この種の行者たちは、弟子を多数引きつれて諸国をまわり、武家、庶人などに加持祈禱をしてまわるのが稼業であったが、武蔵もやはり、弟子らしきものを二人つれていた。

やがて幸庵は、蒲原の本陣に入ると、旅籠《はたご》にいる武蔵に使いをやって一献さしあげたいと口上させた。

「御用は？」

と武蔵は、意外に尊大な態度で使者にきいた、という。使者は相手の権高《けんだか》におどろき、思わず平伏して、

「あるじ山城守儀は、貴殿から物語りなどうかがいたいとのことでござりまする」

武蔵は、にべもなく断った。聞きたければそちらから来よ、というほどの固い態度ではなかったが、能楽、僧侶のたぐいではない、という誇りが言外にみられた。そのくせ、武蔵は「山城どのへ」と使者に鶉《うずら》一羽を持たせて帰している。意外に如才がない。

幸庵は、武蔵のそういう心の働きに興味をもった。

幸庵は、少年のころから戦場に出、物頭《ものがしら》、侍大将として、槍働きだけでなく一隊の采配をとってきた男である。刀術は物好きで学びはしたが、かといってその専門家の兵法使いなどを、

「なんの芸人が」

という蔑視する気持があった。

ところが元和偃武《げんなえんぶ》このかた諸国に合戦は絶え、武士は行政の吏官になった。そのころから刀術という芸がはやりはじめ、諸流の兵法家の社会的地位も高まりはじめている。武蔵が尊大になったのも、

「これも時流のせいか」

と思い、

「いや、ほかに思惑があるのかもしれぬ」

とも思った。

幸庵は、駿府に帰ってから、武蔵が城下に逗留していると知り、こんどは屋敷によばず、臨済寺に席を設け、対等以上の礼をもってまねいた。はたして武蔵はやってきた。

柳生流をまなんだ幸庵はおもに兵法のはなしをきこうと水をむけたが、武蔵は、兵法などの話は好まない様子であった。

臨済寺の方丈には、田舎ながらも戦国の名家今川家の菩提寺であったためにみごとな庭があり、ふと武蔵は庭のはなしをはじめた。戦国悤忙《そうぼう》の間にそだった幸庵などの及ばぬ造詣《ぞうけい》がある。

「庭が、お好きなご様子でござるな」

「いや、諸事、物好きなどはいたさぬことにしております。ただ、庭作りのおもしろみは、幾つかの石を動かすうちに、そこに天地ができることでありまするな。それがしは、いままで、あの石の一つでござった。いまからは、いくつかの石を動かして天地を作って見たい」

「天地を」

武蔵のいう意味が、幸庵にはのみこめなかった。ひどく深淵な哲理を含んだことばだと思ったのである。

もともと幸庵は、かねて武蔵に興味があったから、その来歴やウワサについては、ひとよりもよく知っていた。——なかにはあまり芳《かんば》しくないウワサもあるのはやむをえない。

幸庵の知るかぎり、武蔵の名が諸侯のあいだで知られはじめたのはツイ最近のことである。しかしあまり有名でなかったほんの数年前、流名を弘めるために北九州のある藩の城下に立ちあらわれたことがあった。

武蔵は弟子をつれて上士の用いるような乗物で美々しく城下に乗りこみ、懇意の藩士の屋敷に宿をとった。

武蔵はもともと、宣伝に才があった。その配慮か、このときの風体が、なんとも異様だった。伊達《だて》な仕立てのカタビラに金箔で紋を打ったものを着、それにタスキをかけ、夜な夜な、城下近い松林にあらわれては、シキリと太刀打ちをするのだ。その撃ちかたも、林の樹々を縫いつつ、怪鳥《けちょう》のような跳びかたをしてみせる。無名時代の武蔵の悲しみとあせりがわかるような話である。

自然、ウワサが城下にひろまり、藩の若侍のなかで弟子入りを申し入れる者も出て来た。武蔵だけでなく、これが当時の大方の兵法者の世稼ぎの法である。

ところがこの藩の指南役に二階堂流の某という男がいた。えたいの知れぬ旅の牢人に藩中が関心をもつことを不快に思い、武蔵のもとに使いをやって仕合を申し入れた。

「左様か」

と武蔵は、受けるとも受けぬとも答えず、数日、某の様子をみていたが、やがて人知れず城下を立ちのいてしまった。

二階堂流の某はこの結果を見て大いによろこび、「武蔵は、我におそれを覚えて逃げた」と触れまわった。武蔵にどういう理由があったにせよ、兵法は、一つは宣伝とすれば、この勝負は武蔵の負けである。

もっとも武蔵は、三十をすぎてから仕合を避けている。三十前でも、仕合の相手をえらぶときに、かならずおのれよりも弱いと見切ってからでなければ、立ち合わなかった。武蔵の才能の中で、もっとも卓越したものは、その「見切り」という計算力であった。

あるとき、武蔵は、豊前小倉の小笠原家の家臣島村十郎左衛門の屋敷に逗留していた。一日、酒興の最中に屋敷の取次の士がきて、申し上げまする、と、平伏した。

「玄関に青木条右衛門と申す兵法修行の士が参り、ぜひお会いくだされるようと願うておりますが、いかがはからいましょう」

「かまわぬ。お通し申して下さい」

武蔵は、いつになく上機嫌だった。青木を下ノ間にすわらせ、かれの骨柄、履歴の表などみて、

「なかなかなお腕と見うける。これほどならば、どの諸侯に仕えて指南しても苦しゅうはござるまい」

青木はよろこんで辞しかけたが、ふと武蔵は、青木が紅《べに》のひもをつけた木刀をもっているのを見とがめた。

「その赤いモノはなにかな」

「いやこれは。——諸国をまわるうち、仕合などを望まれたときに用いておりまする」

「仕合を」

武蔵は血相を変じて立ちあがり、

「虚仮《こけ》もほどがある。兵法がいかなるものかを見せてくれよう」

あるじの児小姓《こごしよう》を借り、その子供の前髪の結目《ゆいめ》に飯ツブ一粒をつけ、するすると佩刀を抜きはなった。

一座の者は、動揺した。

叫ぶなり上段から風を巻いて打ちこみ、頭上の飯ツブを真二つにして、青木にみせた。

「見よ」

「われにはこれができるか」

「で、できませぬ」

「これほどの業《わざ》があっても、敵には勝ちがたいものである。仕合などは容易にせぬものぞ。仕合をのぞむ者があれば、早々にその所を立ち去るのが、真に兵法の真髄を知った者と思え」

幸庵は、次の機会に武蔵を見るまでにさらにその後十年をへなければならなかったが、その間、幸庵は、さまざまなウワサを耳にした。

江戸のウワサは四十四里はなれた駿河できくほうが面白い、といわれる。幸庵は、その駿河の国詰であった。そのうえ、江戸の要路の者は、幸庵とともに慶長、元和を戦いぬいて、徳川の天下を盛りたててきた旧知の士が多い。自然、江戸の情報が耳に入りやすかったのであろう。

旗本寄合席二千石土屋縫殿《ぬい》という旧友が、美濃の知行地に行く途中、幸庵を訪ねて、

「宮本武蔵という者が旗本にお取りたてになることをシキリとねがっているそうじゃな」

「ほう」

武蔵は、以前から幕臣北条安房守氏長と親しくしていたが、この運動は氏長を通じてのものだという。

安房守氏長は、早くから小幡景憲《おばたかげのり》の甲州流軍学をまなび、この話よりものちに北条流をひらき、流儀を一世に風靡《ふうび》させた人物である。武蔵は、四十前後から軍学に興味をもち、しきりと氏長に接近しはじめている様子だった。

しかし、いまは戦国の世ではない。一介の牢人が、武芸をもって旗本の地位をのぞむなどは、考えられぬほど、幕府の体制はかたまってしまっていた。

柳生家は将軍家の兵法指南役とはいえ、もとは大和の小領主で、関ケ原前後から徳川家の創業に尽した家であり、おなじく兵法をもって仕えている一刀流の小野家も、慶長五年の信州上田攻め以来、徳川家のために歴戦し、最初、高が二百石であったものが、功をかさねるごとに四百、六百石と累増された。刀術などという芸事だけで栄えた家ではない。

「将軍指南役とは、武蔵も高望みをしたものじゃな」

「それも、小野家のようにたかだか数百石で指南役になろうとは考えておらず、たとえば柳生但馬守のように」

「但馬と同様に大名になりたいというのか」

幸庵はおどろいた。

「まさか、のう。しかし大名とまで行かずとも、大身の直参になりたいらしい」

(なるほど、刀術でお取り立てなら、せいぜい小野家同様安旗本でしかあるまい。武蔵が、軍学に転じようとしているのは、それをもって、将軍の昵懇の貴席につらなろうとしているのであろう)

幸庵には、武蔵の石のナゾが解けたような気がする。この男は、単に一人を相手にする格闘の術の教授者たるの位置にあきたらず、天下の兵馬、政道に参加する野望をもちはじめているのであろう。

しかし、兵馬の事に参加するには、武蔵は戦場で物頭(士官)以上をつとめた指揮経験がなく、政道に参加するには門地がなかった。

(気でも狂ったか)

と幸庵がおもい、なるほどそういう目でみれば、武蔵が、かつて一、二の藩からの兵法師範として招かれたときも断ったという理由がわかるような気がした。

「しかし、その江戸でも仕官の運動は失敗したようじゃな」

「それはいつごろのはなしか」

「つい近頃のことじゃ」

「とすれば」

蒲原の宿で逢ったのは、武蔵が望みを失って江戸を去る途中だったのであろうか。海道のウワサの往来は早い。その後武蔵が、尾張徳川家に仕官を求めているというウワサが駿府に伝わったのは、それからほどもないころであった。将軍家直参の位置に希望をうしなった以上、それに次ぐ家格の尾張家を求めるのは、自然なことであった。

六

名古屋で武蔵が、仕官の肝煎《きもい》りをたのんだのは、武蔵が江戸滞在中に知己になった大道寺玄蕃頭直繁《げんばのかみなおしげ》であった。もっとも、玄蕃頭が藩の要人に周旋するまでもなく、武蔵が名古屋城に入ったことは、左記のことでかなり知れわたっていた。

もともとこの藩には、指南役として五百石柳生兵庫助利厳《ひょうごのすけとしよし》がいる。柳生石舟斎の嫡流で、新陰流の印可を継承し、その道業は江戸の叔父柳生但馬守宗矩よりも深いとされている人物だが、ある日、城下の辻で、武蔵はこの兵庫助とすれちがった。どちらも一面識はなかったが、武蔵は、一瞥してそれが兵庫助であることをさとり、兵庫助もまた、世にこれほどの者があるとすれば、

――アルイハ武蔵カ。

と覚った、という。このいかにも当時の兵法家の邂逅《かいこう》にふさわしいはなしは、尾張の家中でよろこばれ、藩主義直の耳にまで入っていた。

「その武蔵が、予を望んで奉公するというのか」

と若い義直は、すなおによろこび、まず武蔵の業《わざ》のほどを見たいといった。

義直は、家康の第九子で、尾張徳川家の初代である。怜悧な人物で、とくに武備に留意し、兵術を好み、義直自身、のちに兵庫助から印可をうけたが、家中の諸流に対しては平等な態度でのぞんでいた。

当日、武蔵の相手として、近習の者から両三人をえらんだ。場所は、公子などの内稽古にあてられている板敷の間である。――

武蔵は、木太刀を借りて立ちあった。むろん、それは勝負というようなものではない。

相手は何度か仕掛けたが、武蔵は青眼に刀尖《とうせん》を浮かしたまま、ついに足を動かさなかった。相手はたまりかねて上段から打ちおろした。が、ふしぎにも太刀は武蔵の体にふれず、武蔵は動かず、しかもどういう工夫があるのか、その刀尖は、つねに鼻先に浮いている。再度、気合とともに打ちこんだ太刀も武蔵の面前で流れ、気づいたときは、武蔵の太刀が、相手の頭上に軽く載っていた。おどろくべき早業であった。

つぎの近習は、前者の失敗を見て青眼に持したまま動かなかった。武蔵は苦笑し、両刀をもって円極をつくり、威圧するようにジリジリと押し進めた。相手は、打ち込めずにさがる。ついに蒼白となり、全身が汗で濡れ、呼吸さえ困難になり、肩さきをふるわせはじめ、道場のハメ板に押しつけられた。

武蔵は、ころはよしとみたか、一足さがって上段にふりかぶり、眼に例の凄気を籠め、

「うむっ」

と低い気合をかけた。相手は失神したように折り崩れた。

陪覧《ばいらん》の一同は、その絶技に陶酔したが、ただひとり酔わない者がいた。義直である。

翌日、大道寺玄蕃頭をよび、

「みたぞ、あの者の兵法、日本の何者といえどもおよぶまい。しかし、わざのほかに、天性の気力を使うところがある。もともと兵法とは、その理を学べば凡庸《ぼんよう》の者といえどもある程度には達せらるべきもので、武蔵の強さは理外のものじゃ」

義直は、武蔵のなかに不世出の天才を認めていた。しかしこの天才が、世間にどれほどの役にたつかといえば、別の問題になる。義直は、藩の組織のなかに入れた場合の武蔵の価値を値踏んだ。

第一は、右の如く技術教官として不適であり、第二の問題は、その異相であった。

「異相の者は、その人柄にどこか偏《かたよ》ったところがあるものである。おそらく武蔵は、多数の士卒を支配する大将にはなれまい」

と義直はみた。

第三の問題は、武蔵の身分についての希望である。すでにかれは、玄蕃頭を通じて、

「若年のころいささか戦場をも駈け、軍学を習いおぼえておりますれば」

といい、藩公の軍学、行政の顧問になりたい希望を強くのべ、一介の「剣術教師」に終りたくない様子なのである。が、義直はその点を買わなかった。実歴がないからである。

「しかし玄蕃頭、予は武蔵を召しかかえぬ、とはいわぬぞ。ただ身分、食禄のことじゃ。武蔵はいかほどの高《たか》を望んでおる」

「はて」

と玄蕃頭は汗をぬぐって、いいにくそうに、

「千石以上、と申しのべておりまするが」

「それならば予の存念とはあわぬ。当家では、武芸の指南役は、新知五百石以下ということになっている。兵庫助でさえ、そうである。武蔵のみを例外にするわけにはいかぬ」

義直にすれば、兵法の師範は、所詮、一人と一人の格闘術を教えるにすぎない。しかし千石以上といえば、軍陣にのぞめば士卒の一組もあずかる大将となり、平時では、民生をうるおす行政者の才を要求される身上《しんしょう》である。兵法家とは、また別の士格であった。

大道寺玄蕃頭は、下城するとすぐ武蔵にその旨を伝えた。

「左様か」

といったきり、武蔵は、だまった。尾張家への仕官を期待していただけに、武蔵の面上に、玄蕃頭が思わず目をそらしたほどの失望がうかんだ。世間は、武蔵が思うほ

どにあまくなかったのだ。——やがて武蔵は、

「やむをえませぬ。ご当家とは御縁がござらなんだとあきらめます」

「左様に申されずとも、新知五百石で受けられればいかがでござろう。あくまでこれは新知であり、あとあと御加増があるかも知れませぬが」

「いや」

武蔵は眼をあげて、

「それでは面目を喪《うしな》い申す」

ほどなく、武蔵は、内弟子数人と、十歳をすぎた養子伊織をつれ、名古屋城下を去って西へむかった。

——渡辺幸庵は駿府でこのウワサをきき、武蔵の不幸を見たような気がした。武蔵は強くなりすぎた。名声を得、尊大にもなった。自尊心で肥大したその巨体は、世間の組織にはまりにくくなってきたのである。

そののち、武蔵は、筑前福岡の黒田家の城下に行ってながく逗留した。

黒田家は、五十余万石の大大名で、九州では島津家につぐ雄藩であり、第一、第二の志望をくじかれた武蔵としては、自分の望みを託するに足る藩とみたのであろう。

ひとつには居心地もよかった。黒田家は、始祖官兵衛如水《じょすい》が播州から出て興した家

で、国老の栗山、菅《すが》、母里《もり》の三家をはじめとして播州人が多い。

武蔵は母方の実家の別所家が播州の名族で、武蔵自身、「播州赤松（別所家の祖）の末流」と称していた。自然、家中に縁族が多く、江戸や名古屋よりもはるかに故郷を感じさせる土地であった。

武蔵は、国老菅家の縁族である船曳刑部《ふなびきぎょうぶ》の屋敷に寄寓し、乞われるままに藩の若侍などに兵法を教えたりして日をすごした。

この船曳家も、もとは播州船曳庄から出た家である。

刑部の祖父杢左衛門《もくざえもん》はもと新免家につかえ、無二斎とは朋輩であった。無二斎から兵法を学んだともいう。武蔵はそういう縁をたよって寄寓したのである。

刑部は親切な男で、武蔵が福岡に逗留しているのは、仕官の意思があるからに相違ないと見、ある日意中をただすと、満更でもない様子であった。

「食禄はいかほどにお望みなされるか」

「はて、それはご推察くだされ」

と微笑し、刑部がハッとするほどずるそうな眼を武蔵はして、「しかし、これだけは申しあげておきたい」といった。

「ただそれがしは、もともと将軍家のお手直し役を望んだことがござる」

「ほう、貴殿が」

「いかにも。ただし、これには事情があって果さなんだ」

刑部は、最初五、六百石で切りだそうと思ったのだが、武蔵という武芸者の格が、自分が思っているよりも意外に高いことを知らされておどろいた。

「のち、尾張権大納言様に所望されたこともござったが、これは都合があって辞退申しあげておる」

「なるほど」

右の二例からみれば、黒田家は外様《とざま》で家格が卑《ひく》い。よほどの食禄をもってせねば武蔵を遇することはできまいと刑部は思い、

「三千石ならば、いかがでござりましょう」

「よい」

ともいわず、武蔵は微笑した。刑部は、食禄のことを露骨に口にしない武蔵のゆかしさに感動した。

さて運動を引きうけはしたものの、刑部はこれを藩の重役に相談すれば、一兵法者に新知三千石を与えるなどはとうてい承服されまいと思い、藩主の侍従忠之《ただゆき》の耳に直接入れることにした。

忠之は、尾張侯義直のような明敏な男ではなく、いわばだまされやすい好人物であった。刑部は、わるくいえば忠之の暗愚につけ入ったのである。はたして、

「武蔵？」

と、忠之はこの高名な武芸者の名さえ知らなかった。しかし刑部は、武蔵が日本一の兵法者であることを噛み哺《ふく》めるように話し、かような者を召しかかえるのは当家の名誉であると説いた。さらに、

「若君槌万《つちまん》さまの御指南役になされましてはいかがでござりましょう」

子煩悩な忠之の目がかがやいた。刑部の思うつぼであった。

「これは妙《みょう》」

と、他愛なくひざをうち、忠之は早速、重役たちをよびあつめて公表してしまった。

しかし重役たちは、一様に沈黙した。三千石といえば、家祖如水以来、幾多の戦場で命がけの槍働きをしてきた譜代の家でも、それほどの家禄をもつ者はすくない。いかに高名の武蔵といえども、当家になんの功もない一介の兵法者にそれほどの食禄をあたえては家中の統制上好もしくない、と一座のたれしもが思った。がたれも異議をはさまなかったのは、逆らえば激昂しやすい忠之の気性を知っていたからである。

一同退出したあと、互いに相談した上、そのうちの一人がとくに乞うて拝謁した。

「武蔵お召抱えの儀、祝着に存じまする」

「そのほうも左様に思うか」

「しかし、あの者をご覧あそばしたことがござりまするか」

「はて、知らぬ。どのような男であろう」

忠之は、好奇心をもった。某は、すかさず、

「その相《そう》をみれば、両眼はコブシで押しつぶしたように大きくくぼみ、眼は三角で眼光するどく、頬骨は高く、髯《ひげ》を剃らず手入れもせぬために巻きあがって渦をなし、平素浴《ゆあみ》をしませぬために臭気がござりまする、爪は剪《き》らず、髪はなであげたままで結びませぬ。しかも頭大きく、背は六尺近いという異人でござりまする」

「…………」

忠之は、息を詰めたような表情をした。おそらく鬼を想像したのであろう。

「かかる異相の者ゆえ、ふつうの女子供は恐れて近よりませぬ」

「槌万も恐れるであろうか」

「まさか若殿にかぎって左様なことはござりますまいが、なにぶんまだご幼少のことゆえ、あの異相の者にお親しみなされますまい。されば、武蔵がいかに無双の者にせ

よ、この儀は意味をなさぬかと存じまする」

「道理である」

忠之は他愛もなく意思をかえた。そのころ武蔵はすでに召し抱えの吉報をきいていた。刑部の屋敷で弟子などの祝辞をうけていたが、ほどなくそれがくつがえったことを知って、さすがに「なぶられたか」と小さくいった。刑部は汗をかいて陳謝した。武蔵はすぐ微笑をとりもどし、刑部の労を謝した。しかしよほど不愉快だったのだろう、ほどなく城下を立ちのいた。その後、筑前にきても、黒田城下の福岡には寄らず、川一つ隔てた天領（幕府直轄領）の博多に足をとめるのが、武蔵の慣わしになった。

それからほどもなく播州明石十万石の城下に立ちよった。城主小笠原忠真《ただざね》はひどく武蔵を敬愛し、ぜひ仕官してくれるようにと懇望したが、武蔵はかたく辞した。城地が小さすぎることが気に入らなかったのである。かわりに、

「八五郎という者」

を推した。まだ少年であった。武蔵は生涯女を近づけなかったために子がなく、二、三の養子をやしなっていたが、八五郎はそのうちのひとりだった。八五郎は武蔵の親族にあたる播州印南郡米田村の豪農岡本甚兵衛の次子で、武蔵はその才気を愛

し、貰いうけたといわれる。

八五郎は、長ずるにおよんで吏才をみとめられ、小笠原家が豊前《ぶぜん》小倉十七万石に移封されてから宮本伊織とあらため、累進して家老にまでなった。最後の知行は四千石であった。養父の武蔵がついにかちえなかった高禄を、皮肉にも伊織が剣ではなく吏才をもって得たわけである。

その後、武蔵は、小倉の伊織の屋敷に身を寄せていることが多くなった。年すでに五十である。この間、武蔵は、世に容れられぬ鬱屈した感情を、絵画、木彫、彫金の制作に託している。武具、あぶみのたぐいまで作った。出来ばえはいずれも素人ばなれのしたものだが、作風にふくよかな肉付きがなく、見る者の心を安んぜしめない勁《つよ》さのみがあった。武蔵自身の風丰《ふうぼう》も、年をへていよいよ険しいものとなっていた。

しかし中央で志を得られなかった武蔵は、九州で落ちつくことによってその名は九州の諸城下に喧伝《けんでん》され、豊前小倉の小笠原忠真をはじめ、肥後熊本の細川忠利、日向延岡の有馬直純《なおずみ》など、武芸ずきの諸侯があらそって武蔵に城下への来遊を求め、武蔵も気さくに出かけた。武蔵は、地方名士になった。

——そのころ、「渡辺幸庵対話」の語り手幸庵も、駿河徳川家の家老の位置から牢人している。

これには、前にやや触れたようないきさつがある。幸庵の主人駿河大納言忠長は、幼名を国千代といい、幼少のころは兄の現将軍家光よりも、父の秀忠から愛されたといわれ、一時は、兄を越えて嗣子《しし》になるというウワサまであった人物である。長じて駿遠両国五十五万石の太守になったが、言動が粗暴で乱行が多かった。ついに謀叛をくわだてているウワサが流され、甲斐に蟄居《ちっきょ》を命ぜられた。おそらく家光側近の作りあげた流説であろう。家光は忠長を憎んでいた。事実、忠長の性格では、不平の幕臣や牢人をあつめて乱をおこし、将軍の位置を簒奪《さんだつ》しかねないところがあった。そういう監視も兼ねて、幸庵は、数ある幕臣のなかからとくにえらばれ、付家老として駿府に在城していたのである。幸庵の位置は複雑なものだった。

忠長はのち、上野《こうずけ》高崎城にあずけられ、ほどなく高崎大進寺で自害せしめられた。年二十八であった。

幸庵は、駿河家取り潰しにあたって、幕府と忠長とのあいだで板バサミになり、つぶさに宮仕えの苦労をなめた。駿河家の滅亡後、将軍の内意をうけて幕閣から、

「直参にもどるべし」

と内示してきたが、幸庵は一笑に付した。この戦国生き残りの男にとっては、官僚体制というものにいや気がさしたのであろう。江戸の使者に、

「大樹（家光）によしなに申しあげてくれ。おれは、峰巌院（忠長）様のお供養でもして余生を送る」

幸庵はすでに五十二歳であった。年少のころから家康の近習となり、ついに万石の大身にまで栄達した。武士としてこの半生は思い残すことはあるまい。

幸庵は僧になった。戒《かい》を受け僧階を与えられた正規の僧ではなく、ただ頭をまるめただけの沙弥《しやみ》になった。諸国を歩いた。生涯食うにこまらぬほどに蔭扶持が幕府から給されていたのかもしれない。

幸庵が九州にきたころ、寛永十四年の晩秋から、肥前島原でいわゆる島原ノ乱がおこっている。

この乱は、肥前島原の領主松倉重次の切支丹弾圧に抵抗しようとした領内の宗徒が、関ケ原の役で滅亡した小西行長の遺臣らに組織され、原城に二万余がたてこもって幕権に反抗した事件である。幕府では、最初、三河額田《ぬかた》郡の深溝《ふこうず》藩主板倉内膳正《ないぜんのしよう》重昌を上使として急派し、鎮圧の指揮をとらせた。

幸庵は、板倉内膳正が肥前にきているときいて、昔がなつかしくなり、寛永十四年十二月に島原へ陣中見舞に出かけた。

重昌は、幸庵がおもわず人ちがいではないか、と目をうたがったほどに憔悴《しようすい》していた。

重昌は、大坂冬ノ陣の媾和のさいに、わずか二十七歳で軍使となって秀頼と対面し、その血誓を受領したほどの利《き》け者であった。かつて秀麗であったその容貌は、陣中の暗い灯火のせいか、猜疑ぶかい老婆のように醜くなっている。幸庵は、苦戦のせいだろう、と同情した。事実、重昌は九州諸藩の兵二万余を督励して何度か原城を力攻めにしたが、そのつど死傷者続出して敗退した。いまは持久策をとって包囲のまま、かろうじて戦線を維持している惨状であった。

重昌は、この思わぬ旧友の来訪をよろこび、置酒《ちしゆ》して物語りをした。しかし重昌の口から出ることばは、城攻めの軍略よりもむしろ、幕府のやり方に対する愚痴ばかりであった。江戸の連中は島原の実情を知らぬといい、このわずかな兵をもって陥すのはむりだ、とこぼした。幸庵はなぐさめて、

「城攻めは根気よ」

「そうではない」

重昌は、泣くようにいった。これがこの男の憔悴の原因になっているようだった。江戸では、重昌を無能とみて、老中松平伊豆守信綱みずから総帥《そうすい》になって九州に来るという。重昌の面目はまるつぶれだった。重昌は武将というよりも良吏型の男であっ

たために、敵よりもむしろ後方の思惑を気に病むほうだった。

「幸庵、おぬしの境涯がうらやましい」

「なんの」

と首をふってみせたが、正直なところ、幸庵は、組織から離れた自分が、これほど幸福だと思ったことはなかった。

幸庵は、重昌の陣所に滞留した。その間寄せ手の諸陣を歩き旧知をたずねるうちに、なんと、小笠原家の陣中で、武蔵に逢ったのである。駿河で逢っていらい、二度目の邂逅であった。

その日は、空がつきぬけるほどに晴れていたが、ひどく寒く、さいわい陣の柵外で数人の雑兵が焚火をしているのを見つけ、傍らの石に腰をおろして暖をとっていたのである。あいかわらず、幸庵は破れ衣《や》に杖一本をもった乞食坊主の姿であった。

そのとき、不意に柵内から人の話し声がきこえ、小具足を身につけた十人ほどの若侍が、しずしずと出てきた。先頭に立っているずぬけて丈の高い男だけは平装で刀も帯びず馬鞭をもち、袖ナシ羽織に革バカマをはいていた。若者の群れは、教祖に仕える信者のような物腰で、先頭の男に従っていた。男は、武蔵であった。

「おう」

と幸庵は、なつかしさのあまり立ちあがった。武蔵は路傍の乞食坊主を刺すような眼でみた。

「これ坊主、無礼であるぞ」

若侍の一人が押しとめんとしたが、幸庵は黙殺した。

武蔵は、この乞食坊主が何者であるかが、思いだせない様子であった。やがて幸庵が、かつては駿河大納言家の家老をつとめた渡辺山城守のなれのはてである、と諧謔《かいぎゃく》をこめていうと、武蔵は、ひどくつめたい顔になった。幸庵は、不覚にも武蔵の容儀から威圧をうけ、やや卑屈な語調で、

「思いだされたかな」

武蔵は、無言でうなずいた。ひどく尊大な態度だったが、幸庵は腹をたてる余裕がないほどうれしくなっていた。牢人してから、ふしぎと人恋しくなっていたのである。

「ごらんのとおり、いまは乞食坊主になりましたわ」

「そのこと、うわさで存じあげていた」

言葉にどこか冷たさがある。権門のすきな武蔵は、乞食坊主になった幸庵などには、なんの興味もおぼえないのかもしれない。しかし幸庵は気にもとめず、気さくな

調子でいった。

「駿河にいるころ、おぬしから鶉一棹《うずらひとさお》をおくられた。その礼もいたさねばならぬ。どこぞで酒でも求めるゆえ、おぬしの宿陣を訪ねてもよろしいか」

「いや、陣中でござる。怱忙《そうぼう》のなかゆえ、ご遠慮申しあげよう」

「陣中」という言葉に、武蔵は権威をこめて強くいった。やがて浅く会釈すると、小具足の群れをつれて立ち去った。

もともと、武蔵の態度には兵法家や修験山伏の徒に通ずる独特な尊大さはあった。しかし幸庵はそれだけではあるまいと思った。

(おれを憎んでいるのかもしれぬ)

幸庵は、幸庵なりにそういう自負心をもって、武蔵の心を卑くみてみずからを慰めた。武蔵は、千石二千石の身分になるために汲々としてついにそれを手に入れていないのに、幸庵はなんの天才もなくただ武士としての運がよかっただけで万石を食《は》み、しかもその運を惜しげもなく捨てている。運のわるい武蔵にすれば、憎むべき贅沢者《ぜいたくもの》であった。

(しかしなぜあの男が、陣中にいるのだろう)

幸庵はあとで、知人にきくと、武蔵は小笠原家に仕える養子伊織の「後見人」という資格で陣中にきているということであった。むろん、身分は牢人のままである。

（それならば、わしとおなじことではないか）

しかし考えると、武蔵は一種の名士であった。武蔵には（むかしの武蔵ではない）というところがあったのだろう。事実、武蔵は、牢人ながらもかれを崇敬する二、三の九州の諸侯から隠し扶持をもらっているというウワサであった。

武蔵も、自分の崇敬者たちに対して「賓師《ひんし》」という高い姿勢をとっていた。武蔵は、異常なほどほこりの高い男だった。

そのうえ、この小笠原家の陣では、武蔵は、兵法家としてではなく「軍学者」として参加しているつもりでいるらしかった。「軍学者」として藩公の諮問などにも答え、若い藩士を連れて敵陣近くまで接近し、臨地指導などをしたらしい。

しかし幸庵が武蔵に対して奇妙に思うことは、なぜ武蔵が、軍学などという「虚学」をもって、自分の権威にしようとしているのかということだった。この時代の戦場生き残りの武士たちは、ひとしく軍学という新しい「学」に対して軽蔑していたし、胡乱《うろん》くさい目をもって見ていた。

武蔵は幸庵と同時代の人物だし、しかもかれのいうところでは、何度も実戦に参加したというではないか。なぜそのような「虚学」を誇るのか。

もともと軍学は天下に平和がきたいわゆる「元和偃武」以降に新興した一種の似而非《えせ》学問であった。その開祖は小幡勘兵衛景憲《かげのり》という名代の法螺ふきであった。かれは武田信玄の軍法を祖述すると称して甲州流軍学なるものをひらき、それを武蔵の年若い知友である幕臣北条安房守氏長が継いだ。その他、楠木正成《くすのきまさしげ》、上杉謙信などを「学祖」と称する同工異曲の流派が簇出《そうしゅつ》しようとしている時代であった。

これらの軍学を諸大名があらそって迎えたのは、すでにその家臣に実戦の体験をもつ者がすくなくなっていたから、万一、天下が乱れた場合は、こういうものを頼りにするしか手がなかった。ところがその肝心の者自身に実戦の体験をもつ者がほとんどなく、かれらは机上で奇論奇術を編みだしては、素人を眩惑するところが多かった。

こういう話がある。家康は、年少のころから七十四歳のときの大坂ノ陣にいたるまで、半世紀以上の実戦経験をもつ武将だが、晩年、小幡景憲をよび、

「そちは甲州流軍学とやらを講述しているそうじゃが、信玄が所持していた軍配というものは、どういうものか」

「早速、調製つかまつりまする」

景憲は鍛冶屋をよんで作らせた。できあがったものは鉄製で、そのなかに金銀で日月をはめこみ、朱の房のついたみごとなものであった。家康は、片手で辛うじてそれ

を持ちあげ、

「こんな重いものが持てるはずがあるか」

と、ぐゎらりと投げ出した。

(武蔵は)

と幸庵は考えた。

(「将」に対するあこがれがあるのだろう。それが、まやかしの軍学にあの男をとり憑かせた。あの男は、晩年になってから、刀術などは所詮歩卒の術であると気づいて、それをもって世に立つのがいやになったのにちがいない)

——幸庵は、板倉重昌の陣中で十日ばかりを送った。

重昌の陣は、かれの気鬱を反映してひどく暗いものだった。

年末になって、新司令官の松平伊豆守がすでに九州に上陸したとの報が入るや、重昌の焦躁は頂点に達し、ついに諸将をあつめて、決死の総攻撃を令した。幸庵は、重昌(この男は自殺するつもりだ)と思った。すぐその夜、重昌の寝所を訪ねると、重昌はまだ起きていた。

「わしのような者が口を出すのは妙だが、あの城の盛んな炊煙《すいえん》をみていると、まだ城兵は疲れておらぬ様子じゃ。いましばし干上《ひあ》がらせておくほうが上策ではあるまいか」

　重昌はしばらく押しだまっていたが、やがて、

「豆州《ずしゅう》が来る」

　とのみいった。

　年が明けた。元日は朝から雲が垂れ、日没から烈風が吹きはじめた。

　重昌は天佑とみた。早速諸隊に発進を命じ、みずから馬を陣頭に立て、狂気のように城の石垣にむかって猛進した。

　幸庵はむろん、後方にいた。加わる義理も酔狂もない。

　ところが、あとで、武蔵が牢人ながらも突進したときいておどろいた。武蔵は小笠原隊の先頭に立ち、背まで垂れた長髪を風にみだしながら、みごとな手綱さばきをみせて進んだということであった。武蔵が、騎乗の身で戦場をはせたのは、幸庵の察するところ、これが最初であったろう。

　この総攻撃は、寄せ手の惨憺たる敗退におわった。上使板倉重昌は馬上で流弾にあたって討死し、二万の士卒のうち戦死六百、負傷三千二百人というから城攻めの戦史のなかでも空前といっていい。武蔵はその敗走のなかにいた。この男の生涯の不運は、つねに敗軍のなかにいたことであった。しかしこの不運な男にも、その生涯でた

だ一度戦勝の閲歴のついた日がやってきた。

重昌が討死してからわずか四日後に総帥松平伊豆守信綱、副将戸田采女正《うねめのしょう》氏鉄《うじかね》（大垣藩主）が着陣した。早速、陣容をたてなおして、強力な封鎖陣を布《し》き城の糧食の尽きるのを待った。その間、海上から蘭船をもって城内を砲撃したりしたが、二月に入って城兵がようやく衰弱しはじめているのをみた。信綱は機を失せず、二十六日、総攻撃を諸藩に命じた。

武蔵は勇躍した。半生をかけて丹精した兵法や軍学の威を発揮するのは、このときぞと思った。かれは、小笠原家の先手《さきて》の物頭になっている伊織をはげまし、みずからも進み、翌日、諸兵とともに城塁のそばまで肉薄した。

ところが敵は意外に頑強であった。城塁の上の宗徒たちは、斃れるまで武器をとって戦い、弾丸がなくなると、城塁の上から大小の石を落下させた。たちまち何人かが、その石の下に押しつぶされた。

寄せ手のほとんどは、はじめてみる戦闘の悲惨さに足がすくんだ。そのなかにあって武蔵は大喝した。

「伊織、このときぞ。士とはこの時に駈ける者をいうぞ」

武蔵は刀を背負い、槍をすてて、石垣にむかって武者ぶりついて行った。その勇姿にはげまされて士卒がどっと石垣にとりついた。

落石はさらにすさまじくなった。前後左右で、落石に頭をつぶされる者、肩や手足にあてられて石もろとも落下する者が続出した。

伊織は、武蔵の養育に恥じない勇者だった。ただひたすらに石垣をよじのぼっていたが、ふと武蔵がいないのに気付き、

「養父《ちち》上、いかに」

と首を左右に振ってさがした。さらに下をのぞいてみた。

ところが石塁の根もとに目をやったとき、武蔵はむざんにも落石にあたって草の上にころがっていた。

（お痛わし）

と思ったが、父を捨てて進むのが戦場のならいと教えられていた。そのうえ、いったん取りついた石垣はのぼりきる以外に降りられるものではなかった。ほどなく伊織は石塁の上にのぼり、打ちかかってくる宗徒を、一刀で殺した。

すぐ伊織のあとに小笠原兵がむらがってのぼりつめ、どっと内側へとびおりた。そのころ各隊とも諸方から城内になだれこんで、一日のうちに城は陥落した。

武蔵が後日、日向延岡の城主有馬左衛門佐直純に出した書簡によると、この日の落

石はすねにあたったらしい。傷は、老人だけに意外に重く、骨にひびいたのか、武蔵はこの負傷のためにその日ながく立てなかった。

このころ幸庵は、すでに島原を去っており、後方へ運ばれてくる武蔵の姿を見ることはなかった。武蔵の刀術は、ついに戦闘に使われることなくおわったのである。

幸庵はその後、唐津へゆき、さらに肥前長崎に遊んだ。

長崎にいたころ、武蔵の消息をきいた。肥後熊本五十四万石の細川家に召しかかえられたというのであった。

幸庵がきいたところでは、細川家における処遇は客分であった。手当として、十七人扶持、現米三百石が給せられたという。

藩主は明君のほまれの高かった少将忠利で、年は武蔵とほぼ同年配だった。かれは、武蔵の痩硬雄勁《そうこうゆうけい》とした巨巌のような風丰を好んだ。召し抱えるにあたって、まるで賓客を迎えるような礼をとり、家臣岩間角兵衛をして身分食禄の希望をきかせた。武蔵の態度は慎重だった。かれは、

「客分」

の位置をのぞんだ。これならば食禄の多寡によって自分の名誉が左右されることはあるまいと計算したのである。

「さもあろう」

と忠利は諒とし、さらに武蔵にあたえる現米については、

「兵法に値段がついては悪《あ》しかろう」

と、とくに役人に命じて武蔵にかぎり「堪忍分の合力米《ごうりきまい》」という藩の給与行政にない術語をつかわせた。

また武蔵の身分を重からしめるために、家老なみに鷹野をすることもゆるした。屋敷地は、熊本城下の旧千葉城址《じょうし》をあたえ、宏壮なものを営ませた。武蔵は、半生の放浪ののち、五十の半ばをすぎて、はじめて自分の居宅をもった。

武蔵は忠利の知遇に感動した。「士はおのれを知る者のために死す」とは武蔵のすきな言葉であった。それを常住口にした。しかしこの幸福も永くつづかなかった。これほど武蔵を愛した忠利が、武蔵が仕官した翌年の寛永十八年の春、にわかに病いをえて急逝したのである。武蔵は、ひとり慟哭《どうこく》したにちがいない。

——ところが幸庵は、このころの武蔵のウワサをついにきかなかった。

なぜならば、幸庵は、長崎から明国船に乗り、国禁をおかしてひそかに明国に渡ってしまったからである。幸庵は、その後三十年、日本にもどらなかった。

明国を遍歴ののち、ふたたび九州にもどってきたのは、四代将軍家綱の寛文年間で

あった。

幸庵が平戸島に漂着したときはまだ早春のころであった。

しかし熊本城下に入ったときは、早咲きの梅が散ろうとしていた。すでに熊本では忠利も武蔵も、歴史のなかの人物になりはてていた。

城下に一泊し、江戸へもどるために早暁に城外へ出た。

弓削《ゆげ》村のあたりの街道を歩いているとき、ふと道ばたに苔むした石碑をみつけた。近づいて碑銘をよむと、

新免武蔵居士之塔

とあった。

「武蔵は、ここにいたか」

八十二歳の幸庵は、すっかりわすれていた記憶のなかで、あの倨傲《きよごう》な剣客の映像が、目に痛いほどの色彩をもってうかびあがってくるのを覚えた。おりから田を打っていた百姓をよんで、訊きただすと、たしかに武蔵塚であるという。

「二天様はこの塚のなかで、よろい、かぶとに身をかため、太刀を佩き、街道にむか

って伏しおがんでござらっしゃるげな」

「ほう、それはなぜか」

「二天様はあのお城の殿様のご恩をお思いなされ、代々の殿様が参覲交代で江戸へ参られるごとに、この街道わきで物の具を着け、大将の六具を持ち、護り申しあげると申されて、死骸《なきがら》に甲冑《かっちゅう》をきせよと遺言されたそうでござりまする」

(甲冑を――)

雲雀《ひばり》が舞いあがった。

幸庵はすでに歩きはじめながら、武蔵の生涯の欲念が、そこにあったことを思った。武蔵は、死骸になってからはじめて侍大将の扮装をして地下に埋まったのである。幸庵は、男の欲念のすさまじさを思って、身の内の血が、ふと逆流する思いがした。

京の剣客

一

吉岡又市郎が、天流《てんりゅう》の「三徳」という兵法者《ひょうほうしゃ》と仕合いをする朝、兄の源左衛門直綱はいつものように若党の助蔵をつれ、釣りに出かけようとした。

「あんじゃ、いい、い」

とよびかけた。

「いずれに参られる」

兄の直綱はきこえぬふりで十数歩あるき、長屋門のところまできて、やっと足をとめた。

「紙屋川《かみやがわ》」

空を見あげ、釣り師らしく天気を気にするしぐさをしてみせた。

「降るまい、おれは鯉を釣る」

「鯉か。それがしは、本日未《ひつじ》の刻、東山八坂において天流の兵法者浅山三徳と仕合いをいたします。ごぞんじか」

「存じている」

「であるのに、なんのご他行《たぎよう》であろう」

「わしが案じてもしかたがない。打ちあうのは、そちじゃ。運がよければ、勝つ。ただ、八坂の原は、東がわが砂地で、西側がねば土である。西へ西へとあの常州の田舎者を追いつめれば、勝ちはそちじゃ。わかったか」

そのまま、出てしまった。

（あいかわらずじゃ）

唾を吐きかけたい思いで、見おくった。

憲法《けんぽう》。——

それが、背をみせ釣り竿をもって出て行った男の号である。

憲法とは、代々の家号だ。京で室町将軍家の「御兵法所」とされてきた吉岡家の四代目の当主で、始祖の直元いらい、直光、直賢《なおかた》、直綱とつづき、いずれも名人のほまれが高かった。この家は、天文のむかし、室町将軍義晴から、

「兵法扶桑《ふそう》第一」

の褒称《ほうしょう》をもらっている。以来、四代百年京流の兵法家として、一度も他流にやぶれ

をとったことがない。

京では、この西ノ洞院《とういん》の兵法の名家のことを、吉岡様とはいわず、親しんで、

「けんぽうの家」

とよんできた。

憲法、建法、憲房などと書き、この家号は、米屋の播磨屋、みそやの信濃屋、旅籠《はたご》の山城屋というのとかわらない。剣法を稼業にする店、というほどの意味である。その点、一流一剣をもって天下に名をなそうとする諸国の剣客とは、多少、ものの考え方もちがっている。

第一、この家は、防衛の立場にあった。

吉岡家をたおすことが、日本の兵法家の目標だったといってもいい。「兵法扶桑第一」のこの家を撃ちたおせば、自分が代わって扶桑第一になることができ、剣名一時にあがり、立身の道がひらける。事実、そういう立身の亡者《もうじゃ》が、毎月、数人は道場の門をたたく。

たいていは、古参の門弟たちが立ちあって始末するが、門弟が負けたばあいは、相手によって、

「このうえは、おんあるじに」

と所望《しよもう》した。

又市郎の「あんじゃ」である直綱は二十一歳で吉岡憲法家を相続したが、その当初は、いまとはまるで別人のように気が荒く、仕合いを所望されれば、たちどころに立ち合った。

直綱は、めざましいほどに強かった。

慶長元年、霞流の始祖真壁暗夜軒の弟子で平戸楊柳軒という武州の剣客を一撃で殺したとき、京のちまたでは、

「太郎坊」

と異名した。鞍馬寺の奥ノ院にすむ太郎坊天狗は、京の庶民にはなじみのふかい存在だ。その化身《けしん》という意味である。

のち、新陰流の倉影なにがし、中条流の武藤仁右衛門、新当流の檜山十兵衛を倒した。このうち檜山などにいたっては、ひたいを割られて発狂し、数日、鴨川べりでさまよったあげく、永観堂の床下で息がたえているのを里人が発見した。

倉影某のときは、もっと無残だった。右腕を打たれて跳《と》びさがり、

「参った」

と木刀を捨てたが、直綱は「まだまだ」とやさしく首をふったのである。

「いまは、わずかに右腕の皮をさわったばかりでござる。兵法は死命を制するわざでありますゆえ、もう一度、お立ちなされ」

言葉は、京の諸大夫ことばである。言葉がやさしいだけにかえって凄味《すごみ》があり、倉影はまっさおになった。

「いやいや、御流儀《ごりゆうぎ》のことは存分に学びとりました。これにて退散つかまつります」

「なんの。これしきの仕合いでは、京流の小指の動かしかた一つお見せしておらぬ。ご遠慮のう木刀《きがたな》をおとりなされ」

いんぎんな片頬だけの微笑が、又市郎がいま思いだしてもぞっとするほどの暗い狂気を秘めていた。たしかに、相続した当初の直綱は、吉岡家当主としての責任の重さに、心が病的なまでにけわしかった。

倉影はよろよろと立ちあがり、

「それでは」

と追いつめられたけもののように殺到したが、たちまち顔面を一撃でくだかれ、道場の板敷きに脳漿《のうしよう》をながした。

仕合いのあと、直綱は又市郎を自室によび、

「そち、あのとき眉をひそめたな」

まだ元服前の少年だった又市郎は息をのんだ。直綱という男は、仕合いをしながら、道場のはしで門弟と一緒にすわっていた又市郎の眉間《みけん》のかすかな表情まで見ぬいていた。

「今夜、紙屋川に来《こ》よ」

その夜、土堤にのぼった。ひがしに月がある。

直綱の黒い影は、又市郎に刃渡り二尺二寸の野太刀をわたし、

「今夜からこの月がなくなるまで毎夜、そちと百合《ひゃくごう》の仕合いをする。おれを斬るつもりで、存分に打ちかかるがよい」

もともと、又市郎は、兄におとらず気性のはげしい性格だから、いうやいなや、一颯《いっさつ》して兄の横胴をはらった。

と思ったときは、横面を熊笹《くまざさ》の束で力まかせにたたかれて転倒していた。

すかさず直綱は又市郎を足ですくい蹴りにして、紙屋川に落とした。

毎夜、そういう稽古ともいえぬ残忍な打ちあいがつづいた。

直綱に狂気があるとしか思えない。自然、又市郎は、はげしく兄を憎み、太刀にすさまじい殺気をおびるようになった。

「憎め、おれを殺そうと思え。おれが死ねば吉岡家の家督は、お前がつぐことになる

ぞ」

やがて月が細り、無月の夜となった。

「きょうから、紙屋川へは来ずともよい。そのかわり、むこう十日のあいだ、いつ、どこにいても、おれに襲われぬようにせよ」

又市郎は、寝るまも、真剣を抱いてねるようになった。

数夜は眠らなかった。寝床のなかで、必死に眼を見ひらいた。

三日目のあけがた、ついに堪えきれなくなってうとうととまどろんだとき、まるでその瞬間を待っていたように、兄が寝所に入ってきて、容赦《ようしゃ》もなく頬をなぐった。

ついには屋根でねむる日もあった。床下でも寝た。十日目には屋敷を逃げだして、下鴨社の禰宜《ねぎ》をしている母の実家へゆき、宿を乞うてようやく眠りをむさぼることができた。

その夜、厠《かわや》に立ったのが不覚だった。いきなり青竹で肩をなぐりつけられ、庭へころびおちた。自分がいた場所に兄の影が立っており、

「これでわが吉岡家というものがわかったか。わが家は、諸国の兵法者のめあてになっている。何百何千という仇をもっているのと同然じゃ。われら兄弟は、なまなかな心では立ちゆかぬぞ。われらを斃《たお》そうとする者には、容赦なき仕うちをしてみせる。

それ以外に、ふせぎようがない。又市郎、この家名のもとで生きのびたいとおもわば、剣をみがけ。心をむざんにせよ」

それから七年になる。

又市郎の剣技は伸び、古い門弟のあいだでも、

「天稟《てんぴん》じゃ。ご当代よりも、お強いかもしれぬ」

ささやく者があった。

が、この兄弟の優劣は、たれにもわからない。又市郎にもわからなかった。去年の夏以来、憲法直綱は、にわかに木刀をとらなくなり、又市郎と手合わせをしないばかりか、道場にも顔を出さなくなったのである。

「あんじゃ、ちかごろどうなされた」

「兵法がこわくなったのよ」

猥雑《わいざつ》とさえいえるふしぎな微笑をうかべた。顔が、肥満しはじめている。直綱が釣りや、女遊びにおのれを韜晦《とうかい》しはじめたのは、このころからであった。

「又、もはやおれは仕合いをせぬ。稽古も仕合いも、そちにまかせる。吉岡家の家名をまもるために、そちは死ね」

酷薄な顔をした。又市郎は息をのみ、

「あんじゃは？」

「おれが死ねようか。吉岡憲法はいかなることがあっても生きつづけねばならぬ。もし他流の兵法者に撃ち殺されることがあれば、家名、流儀はおろか、父祖四代の家がつぶれ、一族門葉の屍《しかばね》のうえに、他流の兵法者の花を咲かせるだけのことになる。稽古もみせぬ。ひとに見られれば、手のうちを教えるようなものゆえ、なるべく姿もみせぬ」

このころから、京の町のひとは、

「西ノ洞院のむじなどの」

と蔭口をたたいた。酒肉で肥えふとって顔がその小動物に似はじめていたのであろう。

二

東山八坂における浅山三徳との仕合いは、吉岡又市郎の勝ちとなった。三徳は脳骨をくだかれ、屍体は、吉岡家の門弟の手で、鳥辺山の日蓮宗の寺に投げこまれた。兵法とはむざんなものである。

仕合いのあと、又市郎はその旨を報告すると、

「そうかえ」

すぐはなしを外《そ》らし、ちかごろ松原の建仁寺に寄寓している明人《みんじん》の李三官という男のうわさをした。

「その男は、唐土の墨商人《あきゆうど》で、黄金よりも高価な墨を諸大名に売るというぞ」

「わかった」

又市郎は不快そうに手をふり、

「それがしに立ちあいをおまかせなされているなら、せめて、その仕合いの話だけなりとも身を入れてきいてくだされ」

「ふむ。しかし李三官は、ただのあきゅうどではなく――」

「唐土の刀技でもいたすのか」

「染物に長じている」

「やくたいもない。兄上はまことにむじなにおなり遊ばされたのう」

「いかにも、むじなじゃ。むじなゆえ、東山八坂に行かずとも、仕合いのことはほぼわかる。浅山三徳は、はじめ太刀をコブシあがりの八双《はっそう》に突きあげたであろう。そのあと、すぐに下段になおした、しかも剣尖《けんせん》が、かすかに右へ傾いていた。そうであろ

う」

「物蔭でこっそり見物なされていたのか」

「見はせぬ。三徳の力量、性癖については、この仕合いの前に、人をつかわして十分に調べぬいてある。そちよりも、数段、下品《げぼん》とみた。それゆえ、安堵《あんど》していた」

「あんじゃ」

又市郎は、そう聞いて急に顔をやわらげ、

「李三官のはなしをしなされ、気持ちようようかがいましょうず」

「いや」

直綱は、気むずかしい男だ。急に興のうせた顔をした。

「いずれ話す」

又市郎には、このふとった兄のこころがわからなくなっていた。

その後、又市郎の名は、京はおろか、諸国の兵法者のあいだで高くなった。天流の浅山三徳を倒したことがひろまったからである。

訪ねてくる兵法者が多い。

むろん、又市郎の刀技を怖れて仕合いは望まないが、東山八坂での仕合いの話を聞きたがるのである。

又市郎は若い。聞かれれば、自然、興に乗ってはなしをする。得意でなくもなかった。

かれらの多くは、又市郎に追従して、

「吉岡又市郎どのこそ、日本一の兵法者でありまするな」

いつのまにか吉岡道場の事実上の当主は又市郎とみられるようになり、憲法直綱の影はうすくなった。

「兄者、世間の口に戸が立てられぬ。吉岡道場では、刀技はわしのほうが一枚上というわさをしている。これでは、わが京流のしめしがつかぬ」

「どうせよというのか」

「道場へ出て、たまには稽古をつけていただきたい」

又市郎自身、兄の実力と自分のそれとをくらべてみたい欲望をおさえきれなくなっていた。

「おろかな」

憲法は又市郎の真意を察し、急に話題を転じてちかごろ柳ノ馬場で見つけた遊女のことを熱心に語りはじめた。

「出雲からきたおなごじゃという。色は浅黒うて骨ぼそじゃが、眼につややかな精気がある。——な」

と卑屈ともみえる笑顔で又市郎の眼をのぞき、

「いちど、屋敷へよんで酌《しゃく》をさせてみぬか」

「ことわる。兄におなごを取りもってもらわねばならぬほど不自由はしておらぬ。

——兄者のこころ」

読めた、とまではさすがに言いかねた。しかし、

(兄は、自分の刀法に自信がないゆえ、おれの機嫌をとって、吉岡兵法をまもる矢面に立たせようとするのであろう)

としか思えない。

門弟のなかで、板倉伊賀守の家来平井某という者があり、ある日、「ごぞんじでござろうか」と、又市郎に耳寄りなことを告げた。

「けんぽう様は、ここ三年ほどのあいだ、毎夜、ひとの寝しずまった子《ね》の刻になると裏口からお出ましになり、丑《うし》の刻にそっとご帰館あそばす。うそではございませぬ」

この男の話では、ある夜、その真偽をたしかめるために門弟のひとりがあとをつけたというのである。

堀川を西へわたり、浄菩提寺、本法寺の門前をさらに西へゆくと、かつて足利将軍

時代の重臣だった一色《いっしき》家の屋敷あとが崩れのこっている。屋敷跡といってもわずかに築地塀《ついじべい》が残るだけで、池は沼となり礎石が草にうずもれ、樹木のしげる森のような場所だ。

憲法直綱の影がその築地塀のなかへ消えたあと、門弟は、路上にしゃがみ、ひそかになかをうかがった。

物音がない。

やがてどうしたわけか、樹々に眠っている寝鳥がはげしく騒ぎたてる声がした。寝鳥の騒ぎは二時間ほどつづいて、にわかにやみ、ふたたび憲法の影が路上にあらわれた。

影はまるで化生《けしょう》のように巨大にみえ、門弟がおもわずおびえて逃げようとした。影はスッと小さくなり、

「夜露は毒ぞ」

といったまま、足音もたてずに闇にきえたという。

「ふしぎじゃな。なぜ寝鳥がさわぐのか」

なぞが解けず、実見した門弟を呼びつけてきいてみた。

「兄者は、その一色の森で何をしておった。独り稽古でもしておられたか」

「いや、気合いのお声も聞こえず、木刀をふる気配もござりませなんだ。ただじっと、すわっていなされただけのように思われまする」

「止観《しかん》（一切の乱想を止めて寂静《じゃくじょう》たること）をなされていたのじゃな。しかしなぜ止観するだけで寝鳥がさわぐのか」

門弟にわかろうはずがない。

又市郎は、兄嫁の小琴にそのことを話してみた。小琴は、近衛家の諸大夫で兵法者としても知られた笠岡播磨介《はりまのすけ》のむすめである。播磨介は吉岡家の先代について皆伝をえた男だから、小琴も武芸には無縁の女ではない。

「左様なことは存じませぬ。きっと作りばなしでございましょう」

ついに憲法自身に訊《き》いてみた。

「小琴にきいてみたな」

「姉上はうそじゃと申されます」

「ならばうそに相違なかろう。おれは、小琴と臥床《ふしど》を別にしたことがないわ。夜歩きをするならば、小琴がきっと知っているはずではないか」

まるで他人事のようにいった。

ところが京の庶人はうわさ作りが好きだ。このことが市中を一廻りして又市郎の耳にもどってきたときは、奇怪な噺《はなし》になっていた。

——西ノ洞院のむじなどのは、夜になれば魂離れがする。憲法の生霊が、ひとり夜の京を歩くというのである。

(ばかな)

家名に傷がつくとおもい、又市郎はみずからこの事実をさぐることにした。

場所も時もわかっている。一色の廃館、時は子《ね》から丑《うし》の刻までの二時間である。

又市郎は一色館のなかを歩いてみた。

しかし、いくらさがしても、憲法らしい人影はなかった。

その翌夜も、翌々夜も行ってみたが、聞くのは、梟《ふくろう》のなき声ばかりである。

(寝鳥が騒ぐというのは、どういうことか)

又市郎は試みに剣をぬいてみた。

上段にかまえ、闇にむかって心気をこらし、

「やあっ」

と、肺腑《はいふ》のやぶるばかりの気合いをかけて一閃、夜気を切り裂いた。が、樹々の枝にやどっている寝鳥どもはシンと静まりかえったままであった。

それから数日のち、憲法がめずらしく道場へ出てきて、

「又市郎、きいたぞ。そちはこのところ毎夜、一色館へ行っているそうじゃな。あの屋敷跡で、おれの生霊と遭おうとしているのか」

ふと微笑し、

「会えたか」

「いっこうに会えませせぬ。とすれば、うわさはうわさに過ぎなんだのでござるな」

「気をおとすものでない。そのうち会えるさ。興《きょう》があれば、毎夜通うてみるがよい」

吉岡道場が、常州の剣客で神道流の鹿島林斎という者から挑戦をうけたのは、それからほどもないころであった。

場所は、京の市中今宮の下《さが》り松。

ときは、慶長十年の六月である。

ちなみに、こののちほどもなく吉岡兄弟は、宮本武蔵から挑戦をうけることになる。ところが、武蔵側にのこる伝説には、うそがある。

たとえば、吉岡一門と武蔵との決闘の場所は洛北一乗寺村の下り松だったという。この場所のうそは、神道流鹿島林斎との仕合いが今宮の下り松だったことから混同されたものだ。

それに、武蔵の養子宮本伊織が小倉延命寺に建てた武蔵の頌徳碑《しょうとくひ》の碑文では、吉岡家は対武蔵との決闘で、一門のおもだつ者が斃されたことになっているが、憲法直綱も又市郎も、その後にいたるまで壮健に生きている。このことは、後述する。

鹿島林斎の神道流というのは、剣法の源流の一つで、下総国香取の郷士飯篠《いいざさ》家直を祖としている。古流だからいわば刀槍を得物《えもの》にした格闘術のようなもので、その後の兵法のように刀術のみに純化されたものではない。

林斎は背は六尺にちかく、五体に力の満ちあふれているような雄偉な男である。

憲法は、門から入って来る山伏姿の様子を垣間《かいま》見て又市郎をよび、

「兵法は、ひとり倒せば、またその名を慕ってあらたなる者が打ちかかってくる。林斎はそちが三徳を倒したうわさをきいてやってきた。林斎を倒せばまた別な林斎があらわれる。果てるところがない。このあたりで他流との仕合いはことわればどうか」

「それでは、又市郎臆《おく》したりといわれる」

憲法はなにもいわず、みずから所司代板倉伊賀守勝重のもとに出むいて、仕合いのゆるしを得た。

仕合いの当日、又市郎が屋敷を出るとき、憲法は、

「相手は、古流の術者じゃ。得物は太刀にはかぎらぬぞ。用心せよ」

「いうにはおよぶ」

憲法のみたとおり、仕合い場へきてみると鹿島林斎は、七尺の棒のさきに一尺五寸の真剣をはめこんだ、長柄《ながえ》とも薙刀《なぎなた》ともつかぬ異様な得物をかかえて立っていた。

「やあ」

又市郎は嘲笑《ちょうしょう》した。若いが仕合いずれがしている。ツツと林斎に近づくや、

「林斎、そちは兵法を心得ちがいしておるわ。左様な長物《ちょうぶつ》をかざすとは、兵法は得物の大小によると思うておるのであろう。気の毒ながら一命はもらい受けたゆえ、念仏を唱えていよ」

「いうたな」

林斎は又市郎の手に乗り、いきなり打ちかかった。又市郎はかるがると飛びさがり、足が地につくや、ツと剣を引いてみせた。林斎はそれを手もとにつけ入る姿勢とみて、えたりと棒をひるがえしたとたん、又市郎の太刀行きが一丈も伸びた。はっとすくんだ林斎は、

「小僧」

ひと声を残したまま、地を嚙むような姿勢で倒れた。顔が二つに割れていた。

三

下り松の決闘以来、又市郎の名は、さらに高くなった。

又市郎は背が高く、膂力《りよりよく》がつよいわりには体がしなやかで、歩きざまがいかにもやさしい。京の柳ノ馬場で色をひさぐ女たちのあいだで、町絵師に又市郎の姿絵をかかせてふすまに貼《は》る者さえ出るほどだったという。

吉岡家の所伝では、大坂夏ノ陣で討ち死にした塙《ばん》団右衛門直之が道場にたずねてきたのも、このころであった。この高名の男は、そのころ、ながい牢浪で窮迫し、餓えをしのぐために洛西の禅刹妙心寺の大竜和尚のもとで鉄牛と名乗り、雲水になって毎日、京の市中を乞食《こつじき》してあるいていた。いつも雲水姿に大脇差しをさしていたために、町家ではその境涯をあわれみ、あらそって布施《ふせ》をしたといわれている。

団右衛門が西ノ洞院の吉岡兵法所に立ち寄ったのは、単に合力《ごうりき》を乞うためだったが、他の町家と同様、憲法も、かれを不時の賓客として書院に請じ入れた。

団右衛門は、又市郎を見るなり、

「お手前が、京の子女のあいだで評判の吉岡御曹司《おんぞうし》でござるか」

大真面目に感心し、しげしげとながめた。

憲法は、団右衛門とは一面識があったから気楽に、

「鉄牛どのは、戦場往来の士じゃ。そういうお眼からみて、又市郎をなんと見られる」

「はて」

団右衛門には、兵法がわからない。

刀術や槍術と、戦場の槍仕の働きとはべつなもので、兵法の名人といわれた者が、戦場に出てそれだけの働きをした例も、ほとんどない。団右衛門の眼からみれば、兵法などは所詮《しょせん》は芸にすぎぬとおもっていたのだろう、なにげなく、

「利発そうな芸者でござる」

といった。憲法はおだやかにうなずいたが、又市郎は腹にすえかね、

「鉄牛どのは刀術を舞や鼓笛の芸とおなじになさるか」

「これは迷惑な」

団右衛門は、わざとひょうきんそうに出された酒を大いそぎで飲みほし、さらに手酌で数杯重ねてから、

「わしには戦《いく》さのことしかわからぬ。ただ刀術をもって城を攻めとったはなしはきか

ぬゆえ、やはり、芸にすぎまいと思うただけよ」

「それならば、鉄牛どののお手並みを拝見つかまつろう。道場にお出ましあれ」

又市郎がひざを立てた。憲法はするどく制し、

「又。家法をわすれたか」

かつて吉岡家には、こういうことがあった。兄弟の父、先代憲法直賢《なおかた》の在世当時のことだ。巷伝では太閤秀吉が伏見城に直賢をまねいて、加藤清正と立ち合わせたという。

もっとも「秀吉の招き」というのはあやしい。秀吉は一介の足軽から身をおこして功名のたびに累進《るいしん》した男だが、死ぬまでのあいだ、刀術、槍術の術者には何の興味も示さず、それについての言行は一字も残っていない。その秀吉が吉岡憲法をよぶはずがないから、おそらく、清正自身が、伏見城下の加藤屋敷に先代憲法をよんだのだろうか。

「わしと立ち合ってみよ」

と清正は庭へ出た。

清正は、むろん兵法を知らない。が、十代のときから戦場に出て一度もおくれをとったことがないと自信があった。

ところが、木刀をもって立ちむかうと、憲法直賢はいつのまにかスルスルと進んで、ぽんと籠手《こて》をとってしまう。

「もう一度」

直賢にとって清正は貴人だから、木刀を頭上に加えることを遠慮して、何度やっても籠手だけをとった。

「そちの芸、よう見とどけた。されば実戦で見参しよう」

清正は用意させた具足を素早くつけ、立烏帽子《たてえぼし》の兜《かぶと》をかぶった。槍をしごいて、

「やあ」

と大喝すると、直賢はその威に怖れ、いや怖れたふりをしてみせたのか、カラリと太刀を投げすてて平伏した。

直賢ほどの男だ。たとえ真実清正の威に怖れたとしても、打ちあえばきっと負けるとはおもえない。しかし、これ以上、清正の自尊心を傷つけるのは、一介の武芸者なら知らず、京で門戸を張る吉岡家として穏当《おんとう》でないとおもったのだろう。しかしこのために、

「さすがの吉岡も主計頭《かずえのかみ》には負けた」

という風評《ふうひょう》が立った。

先代憲法は、のちのちまで一門の者に、

「兵法は戦さの芸ではない。戦さ自慢の者との立ちあいは、ゆめ、するな」

団右衛門も、馬上、槍をとれば清正にも劣るまい。しかし芸を売る吉岡家の道場でそれに専心している又市郎と刀術の優劣をきそう愚はわかっているし、兵法と戦場の槍働きとは別のものだ、ということを知っている。取りあわなかった。そういう団右衛門の大人な態度をながめながら、憲法直綱は別のことを考えていた。

(いったい、兵法とはなにか)

ながい間もちつづけてきた疑問である。

(敵を戦場で刺突《しとつ》するだけの術なら、なまなか兵法者よりも戦さ馴れした団右衛門のような男のほうがきっとまさっている。また団右衛門のいうごとくいくら刀法を磨いたところで、城取りは出来まい。いったい刀法とは何のためにあるのか)

その疑問を口に出して団右衛門にただした。が、かれは迷惑そうに、

「わしにはわからぬ。しかし、ちかごろ江戸の柳生流では禅家の心術をとり入れて、兵法はついに悟道《ごどう》に達すべきものというているそうじゃが、それならばあえて刀を執《と》らずとも坊主になればよさそうなものじゃと思うている」

(かもしれぬ)

と憲法は心中でうなずき、

(所詮、吉岡家の兵法は、柳生のごとき悟道のためでも、諸流のごとき戦場働きのためでもなく、家名をまもるためにだけある)

そのことのおろかさを憲法は考えつづけてきた。かれが日常のことに消極的になりはじめたのは、このことが胸中にわだかまっていたからであったらしい。

四

そういう憲法が、慶長十年秋、播州の新免宮本武蔵政名という無名の武芸者から挑戦をうけたときは、さすがに、

「新免」

と、口走ったなり、しばらく絶句した。

「どういう男であったか」

武蔵は、直接、吉岡一門のたれとも会わずに、書状を門番の老人に渡して去ったというのである。

「身のたけは五尺七、八寸、ほお骨が突き出、ひげはなく、眼が黄色うございまし

た」

「異相《いそう》じゃな」

「いかにも」

「年の頃は？」

「二十一、二でござりましょうか」

憲法には武蔵の魂胆《こんたん》がわかっていた。吉岡一門の前に姿を見せれば、心の働き、体のさばき癖などを見ぬかれるおそれがあり、すべては仕合いの場所で決しようというのだろう。この若さで、まるで老人のような狡智《こうち》をもっている。

書状によると、返書は、東山妙法院の小者某に手渡されたし、とあり、もし仕合いに応ぜぬときは、

「御一門の怯気《きょうき》を京洛はおろか、天下に吹聴致すべく候」

手を心得ていた。

憲法が、新免という姓をみておどろいたのは、先代憲法のときに、おなじ播州の兵法者で同姓の新免無二斎という者から挑戦をうけ、室町最後の将軍霊陽院義昭の前で対決し、三度の勝負のうち二本をとられて、先代憲法が敗北したことがあったからだ。

室町御所の兵法師範であった吉岡家は、将軍家から「扶桑第一兵法術者」の号をうけていたが、その後無二斎は、

「日下無双兵法術者《ひのしたむそうひょうほうじゅつしゃ》」

の号を亡き義昭からうけた、と称して諸国を歩いていたらしい。

無二斎は刀術のほかに十手の妙手でもあったといわれている。しかしその後、どういう生涯を送ったのか、京までは聞こえていない。

（その無二斎とゆかりの者か）

のちに武蔵がその実子であることがわかった。しかしこのときはわからない。憲法は、その新免という姓にこだわった。吉岡家にとっては、これほど不吉な姓はなかった。

「とにかく居所をしらべよ」

憲法は、いつものかれとは、まるで人変わりしたように真剣になった。

手がかりは、武蔵自身が指名した妙法院の寺男某だけだったが、門弟をやってこの者に訊くと、

「さる御牢人が」

と要領をえなかった。

寺男によれば、ある日、武蔵らしい骨柄たくましい牢人があらわれ、

「西ノ洞院の吉岡家の者が書状をそちらに託《たく》すゆえ、あずかっておいてくれ」

と、銅銭二枚を渡してたち去った。

「それだけか」

憲法は失望したが、

「しかしそれほど異相の者ならば、市中を歩いていても武蔵とわかるはず。もそっとさがせ」

門弟たちを八方にやってさがさせたが、ついに見かけなかった。洛外のどこかに潜伏しているのだろうか。

憲法は、相手の姿を見ないだけに、武蔵に対する想像が巨大なものとなって自分の心にのしかかりはじめているのを感じて、これはならぬ、とおもった。

(相手の術策《じゅつさく》に、すでにおれはかかっている)

仕合いは、受けることにきめた。吉岡家が天下にむかって兵法所をひらいているかぎり、受けて立つよりしかたがなかった。

型どおり所司代にとどけ出ると、板倉伊賀守は、にわかに興味をもち、

「その仕合い、当役所の庭でなされ、それがしが検分役を買いたい」

伊賀守にすれば、動静をあきらかにせぬ異相の剣客に興味をおぼえたのだろうか。

このため仕合いは公式なものになった。

屋敷にもどってこの旨を又市郎に告げるとむしろ眼をかがやかせた。

「相手は田舎兵法者とはいえ、わしにとっては晴れの仕合いになる」

「又市郎」

憲法はしずかにいった。

「わしが立ちあう」

「兄者が」

と又市郎は、つい不用意にいった。

「勝てるか」

しかし憲法は顔色もかえず、

「負けるかもしれぬ。が、そちならばこの勝負、きっと吉岡の負けじゃ」

「兄者。いかに兄者とはいえ、兵法のことはゆずれぬ。兄者とわしとは、いずれが術がたしかか」

「わしが、一段は立ちまさる」

「痴《こ》けな、兄者、道場へ出ませい。ひと手、お教えねがいたい」

「木太刀をとらずともわかる、今夜、一色の崩れ屋敷の森で止観《しかん》してみよ。そちでは、まだ寝鳥がさわぐまいぞ」

「なんのことがあろう」

又市郎は、夜ふけを待って、一色の廃館へ入った。

削《そ》ぎたてたような片鎌月が、はるかな東山の上にかかっている。

森の下草に、秋の虫が湧くようにすだいていたが、又市郎が一足ふみおろすごとに、まわりの虫の声がやむ。手さぐりで石をさがし、その上に、型どおり結跏趺坐《けっかふざ》してみた。

止観とは、形は坐禅に似ている。が、もともと禅門のものではなく、天台の阿闍利《あじゃり》の行法《ぎょうほう》である。坐禅のように想念を空《くう》にするよりも、むしろ、逆に、想念をある妄想に統一するものだ。のちに柳生流が禅家と結びつく以前の兵法諸流は、多く天台教義をとり入れて、止観をもって心胆を練ろうとした。

たとえば、止観のうちで、

水観《すいかん》

というものがある。

川のふちですわり、何日も、何ヵ月も、水の流れを見つめつくして、流るる水のごとき人生の無常を実観するのである。

行法をきわめた阿闍利になると、川の流れを見なくても、眼をつぶればたちどころに川を見ることができるという。王朝のむかし、ある阿闍利が室内で水観をしていたところ、不用意にその部屋のふすまをあけた者が、室内からどっと流れだした奔流にあやうく溺《おぼ》れかけた。むろん幻覚である。が、行法の行きつくところ、自分だけではなく他人の心をさえ幻覚に巻きこむことができる、といわれている。

又市郎は、止観した。時が過ぎた。月が頭上まできたとき、不意に背後で人の気配《けはい》がした。

「又い」

憲法である。

「鳥は寝ているではないか」

声が笑っている。又市郎はかっとした。これまでとかくの批評をもちながらも兄を敬慕してきた。が、この瞬間、骨が凍えるほどに憲法を憎悪した。石から飛びおり、

「お抜きなされ」

キラッと刀をぬいて、上段にかざし、

「兵法の優劣は、所詮は太刀打ちできまる。おさないころ、兄者から斬るつもりで打

ちかかれ、といわれた。そのこと、いまこの場でやってもよいか」

「よい」

憲法の黒い影がわずかに動き、鞘走《さやばし》る音がきこえて白刃が月に光った。やがて剣尖がしずかに沈みはじめ、下段でとまった。

「来ぬか」

「ま、まいる」

又市郎は兄の呼吸をはかろうとした。が、どうしたことか、時が経つにつれ、かえって自分の呼吸がみだれはじめ、全身に汗が流れた。

「あ、あんじゃ。なにをなさる」

そのとき、夜空を掻きまわすようなけたたましさで、樹上の寝鳥がさわぎ、枝から枝へ羽音をたてて飛び交《か》いはじめた。

又市郎は、ぱっと飛びのき、

「兄者」

「さわぐな。いまなら、わしはそちを据え物のように斬ることができる。兵法の要義わかったか。兵法とは、わざばかりがすぐれても、十分ではない。生き身の敵に打ち勝つには、わざよりもさらに大事なものがある」

「な、なんであろう」

「気よ」

憲法は、ふっと息を抜くようにいった。と同時に、寝鳥の騒ぎが、うそのように静まって、又市郎の五体も、急に軽くなった。

「わしの見るところ、そちのわざはわしよりも立ちまさっている。が、気はわしにおよばぬ。鳥の眼をさまさせることさえできぬではないか。武蔵にはとうてい勝てぬ。あの者について、ただ一つ、わしは知ることができた。門番の与兵衛のいうところでは武蔵が近づいてきたとき、声もかけられぬのに身のうちがわなわなと慄《ふる》えたという。武蔵にはうまれつき、虎狼《ころう》のごとき気が備わっているのであろう」

五

所司代屋敷は、二条城の北西に隣接して建てられており、書院の東が、白洲になっている。

伊賀守勝重は、ぬれ縁に設けられた席に着座した。

憲法は、白洲の西に位置した。床几《しょうぎ》をおいて着座し、長短三種類の木太刀を家来西野勘左衛門に持たせている。

　武蔵の到着は定刻よりやや遅れた。かれは介添えの伊賀守の家来一人、所司代同心三人にともなわれて白洲へ入った。介添えの者が平伏し、

「播州の牢人新免宮本武蔵でござりまする」

「ふむ」

伊賀守はしばらく見つめ、検分役として型どおりのことをいった。

「勝負は一度、双方勝ち負けの如何にかかわらず、遺恨をあとにのこすな」

武蔵は、だまって頭をさげた。憲法に対して声を惜しんだのであろう。背がずぬけて高く、異相だった。髪は元結《もとゆい》をせず、蓬髪《ほうはつ》を肩まで垂れ、毛の色がやや赤い。

「お支度を」

　と同心がいった。武蔵は同心から水桶をもらい、足に湿してわらじをひき締め、ふところから真田紐《さなだひも》をとり出してタスキをかけた。

最後に、頭髪をたくみにうしろに掻きすてると、ゆっくりと柿色の鉢巻きを締め、脇差しを抜いておくれ毛を切りとりすぐ刀をおさめた。武蔵は、その後も頭髪を結《ゆ》わなかった男で、自然にのばし、壮年のころは帯まで垂れていたといわれている。生涯

髪にクシを入れず、湯にも入らなかったというから、おそらく自然のままで暮らすことを好んでいたのであろう。

憲法は、家来から鉢巻きをうけとって、締めた。白色であった。

両者の服装は伝わっていないが、鉢巻きの色の相違だけは、はっきり記録がのこされている。

武蔵は、四尺ほどある樫《かし》の木太刀を軽くもって東の位置に立った。憲法はそれを見ると、だまって西野勘左衛門のひざもとに置かれている長い木太刀をえらんで、おだやかに前に進み出た。

「吉岡憲法でござる」

武蔵はだまって頭をさげた。

間合《まあい》は十間。

憲法は、青眼にかまえた。同時に武蔵は、刀を八双に突きあげ、

「やあっ」

と絶叫した。人のものとは思えぬほどのすさまじい気合いであった。

そのくせ、声とはまるでかけはなれた奇妙な表情をしていた。やや首をかしげ、眼を半ばひらき、半ば閉じている。この半眼は、武蔵の生涯を通じて、剣をもったとき

のくせであった。

その全身から、すさまじい殺気がながれ、憲法を圧した。憲法は、これほどすさまじい気をもつ兵法者をはじめてみた。おもわず、眼がくるめき、五体がゆるんだ。武蔵はすばやくその機を知って、だっと跳躍した。

憲法も、地を蹴った。

両者のあいだにしらじらと横たわっている十間の間合はこの瞬間、音を発してちぢまり、二人の兵法者がすれちがったとき、眼にもとまらぬ速さで二本の木太刀が動いた。

伊賀守は身を乗り出した。凝視《ぎょうし》していたが、やがてはっと板敷きをたたき、

「それまで」

といった。

「双方、木太刀をおさめられよ」

「あいや」

武蔵は、伊賀守にむかった。憲法も伊賀守も、このとき、武蔵の言葉というものを、はじめてきいたのである。

「それがしの勝ちでござるな」

伊賀守は、答えず、憲法と武蔵をそれぞれに見くらべてから、

「あのとき、同時に、太刀がたがいの頭上でとまった。相打ちであった。不服か」

「不服でござる。それがしの勝ちという証拠に、憲法殿の鉢巻きをごろうじあれ」

憲法の白い鉢巻きに血がにじんでいた。

「いや、相打ちであった。わしの眼にくるいはない。武蔵、そちの鉢巻きをみせてみよ」

伊賀守がいった。

たれの眼からみても武蔵の柿色の鉢巻きには血がにじんでいるように思えたが、鉢巻きが同色のためにそれとはよくわからなかった。

「おことわり申す」

武蔵は、ついに鉢巻きをとらなかった。

晩年になって武蔵は、若いころの剣歴を語るごとに、かならず、

「吉岡に勝った」

といった。あるいは真剣で戦えば武蔵の勝ちだったかもしれない。この仕合いは「稽古仕合い」だったために、たがいに木刀を相手の頭上の紙一重のところでとめている。自然、勝敗は検分役の判定にたよるわけだが、かんじんの伊賀守勝重は、元来

が僧侶であり、家康にその教養と吏才《りさい》をみとめられて立身した人物である。武芸の心得がなかった。京の名家の吉岡家の立場を考えて、相打ちにし、かつ武蔵の異議をとりあげなかったのは、京の市政官として当然の処置だったかもしれない。

武蔵と吉岡一門との仕合いは、このとき一回きりでおわった。

ところが、武蔵の死後、かれの養子宮本伊織のかいた碑文《ひぶん》などでは、武蔵は三度、吉岡家と戦ったことになっている。

まずはじめに、洛外蓮台野で吉岡家の惣領《そうりよう》「清十郎」という者とたたかって清十郎即死。

つぎに「吉岡伝七郎」とたたかい、伝七郎即死。

三度目は、「吉岡又七郎」が門弟多数をひきいて合戦支度をし、洛北《らくほく》一乗寺下り松において武蔵を討とうとして果たさなかった、といわれてきた。

しかし吉岡家側から書かれたものには、右の三人の名前の者はおらず、しかも当主の憲法も又市郎も、天寿を全うしている。どちらが正しいのかは、いまでは知りようもないし、詮索するほどの重大事でもあるまい。

ただ、宮本伊織の碑文には、吉岡家の当主らしい者が、武蔵に敗れたがために、「遂に兵術を棄てて薙髪《ちはつ》し畢《おわ》んぬ」とある。これは正確ではない。吉岡家兵法所は、その後十年もつづいている。

慶長十九年の夏、京都禁裡《きんり》で猿楽《さるがく》の催しがあり、一般に公開されたことがある。

当日、京の市中の者はおろか、聞き伝えた近国の者まで参集し、猿楽の舞台を押し倒さんばかりの人出をみた。所司代役人が多数出没して整理にあたったが、そのとき見物中の吉岡一族のひとり清次郎重賢という若者が、警固の役人只見弥五右衛門とかねて遺恨《いこん》のことがあり、人ごみの中であらそった。丸腰の清次郎はいったん御所を出、ふところに小太刀をかくして再び入場し、弥五右衛門を一撃で倒した。

場所がら大混乱となった。群衆が逃げまどうなかを所司代役人多数が槍、棒をもってとりおさえようとした。しかし清次郎は、またたくまに六、七人を斬り伏せ、十四、五人に傷を負わせ、ようやく伊賀守勝重の家来太田忠兵衛の薙刀で討ちとられた。この騒擾《そうじょう》事件のために、吉岡兵法所は所司代の命で閉鎖され、憲法、又市郎の兄弟は、御宿越前守長則の客になって蟄居《ちっきょ》した。兵法吉岡家がつぶれたのは、武蔵とどういうつながりもない。

兄弟はのち、大坂夏ノ陣がおわってから京へ帰り、かねて憲法が明人李三官から学んでいた墨染めの技法をさらに工夫し、もとの西ノ洞院で紺屋の店をひらいた。世間では憲法染めとよび、繁昌したものらしい。

その後の吉岡家のことについては、「窓のすさみ」という本に、江戸も寛永のころのこういう話が出ている。美作《みまさか》十八万石の領主森長継の家来で兵法自慢の者がふたり京へのぼった。当時、辻斬りがはやったから、この者たちも面白まぎれに毎夜辻斬りをして興じていた。

ある夜、二人が道路の前後の物蔭にそれぞれかくれて人を待っていたところ、坊主頭に頭巾《ずきん》をかぶった商家の隠居風の老人が、酔い心地の足どりで通りかかった。まず一人が声をかけて肩先へ斬りつけると、隠居は蠅でもはらう手つきで無造作に引きはずして、平然と歩いてゆく。

別の場所にいた男が、老人の近づくのを待って斬りかかると、

「待った」

と雪駄《せった》を腰にはさみ、尻をはしょって、

「さあ」

と扇子をかまえた。辻斬りは、踏みこみ踏みこみして何度も打ちかかったが、そのたびに隠居は扇子で刀の峰をぴたぴたとたたき、

「まだまだ」

といった。ついにつけ入られて当身《あてみ》を食い、昏倒してしまったとき、他の一人がお

どろいて刀を捨て、

「ご老は、何人《なんぴと》におわしますや」

ときくと、隠居はふりむきもせず、

「憲法さ」

と答え、そのまま謡をうたいながら立ち去ったという。

武蔵が、二天と号して肥後熊本で余生を送っていたころのはなしである。

千葉周作

一

伊香保《いかほ》の湯は、江戸を去る三十五里、上州榛名山《はるなさん》の山中にある。

浴館六十六戸。

北関東きっての湯治場といっていい。

幕末、といっても江戸文化が爛熟しきった文政年間のはじめ、この湯治場にひとりの武士がやってきた。まだ、二十五、六といった年ごろだろう。武士は、伊香保でも最大の旅館である「木暮武太夫」方にとまった。

数日、逗留した部屋は、西の間という西陽のさす下品《げぼん》な部屋である。

——西の間のお武家は大きい。

というのが、宿じゅうの評判であった。「力士でもあれほどの者は少なかろう」と、伽《とぎ》に出た湯女《ゆな》が、あまり上品でないうわさをした。

六尺はあった。それに両腕が長く、手を垂れると膝にまで達した。一緒に寝た湯女の語るところでは、四つん這いになると、両手両足で二畳のたたみの四すみをつかむことができた、というから異形人である。

それに、顔がおそろしく長い。

眉が、武者人形のように秀《ひい》でていた。眼するどく、鼻梁が高い。男子としては屈強な容相《かたち》だが、丹次郎型の美男がはやる当節では、湯女どもも、おそろしがるばかりで、慕い寄ってはくれない。

「あの西の間のお武家さまは」

と、その客と二、三度寝た湯女の初花がいった。

「お床が、しつこい。せめて芸でもさせてやろうと思い、なんぞ面白い遊びはありませぬか、というと、碁盤を出してあそぶか、とおっしゃいます」

「それで？」

と、ほかの朋輩が、さきをうながした。

「このいそがしい湯治場で、湯女が悠長に碁などやってはおれない。いやだというのもなんだから、碁はたしなみませぬ、というと、お武家は、いやいやそうではない、とにかく碁盤を出せ、という」

「こうするのじゃ」

と、武士は碁盤のはしを、その大きな掌でつかんだ。

それをなんと、扇子のように自在に煽ぎながら、部屋じゅうのろうそくの灯を片っぱしから消してまわった、という。

初花もそのばけものぶりには閉口してしまい、

「唄でもうたってください」

と、碁盤あそびをやめさせた。

「歌か」

武士はかんちがいしたらしい。不粋にも墨、硯をもってきて、短冊にへたな文字で腰折れを一つ、書いて与えた。初花が読んでみると、

思はじと思へばまさる起き伏しに
なほ思はるる君がおもかげ

ちょっと骨柄とはみえない、あじな歌意である。

「どうじゃ。そこもとへのわしの想いを寓したのよ」

と、野暮《やぼ》にわらってみせ、

「さあ、そこもとにくれてやる。大事にもっておれば、いずれ大層な値打が出よう」

といった。

「おもしろいお人じゃな」

と、興をもったのは、この宿の主人の木暮武太夫である。

木暮、小暮、という姓は、関東に多い。もとは、上州勢多郡小暮村からおこったのであろう。この伊香保の木暮家は、戦国のころは武士であった。「天正年間、木暮某という者がこの山中にきて湯を再興し、湯治場をひらいた」という。だから聚落《まち》では、この武太夫方が、元祖の宿である。それだけに、温泉宿の亭主ながらも苗字《みようじ》帯刀をゆるされ、この近郷一帯の名主になっている。この近郷の百姓からは、領主同様のあつかいをうけている男である。

武太夫の道楽は、剣術であった。

いや、この亭主だけではない。いったいに上州は剣術がさかんで、一郷一村の旦那とよばれるほどの人物で、剣術を学んでいない者はない、といっていい。

自然、剣の教授で衣食している剣客の数も多かった。その流儀は、ほとんどが念流であった。古い。遠く戦国中期に興った兵法で、技法も、教典の文句も、じつに古風なものであった。しかし、剣術というものが徳川の泰平二百年のあいだ、まったく停頓してしまった技術だから、念流だけが古いというわけではない。

「千葉様」

と、ある日、あるじの木暮武太夫が、部屋にたずねてきた。客の名は千葉周作である。

「御用か」

と、千葉周作と名乗る若い武士は、きいた。

「いやいや毎日、お退屈でございましょうと存じまして。かような田舎で、上州ではなんの名物とてはございませぬが、ただ剣術のみが、諸国とはちがい、非常なものでございます。わたくしも、師につき、いささか嗜《たしな》みおりまするが、いかがでございましょう、お戯れにお習いあそばしては。——」

人は自分の道楽を勧めたがるものだ。

「おもしろそうだな」

周作は、亭主が持ちこんできた道具類をのぞきこんだ。びわのシンで作った木刀、頭部を保護するための鉢金（簡易かぶと）、胴をまもるふとんのようなもの、具足のすねあて、といったような、ひなびた、古めかしいものである。

「この道具で、どうなさる」

「されば試みて、ご覧に入れましょう」

亭主の木暮武太夫は、近所から同好の連中二、三人をよんできて、庭で支度をした。同好の者は、やはりこの付近の宿の亭主どもらしい。

——やっ。

——とう。

と、すさまじい掛け声で演じはじめた。当世剣術とはちがい、念流では、「撃ち合い稽古」というものをやらない。古法どおり、いっさい、型、組太刀ばかりである。念流だけではない。柳生流にしろ、一刀流にしろ、むろんそれ以前の兵法はいうにおよばず、剣術とは、すべてこういう組太刀稽古ばかりであった。一刀流などは、双方刃引きの真剣をつかい、位、構、長、短、間尺《ましやく》をはかりつつ、敵の刃がわれにあたらぬことを修行し、心気を練った。

この型稽古について、幕末の剣客榊原鍵吉の高弟山田次郎吉翁は、「ちょうどあやつり人形のごとく、舞楽の舞のごとく、型にはめて動くのみで、もし術者にして神気が籠らねば、軽業師の曲芸にも及ばぬ」といっている。

「亭主、おもしろいな」

周作は、人がわるい。じつのところ、別な興味があったのだ。というのは、かれは、江戸で中西派一刀流をまなんだ。この流儀は三代目中西忠太が、組太刀の弊に気づき、面、籠手、胴、といった例の撃剣道具を考案し、竹刀をもって刺撃しあう、という修行法をひらいたことで当時有名であった。剣術修行法の革命といっていい。この新規な法は、江戸では他流儀にまでひろがったが、古流の剣客のほとんどは、反対した。当の中西派の門でさえ、師範代のなかにはそういう撃剣をよろこばず、頑として古法の組太刀のみによる修行をとっている者がある。が、周作は若い。その新規な派のひとりであった。

（念流は、古流のなかでも錚々《そうそう》たる流儀だ。この機会にとくと見ておこう）

周作は、身をのり出すようにして、木暮武太夫の演武を見た。しかしすぐ失望した。下手すぎるのである。下手な使い手で、田楽舞のような身ぶりで木刀をふりまわすものだから、あぶなくてみていられなかった。

「あ、あぶないあぶない。武太夫どの、やめなされ」

周作は、しきりと叫んだ。後年、周作自身が手記した文章を借りると、

「余又、最早止めたまへ。怪我にてもあらば大事なり。見る目もはなはだ危ふきに、言へば主人――」

「いや、だいじござらぬ、ござらぬ」

っていた。と武太夫は得意げに笑いながら、ひとしきり木刀をふりまわしたあと、座敷にもどってきて、

「よそめにはあぶなそうにみえまするが、そもそも剣術なるものには摩利支天の御加護あるものなれば決して怪我などいたしませぬ」

といった。

「摩利支天?」

「いかにも左様で」

古流の修行者は、一種の信者である。もともと剣術とはそういうものであった。組太刀に誇大、奇怪な名称をつけ、伝書に真言行者のような摩訶不思議な用語をもちい、学ぶ者にこけおどしをかけている。

(みな、うそさ)

とまでは周作は思わないが、そういう臭気から剣術を救いだしたいと念願していた。周作は、剣術とは、体と精神の力学の一致したところに極意があると信じている。徹底した合理主義であった。この男は、もう五十年おそく生れておれば、剣術者などにはならずに、自然科学者にでもなっていたような男である。

「上州には、二十八天狗というものがおりましてな。盛んなものでございます」

「ははあ、天狗が、いまに居るのでござるか」

「いや、人間でありまするが、これら術者には天狗もおよばぬでございましょう。多くは念流でございますが、一部は神道無念流の大達人も在住しております」

「お手前の師は、どなたでござる」

「高崎のお城下にて道場をひらきまする念流の小泉玄神様でございます。このかたは二十八天狗のなかでも三指に入りましょう」

と亭主は、小泉玄神という剣客がいかに超人であるかという話を、おもしろおかしく物語ってきかせた。

（うそだ）

とは、周作はおもわない。古流などには剣客伝説にあるような超人がいるかもしれない。会って、試合をして、たしかめてみたいと思った。周作はこのときの心境を、こう手記している、

「余、心のうちには、これこそ世に言ふ畳の下をくぐり、壁を渡るたぐひの剣術やも知れず。話には聞けども見たるためしなし、と思ひつつ、なほも剣術など知らぬていにてもてなせば」

——いちど、会ってみられては？

と、幸い主人もすすめてくれた。周作は高崎城下を訪れることにした。千葉周作が、古流の剣客と立ちあうことになったのは、このときが最初である。

二

周作、幼名は於菟松《おとまつ》。

陸中（岩手県）の仙台藩領気仙《けせん》郡気仙郷の出身である。

古代、このあたりは新羅《しらぎ》から流れてきた金氏の根拠地であったらしい。

「その人情敦厚《とんこう》、その風俗淳朴」と地誌にもある。しかもこの地は、長大な骨格の人物を産し、文字がたくみで乗馬に長じ、弓銃をよくし、水泳にたくみである、といわれてきた。周作の特異な骨格、軽捷な身動きには、そういう古代新羅人の血を幾分かうけているのかもしれない。

武士の子ではない。

この地の百姓幸右衛門の子である。

百姓ながらも大族で、親類縁者が陸中、陸前に多く、それぞれ、郷士、床屋、医者、剣客、年寄百姓といったぐあいに、在郷ではまずまずの家柄である。この一族はもともとの祖先は気仙人ではなく、下総の名族千葉氏のうちのある者がいつの時代か流れてきて移住したという一族伝説があった。その証拠に家紋は千葉の月星紋で、百姓ながらも、隠し姓として、「千葉」を伝承していた。

父の幸右衛門。――

これは風変りな男であった。若いころ、一族のうちで、吉之丞という百姓が、自得の剣法を修行し、「北辰夢想流」と名づけ、農事のかたわら、村内でほそぼそ教授しているのに就き、剣術を学んだ。

やがてその吉之丞の娘をもらって養子となり、三人の男児をうんだ。周作は、次男である。

「百姓には、なるな」

と、周作におしえた。

幸右衛門は、周作にスキやクワをもたせなかった。

「お前の血のなかには源平時代の名族千葉氏の血が流れている」

という伝説をふきこみ、

「この近在の土百姓どもではない」

と、武士の子のような風体をさせた。近所の同類の百姓どもにとっては、笑止千万なことであったろう。

――百姓幸右衛門こと、上をおそれず、分際身分をかえりみず、武家同然の人体をなし、子をもそのように粉飾《ふんしょく》なし、

と、近所の百姓が名主に告げ、名主が代官に報告した。このために幸右衛門はこっぴどく代官所からしかられている。

そのため、土地を離れて、流浪した。いわば、逃散《ちょうさん》百姓にちかい。この幸右衛門が、諸方を流れて、江戸の近在の松戸（いまの千葉県松戸市）に住みついたのは、周作の十五、六のときである。

ここで、幸右衛門は、浦山寿貞というもっともらしい名を名乗って、医者を開業した。しかし家計は苦しかった。

「周作よ」

と、つねづね教えた。

「お前は、遠くは桓武《かんむ》天皇の後胤平良文《たいらのよしふみ》、下総に土着して千葉氏を名乗り、忠常、忠将《ただまさ》、常永など、関東きっての名将を出した者の血じゃ。わしは若年のころから家名を興そうと思ったが、志を得ず、このまま埋もれる。望みをお前に託している。かならず武術に精励し、先祖の名に恥じぬ武士になれ」

幸右衛門には、一種、誇大妄想的な気質があったのであろう。しかし、天才児というものは、多くこういう異常な父親によって出るものらしい。幸右衛門は、自分の子に強烈な使命感をあたえ、懸命に指導した。この松戸にわざわざ居をさだめたのも、この土地に浅利又七郎義信という著名な剣客がいたからである。

周作を、その門に入れた。それだけではない。

幸右衛門は、伝手《つて》から伝手をたどって、江戸本郷にすむ大旗本喜多村石見守《いわみのかみ》正秀に頼み入り、周作を一時的に家来にとりたててもらった。むろん、一時的でよかった。召し放たれても、浪人として姓を名乗ることができる。周作は、このおかげで、天下晴れて、「千葉」と名乗ることができた。ところがすぐ、喜多村家を致仕《ちし》している。喜多村家とのあいだの八百長であったのかもしれない。とにかく、千葉周作の名が、このとき誕生した。こういう異常人を父にもたなかったならば、周作は、仙台藩領の百姓として世をおわっただろう。

師匠の浅利又七郎義信は、小野派一刀流の相伝者で、若いころは、浅利の突《つき》、といえば江戸中の剣客がふるえあがったほどの達人であった。しかし老いている。

当時、浅利義信は、生れ在所の松戸にひっこみ、若狭小浜の酒井家から捨て扶持をもらって、気ままに暮らしていた。邸内に道場があり、周作は、そこへ通った。

「寿貞どの」

と、あるとき、浅利義信は、周作の父幸右衛門にいった。

「お手前はとほうもない子を持たれた。周作は、わが道統の名をあげる者になるかもしれぬ」

「左様でございますか」

幸右衛門のよろこびは、深い。浅利の道統の名などあげずともよいが、千葉の家名が興せる。幸右衛門はいよいよ周作の将来に期待した。

浅利も、期待した。つぎつぎと流儀の段階を伝授した。小野派一刀流の伝授は、「小太刀」にはじまって、刃引《はびき》、払捨刀《ほっしゃ》、目録、かな字、取立免状、本目録皆伝、そして「指南免状」におわる。

周作は二十三歳で、本目録皆伝にまですすんだ。

「はげめば、指南免状をあたえるぞ」

と、師匠の浅利義信はいったが、かれにはかれなりの野心がある。子供がなかった。

この天才児を幸右衛門からとりあげて、養子にしようと考えていた。つまり、千葉姓から、浅利姓に移そうとしていた。だから、当時の剣客仲間としては異例な、留学わしも若年のころ、あの流儀を学んで得るところが多かった」

「おなじ一刀流でも、中西派は色あいがちがう。

といった。

「中西派一刀流を学べ」

をゆるした。


浅利は、周作を江戸の中西忠兵衛子正（中西派四代目）の門にあずけた。

なにしろ、中西門は、竹刀籠手の撃ち合い剣術の元祖の道場で、江戸では実力抜群の道場として知られていた。師範代だけでも、寺田五郎右衛門、白井亨《とおる》、高柳又四郎といった、当時、天下屈指の剣客をそろえている。

周作は、道場に住み、骨が撓《たわ》むほどに稽古をした。ときどき、松戸へ帰った。松戸の浅利道場に帰ると、浅利義信は、木刀をとってかならず周作の進境を試した。

あるとき、

（おや）

とおもった。

（我をたてはじめたな）

「周作、お前は竹刀撃ちをしすぎている。剣に、妙な色がついた」

「お言葉でございますが、中西派一刀流は竹刀撃ちの道場でございます。学んだ以上、それなりの色はつきましょう」

と、責めた。

「ちがう」

と、浅利義信はいった。

「中西道場にもいろいろある」

浅利義信のいうとおり、中西道場は複雑であった。三代目の創始した竹刀撃ちがこの道場の名物ではあるが、かといって流祖以来の一刀流の古格な組太刀は忘れていない。いないどころか、師範代のひとり寺田五郎右衛門などは、

——いやしくも蹴合いではあるまいし、叩きあいで剣が学べるか。

と、頑固なほどの組太刀党であった。いっさい防具はつけず、木刀か、刃引きの真剣をもって稽古をつけた。これは余談だが、寺田はよほど頑固な竹刀ぎらいだったらしく、中西門に入ってまだ二年もたたぬ十五、六歳のころ、すでに竹刀剣術に疑問をもち、いったんこの門を去って、古流の無敵流池田八左衛門の門に入っている。そこで皆伝を得、無敵流の達人として高崎侯に仕えた。が、高崎侯は、寺田のふるくさい稽古法がいやになったらしく、寺田が五十歳になってから、

――中西派一刀流に入りなおせ。

と命じた。いわば帰り新参であったが、しかし技倆は門下第一で、

――おれの木刀から火が出るぞ。

と、門生をおどしあげては、古風きわまる組太刀の稽古を強制した。

おなじ師範代でも、白井亨、高柳又四郎はあたらしい竹刀籠手主義であった。白井亨は口癖に、

「おれの竹刀から輪が出る」

と門生どもに自慢し、高柳又四郎は、

「音無し又四郎」

といわれて江戸中に有名であった。たれも高柳の竹刀に触れることができなかったためにそういうあだながができたのだろう。周作は入門後、

(これからは、竹刀の時代だ)

とおもって、竹刀派の白井、高柳についてその稽古をうけた。またたくうちに、互角の勝負をするまでになった。

(剣に色がついた)

と、浅利義信がいやがったのは、こういうころである。浅利は、中西門にまなびな

がら、古風な小野派一刀流にもどったほどの人物だから、竹刀稽古を軽侮し、おなじ中西門でも白井、高柳の竹刀剣術を「華美剣術」と称して感心していなかった。

「なぜ、寺田さんの組太刀を学ばぬ」

と、周作を叱った。叱るだけではない。剣に色がついた、ということは、浅利に別な不安をおこさせた。

(この竹刀好みの若者は、わしから離れるのではあるまいか)

浅利はなかなかの機略家であった。周作の足をひきとめておくために、女をめとらせようとおもった。

それが、おこうである。浅利義信のめいであった。おこうは、それまでときどき道場に遊びにきて周作とは顔なじみであった。そのおこうを、道場に住みこませ、周作が江戸から帰ると、身のまわりの世話をさせた。

たいして色模様もなく、二人は、ごく自然にからだのつながりができた。周作はおこうに迫られ、やむなく、一切を師の浅利に告げた。

「ああ、おこうを?」

と、浅利義信は、思うつぼであったろう。

「しかしながら周作、おこうはわしが養女にしようと思うている娘じゃ。それを娶《めと》ろうというのなら、そちもわしが養子になるしか、しかたがあるまい」

　周作は、はかられたような気がした。

「されば先生の養子に？」

「いかにも。父の寿貞どのには、わしからよく話そう」

　浅利は、幸右衛門に談じこんだ。幸右衛門にとっては、千葉の家名を復興するはずの周作が、浅利姓を継ぐことに堪えられなかったが、いきさつをきけば、ひとことも異議を言える義理ではなかった。周作は、奪われるようにして、浅利家のひとになり、浅利周作と名乗らざるをえなくなった。幸右衛門の生涯の望みは、挫折した。

「この姓、わしは、好まぬ」

と、周作は、ねやで、おこうのせいのようにして、つらくあたった。おこうはだまって堪え忍んでいたが、滑稽なことにつぎつぎと子がうまれた。長男は、奇蘇太郎《きそたろう》と名づけた。あとは、栄次郎、道三郎。

　周作は、浅利家に根をおろさざるをえない。

　——おこう。生みすぎる。

　と周作は、なげいたが、こればかりは、おこうもどうすることもできなかった。おこうは無口な女だったが、夫が異常なほどの野心家であることは、見ぬいていた。

（いずれは、この浅利家をとびだすひとだろう）

とみていた。

その気配は、浅利義信も察している。最初の子の奇蘇太郎がうまれたとき、

「周作。奥儀を伝授する」

と、小野派一刀流の伝書、秘伝のことごとくを授けてしまった。これで足どめをくらわせたつもりであった。

同時に、浅利義信は、皆伝者である周作に当然な釘をさした。「新義を樹つべからず」というのである。新義、という意味には、竹刀の叩きあいも含まれている。

その周作が、三男の道三郎がうまれたとき義父の浅利義信に、小野派一刀流の伝書、系譜を返した。

「新義を樹てます」

といった。

それ以上の議論は、しなかった。浅利も、周作のいおうとしていることは、ほぼ想像がつく。

「兵法三百年、弟子が師匠に印可を返したためしは、そちをのぞいてあるまい」

と、浅利はさびしそうにいった。同時に、当然の結果として、養子としての周作を

義絶した。

「おこうとその子は、浅利家に残せ」

と浅利は哀願するようにいったが、周作は情こわくかぶりをふった。

「おことわりします」

それが、古流への絶縁になった。同時に、北辰一刀流の誕生にもなる。

周作は、実父の幸右衛門に妻子をあずけて江戸へ出、金策をした。金ができた。諸国武者修行のために江戸を離れたのは、その後、ほどもないころである。

当時、武者修行のことを、剣術詮議ともいった。詮議とは、研究のことである。周作の詮議すべきことは、諸国の古流と闘い、はたして、竹刀の叩きあいの修行法が、古流の木刀による型修行に劣るものであるか、どうか、ということであった。周作は、伊香保をおりて、松平右京大夫八万石の城下高崎に入り、俗に上州二十八天狗の一人といわれる念流の小泉玄神を訪ねた。

三

小泉玄神は、周作の眼では、年のころ三十二、三と思われた。髪を総髪にして肩まで垂らし、口辺を髭で盛りあがらせ、柿色袖無し羽織に伊賀袴といういでたちで、ちょっと修験者をおもわせるような拵《こしら》えの男であった。やはり上州なのであろう、江戸にはこういう拵えの道場主はいない。

小泉玄神は、五人力という評判があった。相撲をとっても、このあたりの草相撲の大関を、手軽にとって投げるというはなしを、伊香保の木暮武太夫からきいている。

「何流をつかわれる」

と、小泉玄神は物やわらかくたずねた。眼が柔和で、声が意外なほど可愛かった。その風体ほどには、悪人ではないのであろう。

「北辰一刀流」

と、周作は答えた。この流名を、他人に対して口にしたのは、このときがはじめてである。祖父吉之丞は、百姓仕事のかたわら独創した剣法を北辰夢想流と名づけていた。屋敷のなかに北辰妙見宮というホコラがあり、祖父吉之丞はそこから流名をとった。周作は、その北辰の二字を継承したのである。

「北辰？」

北辰とは、北極星のことだ。北の天にあって、つねに位置を変えず、不動の光芒《こうぼう》をはなっている星のことである。

「聞いたこともないお流儀だな」

小泉玄神は笑ったが、この翌年、うわさでこの流名を伝えきいた富士浅間《せんげん》流の流祖中村一心斎呑竜という剣客は、

——天下広しといえども、この一流におよぶものはあるまい。

と、流名だけでそう判断した。一心斎がこの流名のどこに感心したのかは、いまは推測するしかないが、この男はべつにいかがわしい人物ではない。一種の隠遁者で、事歴不明の人物である。当時でもさほど有名な人物でもなかったらしいが、七十余歳のとき、何をおもったか常州にあらわれ、水戸藩に試合をいどみ、家中の錚々たる剣客をことごとく降し、なかでも水戸第一等の使い手といわれた鵜殿力之助と三本かぎりの試合をしてついに勝負がつかなかった。鵜殿はこのあと、もし一心斎壮年ならば自分などはこなごなに打ちくだかれていただろうと、家中の者に語った。さて、小泉玄神は、周作を案内して道場に出た。

「わが流の仕儀により、木刀でつかまつるがよろしいか」

「よろしゅうござる」

周作は応諾した。

小泉の防具は、手製の畳具足のようなもので、鉢金をかぶり、鉄製の籠手、臑当《すねあて》を

つけ戦国時代の足軽を思わせるような装束である。周作は、中西派一刀流の防具に改良を加えたもので身をかため、四尺の竹刀をとった。

星眼。

すぐ下段になおした。相手の小泉が意外にも念流にめずらしく星眼に構えていたからである。そのまま、剣先で周作を圧しつつ、ひた押しに押してきた。

小泉が、右足をあげるなり、ぱっ、と面にきた。

周作はすこし下段の太刀を動かした。小泉の太刀を摺りあげつつ、ゆっくりとした太刀行きで小泉の面を打った。

びん。——

と、鉢金が、鳴った。

小泉玄神は眼がくらみ、両膝の力が浮いてよろよろと後ろへさがった。周作は、すでに剣を星眼にもどしている。そのまま襲いもせず、じっと、小泉の挙動を見ている。よろけながらも一撃あって然るべきところだが、念流では撃ち合い稽古をしないためにそういう反射能力がにぶいのかと、推測された。これは大きな収穫であった。

「いかが、なされた」

「いや、参ろう」

小泉は、念流独特のコブシあがりの八双にかまえ、足を撞木《しゅもく》にふんだ。一撃、周作の面を砕くような形体だが、しかし周作のみるところ、応変の芸のきかぬ構えである。

やはり、面にきた。念流には、胴打ちというものがない。が、周作のわざのほうが、寸秒速かった。小泉のおこり籠手を、びしっ、と打った。籠手から木刀が飛んで、がらりと落ちた。

「いかが」

と周作はいおうとしたが、念流は、戦国の格闘そのままであった。素手になるや、小泉は、頭突きで突っこんできた。周作は竹刀を左手に残し、右コブシでその頬を砕くほどに撃った。ぐわっと小泉の顔が横へ薙ぎ、その崩れ腰を、周作は蹴あげた。小泉はあおむけざまに倒れた。

「ま、参った」

と、小泉は板敷を這った。

「いま、一本」

周作は、冷静にみている。小泉は、木刀をひろって、立ちあがった。唇から、血が流れている。

（いかん）

と思ったのだろう、小泉は、ふたたびすわった。

「もはや、及びませぬ」

と、その場で弟子入りを請うた。

ここのくだりは、周作の手記に、

御辺《ごへん》（小泉）は高名の人なるに、いまもし余に随身あらば、必ず師家の恨みあるべし。敗れて随ふは故実なれど、当世《いま》は修行の助けと号して多くは随はず。余も（念流師家の）恨みを設けては何かはせん。随身誓約の所存のみはやめたまへ。（中略）と言へば、小泉、かさねて、しからば師家へ断はりてのちあらためて御願ひ申すべし、と答へ、師家の目代《もくだい》に対して改流修行の断はりに及びたる上、さらに随身を請ふ。

とある。

周作は、「改流随身して念流の恨みを買っては拙者も迷惑する」といいながらも、結局は、小泉を弟子にした。当然、上州全円の念流の剣客を相手にする覚悟を、周作は据えた。というより、周作は、流儀をひろめるために、それがむしろ最初からの目的だったのであろう。小泉玄神は、北辰一刀流の最初の弟子となった。

そのあと、小泉玄神の道場の門に、
「北辰一刀流師家千葉周作宿」
という看板をあげさせ、他流を刺激し、とくに上州の念流に対して、昂然と挑戦した。周作は、野心が旺溢している。

四

上州における念流の宗家は、多胡郡馬庭村（いまの吉井町）にある。信州境の余地峠から発した鏑《かぶら》川が、関東平野に出ようとするあたりにある農村で、この小村に数百年来、念流の根本道場があるために、諸国の剣客のあいだでは、村名を知らぬ者はない。

とくに村名をとって馬庭念流ともいわれた。

流祖は、僧慈念である。

慈念は足利時代のひとで、その出自《しゆつじ》、行跡などは、多分に伝説的なところがあるから、述べない。

この慈念の道統を、上州馬庭の郷士樋口又七郎という者が、豊臣時代の末期に何者かから学び、馬庭に道場をひらいた。以来、馬庭の地で子孫がそれを相続しつつ、寛永年間には樋口十郎兵衛定勝が傑出して、いわゆる寛永御前試合で甲州中条の剣客中条五兵衛を破って知られ、元禄期には、十郎右衛門将定《まささだ》という者が出て、赤穂浪士の堀部安兵衛の師匠であったということで、世にやかましかった。

当代は、十七世で、樋口十郎左衛門定輝といい、過去の盛名はなお墜ちない。門弟千余人、関東における最大の剣門である。剣客とはいえ、十七世樋口定輝は、この郷きっての大地主であり、一族一門の長者である。この事件、つまり高崎の小泉玄神が念流を見かぎって無名の江戸剣客の弟子になったという話を、道場の目代《もくだい》からきいたときも、「まあ、よかんべ」と、笑ってすませた。

が、笑えなくなったのは、離脱者が、小泉だけでなくなりはじめたからである。その年の暮には、すでに念流の術者だけでなく上州の土着剣客二、三十人が、千葉門下に入った。

——捨ててはおけませぬ。

と、目代がいった。

もっとも、一時に、その数が弟子入りしたわけではなく、それなりに周作の苦労はある。周作は、小泉玄神の道場を破った今夏以来、上州の村々を訪ね、「村学究」（周作自身の用語）を訪ね、その入門者の数だけ勝負をし、しかもすべて一撃で破っている。みな、その剣技のあざやかさに驚き、小泉同様その場で弟子になった。型剣術のみを墨守しているかれらからみれば、周作の軽妙な剣が、魔法のようにみえたのにちがいない。

「あのような剣を、みたことがない」

と、だれもがうわさした。

樋口定輝は、腰をあげざるをえなくなった。まず、千葉周作という男を、内偵しようとした。

——佐鳥《さどり》がよろしゅうございましょう。

と、目代がすすめた。

——左様、佐鳥がよい。

と、使いを引間村にやった。

その在所に、佐鳥浦八郎という剣客が、村道場をかまえている。まだ若い「村学究」である。この人物は、のちに高崎藩に仕官し、同藩における最後の剣術師範として明治維新をむかえた人物だ。

古流の墨守者ではあるが、念流ではなかった。

小野派一刀流である。周作の出身流儀だけに、知るところがあろうと思ったのだ。

佐鳥浦八郎がきた。

――佐鳥か、足労なり。用とはほかならず。高崎なる小泉方に千葉周作なる剣客止宿し、華法なる新規剣術をもって国中を眩惑しておるときく。汝、知れるところがあれば申すべし。

佐鳥は他流の剣客である。が、樋口定輝は、尊大にあご
で応対するような口のききかたをしている。上州の兵法者仲間における樋口家の地位の高さが、わかろうというものだし、もう一つは、樋口家と佐鳥は特殊な関係があったらしい。佐鳥は、樋口家の小作人の子であったと思われるふしがある。されば、佐鳥は樋口家の作男《あらしこ》あつかいをうけても仕方がない。

「左様」

と佐鳥浦八郎は、いんぎんに答えた。

「周作なる者は、もとは浅利の養子にて」

と、説明した。

「韜袍《あんぽう》（竹刀面籠手）剣術のみをやるため、破門された者じゃげにござる」

「破門された者か」

「左様」

　事実がまがって、そんなうわさになっていたらしい。

「されば浦八郎」

　と、念流十七世の地主がいった。

「千葉周作なる浪人を、念流の門生どもをもって打ち砕くのはいとやすいが、周作はもともと御流儀に異をとなえた者、お手前をさしおくわけにはいくまい」

　と、たくみに佐鳥浦八郎を使嗾《しそう》した。佐鳥は、根が単純にできている。

（なにを韜袍流者めが）

　という周作への軽侮もあり、樋口におだてられた元気もあって、道具をかつぎ、高崎の小泉玄神道場へ出かけた。

（ほう、ここか）

　小泉道場は三間間口の借家を改造した小体なもので、いかにも狭い。が、板壁が割れるほどに竹刀撃ちがきこえて、おそろしいほどの活気がある。

「頼もう」

　と佐鳥は土間に立って案内を乞うた。奥をのぞいてみると、稽古をしているのは、みな顔見知りの剣客ばかりで、いずれも、見なれぬ北辰一刀流の防具をつけ、新流儀の手直しをうけていた。

「ああ、これは佐鳥先生」

と、応対に出てきたのは、これも顔見知りの、高崎で相撲渡世をしている吉田川という大関である。

「関取か」

不審におもった。

「なぜかような所にいる」

「おはずかしい」

相撲をやめて、千葉の弟子になったというのである。この力士だけでなく、岩井川、不動滝という草相撲も、弟子になって、現に道具で素振りをやっている。

「なぜ、左様な？」

佐鳥浦八郎にはわからない。この三人の相撲は、三人とも三十前後で相撲としてもとうが立ち、渡世ができなくなっている。それほどとうの立った年ごろで、剣術を習熟できるものなのか。

「ご心配もっともでございますが、それがこの流儀はちがうようでございます。――つまりこう」

という。

と、吉田川は、うれしそうに、若い無名先生の教授ぶりを話した。俗語で、教える

剣術の技術用語や思想上の言葉は、古来、晦渋《かいじゅう》かつ意味曖昧な仏教用語が、やたらと流用されている。

――半分は、まやかしだ。

と、周作は、そのほとんどを廃してしまったという。

古流の流祖たちは、その流儀開創にあたって、いろんなけれん手をつかっている。もともとかれらは無学者が多く、自分の流儀内容を宣伝するための言語は、僧侶の学殖を借りて綴らせた。その僧侶が、たまたま真言宗徒だった場合にはその流儀に密教臭がつき、禅家だったばあいには、剣禅一如といったような、禅の悟達者でも不可解な思想内容となった。

周作は、その持ち前の科学的資質をもってそれを見ぬいた。そのうえ、かれ自身、武士相応の学問もあり、和歌、俳諧をたしなむほどの表現力もあったから、自分が自得した技術や心境は、自分の言葉で語ることができたのである。たとえば、

「稽古中、気は大納言のごとく、業は小者中間のごとくすべし」

といういいかたで、門生におしえた。

力士でさえ、理解できるわけである。

それだけではなかった。

「剣術は決して、一部の古流の伝書にあるように、庸夫の理解を絶した神韻縹渺《しんいんひょうびょう》とした技術ではなく、相撲とおなじく、理にかなった、理づめの技法である」

と、教えた。この教え上手の男は、吉田川らに対しては、相撲の手を教えるようにして剣技の手ほどきをした。

相手といえば、周作は、「剣術六十八手」というものを編み、面業《めんわざ》二十手、突業十八手、籠手業《こてわざ》十二手、胴業七手、続業《つづきわざ》十一手、にわけた。玄怪な技術名をつけてひとにこけおどかしをかけていた古流の剣客とは、大へんなちがいである。たとえばあるとき、弟子の一人が訊いた。

——一刀流には地摺星眼という構えがあるそうでございますが、いかなるものでございますか。

「あれは、うそさ」

と、周作は、一笑に付した。

「左様なものはない。伝説にすぎぬ。地摺星眼だけではなく、むかしの術者というものは、おのれの開いた流儀を吹聴するために、奇怪な構え、名のみの組太刀を考案することをした。後人のわれわれは、よろしく取捨しなければならない」
流儀の伝授も、小野派一刀流では八段にわかれていたのを、周作は整理して、
　御目録
　中目録免許
　大目録皆伝
の三段とした。伝授の階等の多いのは、いわば流儀の権威の象徴ともされてきた。が、周作はそういう権威を無用のものとした。階等がこれほどすくないのは、当代、北辰一刀流だけといっていい。
(変った人物らしいな)
と思いつつ、佐鳥浦八郎は、とにかく周作に会いたい、と吉田川にいった。
「御案内しましょう」
この道場には、周作はいない、と吉田川はいった。城下のはずれの小祝社という郷社の境内にいる。小泉玄神の道場が手狭なため、神社の境内で幔幕を張って門弟を教えているというのである。
(たいした繁昌だな)
佐鳥浦八郎は、その境内についてみると、なるほど、多勢が稽古をしている。

「ああ、佐鳥どの」

と、周作は気軽に出てきた。

「お名前はきいています」

佐鳥に床几《しょうぎ》を与え、自分も吉田川に床几を出させて、かけた。なるほど噂どおり、大男である。ひたいが前に突き出、顎がひどく長い。唇が心もちゆがみ、顔色が冴えない。どちらかといえば沈毅な表情だが、人気ということを考えているらしく佐鳥にむかって微笑をたやさない。

佐鳥は試合を申し入れた。周作は「拙者こそ、教えていただかねばならぬ」と、気軽に受けた。

「場所は?」

と、周作はいんぎんにきいた。

「できれば、余人の眼に触れぬところがいいでしょう」

佐鳥が、上州で門戸を張っている以上、もし負けた場合の評判を、周作は気にしてやっているのである。

(若いが、人間ができている)

佐鳥は、もうすっかり感動してしまっている。

試合の場所は、城下の栄昌寺という寺の裏を、佐鳥は選んだ。が、すでに佐鳥には、自分が万一にも周作に勝てようかという自信が、まるでなくなっていた。

周作は竹刀。佐鳥は袋竹刀。

演《や》ってみた。苦もなく、負けた。佐鳥はのめりこむように草の上にひざをつき、

「弟子にしてください」

と、頼んだ。

周作は、佐鳥を立たせ、もう一度袋竹刀をにぎらせて、早速手直しをした。

「すこし、手の内が固いようだ。太刀の持ちようは、こう、左手にて」

と周作は自分で実演してみせ、

「小指を少しく締め、紅さし指はかるく、中指はなお軽く、人さし指はなおなお軽く、ほんの添えるばかりにして、撃つ。されば撃ちが強くなる」

といった。

「あ、これは」

佐鳥は、やってみて、おどろいた。出来た。いままでのどの流儀も、多くは以心伝心で弟子におのずから悟らせるというものであったが、周作の方法は、そろばんでも教えるようなやり方であった。

（これは、空前の大流になる）

とおもった。佐鳥の改流とともに、その弟子十数人も、周作の弟子に加えられた。だけではない。佐鳥浦八郎は、新流から受けた感動を、自分だけのものにしておけないたちの男だった。上州の他流の修行者をも勧誘して、周作の門に入らしめた。

そのため、上州における北辰一刀流の門下は、文政五年春までに、百人を越えるばかりの勢いになり、数百年築きあげた念流の地盤をおびやかす大勢力になった。

（捨てておけぬ）

と、騒いだのは、馬庭村の念流宗家樋口定輝の門人たちである。

が、樋口定輝は、軽々に挑戦できる立場にはなかった。挑戦して周作を打ちのめすならよし、もし逆のはめになれば、上州で十七代つづいた剣の名家がつぶれてしまう。

「探索しろ」

と、目代に命じた。

目代は、上州の村々に蟠踞《ばんきょ》する念流の高弟どもをあつめ、そのうち二人をよりすぐり、周作に試合を申し入れるように命じた。樋口定輝とくらべてどの程度の腕か、ということを知るためである。二人は、高崎城下の小泉道場にやってきて周作に試合を申し入れた。

「左様か。されば定法により、拙者が門人小泉玄神と立ち合っていただきます」

と、周作は丁寧に応対した。

小泉玄神と立ち合った。もとは同門の者である。小泉は念流にいたころから、かれらに及ばなかった。

周作は、その試合をじっとみている。小泉は、果然、振るわない。が、周作はおどろかず、

（大したことはない）

とみた。周作のみるところ、念流の術者はいずれも、

――ニゴシ打ちの兆《きざし》もっぱらなり。

剣に生気がない。往昔、流祖の慈念の剣ならば、周作はあるいは打ち負かされるかもしれないが、道統十七代、歴史がふるびすぎた。わざはすでに形骸に化している。古流のほとんどが、念流と同然のすがたになっていた。

小泉がひきあげてきた。周作は、立ち合った。

余（周作自身のこと）、位を見定めて、五度ほど強く突き、体に当ればば（相手

は）倒れ踏みとどまることを得ず。
それよりは位攻めしわざを用ひず、ただ言葉にて「ソレ突くぞ」と言へば、「参りし」と答へ、また声を掛くれば、また「参りし」と答へ、後ずさりするばかりにて進み得ず。
彼、退きて、他の一人代り出づ。
これこそ力量《ちから》強き者にて、組打ちを望む気色、位取りの中に現はる。やがて打込み来るやいなや、真一文字に当り来るのを受け流し、折敷きて胴を打てば、余の肩を越えて倒るること七、八度におよび、力尽き、色変じて退く。

猫がねずみをいたぶるようなものであった。周作は残忍なほど相手をなぶりつつ、打ちのめし、たたき潰して試合をおわっている。「色変じて退」いた相手こそあわれであった。が、周作の「試合」はそれだけではおわらず、すぐ別間にひきとらせて湯を使わせ、酒肴を饗し、こんどは、相手の技倆をほめた。

御両所の技芸、感ずるに堪へたり。われら諸方を遍歴すれども、いまだ御両所のごときわざを見ず。力量と言ひ、うらやましき事にこそ。

二人こそいいつらの皮である。周作はのちのち、この応酬の呼吸を、「これが他流試合の心得である」と、門人に教えている。

——これまつたく恨みを避くる和平の手段なり。打ち負かしてのち、ほどよくその心腹を釈《と》かざれば、意恨を含む。このはからひ、最も巧者の要るところなり。

周作、うまい。周作の上手に兼ねて、このふたりの「村学究」は、醇朴《じゅんぼく》すぎた。周作の応対に感動し、その場で念流を寝返って、北辰一刀流に入門してしまった。馬庭に帰れば、どなられるが、おちである。それよりも周作のような人物に服したほうがいい、とおもったのであろう。

馬庭は、また見返られた。

五

武州熊谷に、秋山源内という念流の達人がいた。馬庭の宗家の師範代で、おそらく当主定輝よりも達者といわれた人物である。念流には、もうひとり源内がいたため、このほうは、色の黒いところをとって、真っ黒なために、「鴉《からす》源内」といわれた。

鴉源内は旅をして三河に行き、そのころたまたま上州をあとにして駿河、三河、尾張を遍歴していた千葉周作と、どこかですれちがったらしい。

逢いはしなかった。

が、鴉源内は、三河国内で、周作の評判は耳にしていたらしい。その源内が、関東にもどって、ひとまず馬庭の宗家にあいさつに行ったとき、ちかごろ上州を荒らしている者に千葉周作がいる、というはなしを定輝から聞いた。

「ああ、周作でござるか」

と鴉源内は、手軽に答えた。

「あの者とは、参州（三河）にて手合わせをし、苦もなく打ち負かしてござる。周作大いにへきえきし、あなた様は日本一、拙者は日本三番目でござる、と申しました。あっははは、されば二番目はたれでござろうかい」

と、気焔をあげた。

「ほう、その程度の者か」

定輝は、救われる思いがした。この鴉源内をして周作を打ちこらせば、一流の名誉は、これでたもてるというものである。

「承知いたした」

「しかし源内、助勢が要る。いや、そちの腕なら要るまいが、万一ということがある。目代に申しつけ、試合の場所には百人の人数を伏せておくようにする」

と、定輝はいった。周作が、ほどなく上州にもどってきた。いったん江戸で足をとめ、途中武州忍《おし》にゆき、忍藩の藩士で森本某という剣客をたずねると、

「参州で、秋山源内という者に不覚をとられたときくが、まことか」

ときいた。

「会いませぬ」

「それならば、大事じゃ。貴殿のお留守中に上州、武州の兵法者のあいだでは、そのようなうわさが流れている」

高崎の小泉玄神のもとに帰ると、その鴉源内からの書状がとどいていた。

――一手御指南をねがいたい。

という。早速返事を出し、場所は貴殿方にてきめられたい、とつけくわえた。すぐ使いがきて、武州熊谷の名主仁右衛門の屋敷がいい、日はいつ、刻限は何刻、と伝言をつたえた。

この間、周作は、相撲の吉田川、不動滝などを使って、鴉源内の実力、性格、周囲の動きを十分にさぐらせている。

当日、刻限より半刻早く、その在所に到着すると、野良仕事をしている百姓が鍬をとめて、

「きょうは真剣勝負があるが、お武家様はそれをみにきたのか」

と、さも興味ありげにきいた。周作は心得て、

「いや、加勢にきたのよ。源内どのの。さて加勢の連中は、いずれにある」

「妙源寺だよ」

周作は、仁右衛門方にゆかず、まっすぐにその寺へ行った。

山門を入ると、境内の軒下にムシロを敷きざっと百人ほどの者が、すわっていた。

武士らしい風体の者もいれば、百姓、博徒、法界坊、山伏といった、雑多な連中がうずくまっている。

「千葉周作である。秋山源内どのはいずれにおられる。それとも、お手前どもが相手か」

と、大音をあげていった。みな、気勢にのまれた。

「よんで来られよ。試合はここですることにきめた。みればおのおの、得物らしきものを持たれているようだが、わしと試合う気がおありか」

使いが走った。すぐ走り戻ってきて、一同のうちの口利きらしい武士に何かささやいた。口利きはうなずき、

「千葉どの」

といった。

「まことに不時なことながら、われらの師匠秋山源内どのが所用で当地に参れず、きょうはこのうちで一人のみが立ち合い、そのほかは見物することにきめました」

「余人なら、ことわる」

と周作はいい、結局は不得要領のまま、みなぞろぞろと寺を出て行った。

そのうち、名主の仁右衛門の手代がやってきて、当屋敷で御休息ねがいたい、という。周作は同行し、ぜひとも今夜は泊めてもらいたい、と頼んだ。仁右衛門方では、周囲の事情を察しこの剣客に泊られるのはめいわくに思ったらしいが、周作には思惑があった。そのまま居すわるようにして動かずにいると、やがて夜になった。

酒肴が出た。周作は、用意の鎖の着込みをつけ、白木綿の紐でたすきをかけ、四尺二寸の木刀をそばにひきつけたまま、酒杯を手にし、わずかに酒をのどに入れた。

そのうち、あるじの仁右衛門をはじめ、村役人、年寄り、神官などが、話し相手にやってきたが、周作の姿勢はかわらない。みな、恐怖している。

やがて、名主の手代が駈けこんできて、周作の予想したような事態を報告した。源内の一統百人が、村の出口、入口に屯集し、さかんに篝火《かがりび》をたき、「今夜夜討をかける」と口々にわめいている、という。

周作は、顔色も変えない。一同、おどろき、

「もし、お武家さま。どうなさるおつもりでございます」

ときくと、この、およそ怪力乱神に類する奇話を口にしたことのない周作が、

「お案じなさるな。拙者が兵法には、竜尾返しという秘術がござる。何百人何千人押し寄せ来るとも、この秘術一つあれば、寄せ手を乱離骨灰に砕き申す。まあ話のたねに、御見物なさるがよい。この仕業をなせば、暗夜に竜が動きますぞ」

といった。

そんな秘法などは、むろんない。しかし素人に対しては、理詰めの剣法ばなしをするよりも、こういう怪譚剣法のほうが、つよく耳にひびくことを知っている。みな、周作の威に圧されて鎮まった。当時、敵側に内通している名主屋敷の小者が周作の、

——竜尾返し。

に仰天し、村外に屯集している連中にふれまわったから、みなひとたまりもなく逃走した。翌朝、周作は、吉田川をともなって、仁右衛門の屋敷を辞した。

「あの屋敷では泊られて迷惑したろう。が、ああいう場合、村を夜分に発てば、秋山源内の徒党は、千葉めが夜逃げをした、と触れまわる。あの者ども、それを待ってい

た。そのために、村の出口入口に屯集して夜討のから騒ぎをしていたのだ」

と、周作は晩年、門人に述懐した。

——一流を闢《ひら》くことは、

——一国を斬りとり、籌略《はかりごと》を遠近にめぐらし、ついに天下を取るのとおなじようなものだ。

周作には、人心の表裏を汲んだり、事の未然を察する智術がある。が、武州熊谷在におけるこの鴉源内の一件は、思わぬ事態に発展した。伊香保騒動が、それである。これだけは周作の智術でも、不測なことだったにちがいない。

六

伊香保騒動の遠因は、周作の上州における行動のすべてがそうだといっていい。

が、近因は、鴉源内が、意外にも手のこんだ術数家だったところにあるようだ。

この男は、熊谷在での一件でいよいよ周作を恨み、馬庭の宗家にけしかけた。上州における念流の剣客すべてをあげて周作を討ち取ってしまうほかに念流の立ちゆく道はない、と樋口定輝にいった。しかし定輝は、さすがに、

「お上《かみ》がある」

と、動かなかった。

そこで鴉源内は、かつての相弟子だった高崎の小泉玄神のもとに出むいて、いままでとは打ってかわった様子で北辰一刀流を讃美した。

たまたま、小泉のもとに佐鳥浦八郎があそびにきていた。小泉も佐鳥も、根が、おだてに乗りやすいたちである。鴉源内の思う壺にはまった。源内は、

「上州の剣風は千葉どのによって一変した。このへんで、北辰一刀流の武道額を奉納すべきではないか」

というのだ。これには、小泉、佐鳥も、なるほどとおもい、同門のおもだつ者にはかった。

武道額とは、神社の絵馬堂に奉納する連名の額で、その地方地方で栄えた流儀が、その隆盛を記念するために、師匠、門人の名を刻みこんで、末代までも残そうというものである。この風習は、上州、武州に多い。周作の表現によると上州の剣客は「元来浮華を尚び虚栄《とうと》を誇る」ふうがつよい、という。かれらが奉納額をよろこぶのは、そういう気風のせいだろう。

「よかろう」

と一決し、周作のもとに申し出た。周作は言下にしりぞけ、

「この事、名聞《みょうもん》にひとしくて、自分の好むところではない。——しかしながら」

とつけ加えた。

「神徳を讃える意味もあれば、あながちわるいことでもない」

とにかく、奉額にきまった。かかげるべき場所は、榛名山系伊香保山の中腹、伊香保の町に鎮座する伊香保明神の絵馬堂である。

伊香保明神は上州における三ノ宮で、延喜式による大社であり、神域の規模は、国中最大といっていい。ここに額をかかげれば、北辰一刀流が、上州一円を征服したという記念碑になる。記念すべき門下の名は百人、関東にもないほどの大額である。奉納の日はこの年文政五年、四月八日ときめられた。

これが、国中に喧伝された。

馬庭村の念流宗家は、大さわぎになり、門人一同三百人が、鴉源内の廻文によって動堂村《ゆるぎどうむら》にあつまった。この在所は現今《いま》は藤岡市に合併されている。馬庭から東へ二里、念流のさかんな部落である。かれらは、こう議した。

このたび千葉周作なる浮浪人、当国に来遊し、諸所で闘諍してことごとく勝ち、

その沙汰、国中に隠れなく、小泉以下その門に降る者多し。
いまもし伊香保の神社に額をかけられ、あまつさへ師家の旧門弟多くその氏名を列するにおいては、十七代相伝の師家もここに断絶せん。
われら、生命にも換へて救はずんばあらず。

武力で奉納を阻止することに決し、廻文は、国中だけでなく、江戸、甲州、駿州、遠州にまでまわった。

上州は、遊侠の地でもある。それらもほとんど念流の指導をうけてきたところから、師家の急をきいてぞくぞくと集まってきた。しかもこの地のほとんどは幕府領で、司直の眼がとどきにくかった。もし大名領ならばこれほどの事態は持ちあがらなかったろう。

しかも、代官所の手付、手代、村役人、十手捕縄をあずかる博徒たちの多くは、念流の影響下にある。かれらは暴動計画を知りながら、だまっていた。動堂村では白昼公然と武装蜂起が計画された。

周作は、引間村にいる。佐鳥浦八郎の在所である。ここを策源地として、しきりと、馬庭村、動堂村へ密偵を出して情勢をさぐっていたが、なお、かんじんの念流宗家樋口定輝に、どれほどの覚悟があるのか、どうかがわからない。

奇策をおもいついた。一種の威力偵察である。周作には、力士の随身者がいる。五尺八寸二十二貫の岩井川、六尺二寸三十貫の吉田川、七尺三寸三十二貫の不動滝、いずれも、見ようによっては化物のような男である。

これに、山伏の装束をさせた。髪をさばき、ひたいに兜巾《ときん》を頂き、篠掛《すずかけ》、袈裟をつけ、下腹に檜扇をさし、笈をおい、八目草鞋《やつめわらじ》をはき、それぞれ三尺八寸ばかりの野太刀を佩き、金剛杖のさきに面籠手《こて》をくりつけたあたり、どうみても、鞍馬の僧正坊か、比良の次郎坊、飯縄《いづな》の三郎坊といった大天狗であった。それを、馬庭村に立たせた。

この巨人群が、馬庭村の念流宗家の門前に立ったのは、薄暮である。というより陽はもう先刻、信州境の連山に沈み、それぞれの顔は、わずかに雲間に残る余映でそれとわかる程度であった。

「これは、諸国霊所巡歴の修験者でござる。樋口十郎左衛門（定輝）どのの御高名をきいて推参つかまつった。御当家においてお立ち合いくだされば大慶に存ずる」

と、口々にわめいた。取次ぎが、仰天した。

——天狗が、参っております。

ではない。

と、奥へころがりこんだ。樋口定輝があわてて武者窓からのぞくと、なるほど人間

「留守と申せ、留守と」

と、門人にどなった。

門人たちは、門外で応接する気力もなく、門の内側から、

「留守、留守。――」

とおびえながら叫んだ。

かれらは、退散した。村人があとでうわさしたところでは、かれらは馬庭村から往還を東へゆき、高崎への道に折れるあたり、辻の欅《けやき》の老樹の根方で闇に消えた。まさしく天狗であろう、と村では取沙汰された。

「古流とは、概してそういうものさ」

流儀の伝書、伝説のたぐいが摩訶不思議の記述に満ちているために、その伝承者の多くが、そういうものを信じやすい体質になっている。

江戸末期に成人した周作は、当然なことながら、儒教の徒である。孔子の学風のとおり鬼神を信ぜず、理をもってものを考える頭脳にできている。その頭脳が、いわばかれの北辰一刀流を生んだ。

「天狗に驚くところをみれば、樋口の腕もさしたることはあるまい」

と内心は安堵し、さらに天狗の一件を門人たちに語ってきかせた。これが、国中にひろがり、

――馬庭の念流宗家は、相撲取りにさえおびえた。

と、嘲笑された。

樋口定輝は、追いつめられた。当初かれは、動堂村《ゆるぎどうむら》で屯集している鴉源内を旗頭とする門人の動きをおさえていたが、これ以上の自重は、門流の自滅になる、とおもった。

かれは、動堂村の連中を、馬庭村に移し、さらに廻文をまわして人をつのった。ついに宗家が起ちあがったというので、国中の村々から参集した者は、剣客三百、といい、あるいは五百。遊侠は千人にのぼった。

鴉源内は、それでも足りずとして、伊香保方面の猟師を狩りあつめ、鳥銃十挺、弓十張を用意した。おそらく元和偃武《えんぶ》以来、関東で絶えてなかった合戦支度であろう。

千葉方は、引間村が本陣である。

周作は事の大きくなるのを怖れ、佐鳥、小泉などの奉額強行論をおさえ、奉額のことは取りやめようとした。

が、そのことをひとこと言うと、いままで忠実な門人として猫のようにおとなしかった佐鳥、小泉が、火を噴くように怒りだした。周作は、狼狽した。上州人とは、そういうものらしい。尋常な気質の連中ではない。

佐鳥は、両刀を脱して、いきなり庭へ投げすて、

「もはや兵法は捨てた」

と叫んだ。なにか、気に入らぬらしい。

「穏便に、と先生は申されるが、いったん奉額を決め、その国中に聞こえた以上、馬庭村の横槍、武威によって屈し、それを取りやめたとあれば、われわれは当国で剣術指南はできぬ。門生もあつまらぬ。先生は、当国の気風をご存じない。もう北辰一刀流も、佐鳥浦八郎の道場も、これでしまいじゃ」

「相違ない」

小泉まで、両刀を投げだした。それに見ならって、居並ぶ村道場主たちは、庭へむかって、がらがらと両刀をほうり投げた。

「やむをえぬ。強行する」

と周作はいった。名聞のためには度をうしなう上州人の血には勝てるものではない。ところが、この周作の草創の門人たちは、男としては異常なほどの可愛気もあっ

た。

——強行する。

と周作がいうと、再び猫のようにおとなしくなり、おだやかな顔をならべた。どの顔もすでに死を決している。

七

四月六日。予定の前々日である。

馬庭方が、伊香保にぞくぞくとのぼりつつあるという情報が、引間村の千葉方に入った。

報告してくる者は、引間村の水呑、猟師、作男どもである。周作の門人ではない。たれが頼んだわけでもないが、かれらは伊香保に入りこんでは、駈けもどってその様子を報らせた。「坂東千年ノ闘諍ノ血ト言フベキカ」と周作もおどろいている。「堪ヘガタイホドニ騒ギ、庭ニアツマリ、村ノ路上ヲ駈ケマハリ、竹槍ナドヲ持チ出デテ、独リ叫喚スル者アリ」と周作には、上州人がよほどふしぎだったのであろう。

朝、猟師のサク(作か)という者が走りこんできたときには、敵の大将が伊香保の本陣に入ったゆえ御用心あるべし、ということであった。大将トハ何ゾ、御宗家樋口様ナリ。——馬庭の定輝が、伊香保の宿の木暮武太夫方に投宿した、というだけのことである。

周作は可笑《おか》しかったが、しかし午後からの報らせによると、もはや、笑ってはいられなくなった。馬庭の面々五百人が、伊香保の宿十一軒を借り切って分宿した、というのである。佐鳥ハ言ヘリ、モハヤ覚悟召サレヨ、合戦ナリ、ワレ、先陣ヲウケタマハラン。……

余、後学の為めともなれば、捨ておきてその成行を見るべし。

周作はそう思って鎮まっていると、驚くべき諜報がきた。上州の博徒千人が、馬庭方に加勢し、地蔵河原に小屋掛けして、布陣した、という。夜に入って引間村の与助という若者がさぐってきた伊香保の様子は、町の景況が活写されていた。馬庭方では、千葉方の夜襲にそなえ、辻々に大篝火を焚き、星を焼かんばかりの勢いである。武者をみれば、散らし髪に白鉢巻の者あり、鉢金をかぶる者あり、白無垢の死装束を着ている者あり、着込の上下に大小を帯せる者あり、手に手に裸蠟燭をもち、六尺棒をかかえて、大将樋口定輝の本陣である木暮武太夫方の門々を固め、大門には高張提灯をかかげ、ばかりか、抜き身で町を駈けまわっている者もある、という。

引間村に、佐鳥が嘯集《しょうしゅう》した千葉方は、二百たらずであった。佐鳥、小泉は、副大将格のつもりで、あれこれと下知している。愚にもつかぬ下知だが、なにかとわめいていなければ、佐鳥はもう、体がばらばらになりそうになるほど、昂奮しきっていた。

日没後、この引間村でも、辻々に大篝火を焚きあげた。伊香保山の敵側からみれば、この炎の群れは、すさまじいものにみえたろう。篝火が燃えあがると、佐鳥はもう、このまま火を見つめて夜をすごしていられなくなった。

「先生、たったいまから夜討をかけましょう」

と、せまった。佐鳥だけではない。小泉も、他の門人も、それに、剣術に何のかかわりもない村のせがれどもまでが、周作にせまった。周作は、奥州なまりの残った、低い声でおさえた。周作だけが、この群れのなかで、いわば異邦の者である。

「なにをいう。奉額は明後日ではないか」

「いや、当日では敵の支度は整っています。今夜、夜駈けをし、間道を這いあがって伊香保明神の裏山に出、闇にまぎれて絵馬堂に額を納めるや、一挙に木暮武太夫方の旅宿を襲って、樋口定輝の首を切れば、合戦はこなたの勝利でござる」

「なるほど、合戦は勝利だが」

北辰一刀流も、千葉周作も、それっきりでほろびるだろう。いまは、泰平の世である。

夜が、あけた。その早暁、周作がかならず来る、と予想していた人物が、ひそかに訪ねてきた。

伊香保の木暮武太夫である。まるで降人のような姿で、周作の門人に取りつぎを乞うた。

武太夫は念流の弟子である。しかも、大将樋口定輝の本陣の亭主であった。千葉方の若い門人連中にすれば、やってきたのを幸い、軍神の血祭りにあげたい、といった血相であった。「通せ」と周作はいった。

武太夫は、奥座敷の次の間にひき据えられた。

平伏した。頭をあげた。

(やはり、あのときの仁であった)

安堵したような、面映ゆいような、それでいて哀れみを乞うような微笑を作って、

「敵将」に諛《おもね》ってみせた。

「久しぶりでした」

と周作はいった。

「へへっ」

「御流も、お盛んで結構です」

「おそれ入りまする。あのとき、存ぜぬと申しながら、千葉様のような大先生に生兵法を教えると称し、演武いたしましたること、ひらにおゆるしねがいまする」

「いや、あれは学ぶところが多かった。こちらこそ礼をいわねばならぬ」

「…………」

武太夫はふと、あのとき、自分の下手くそな太刀わざを、この男が燃えるような眼で見ていたのを思いだした。あるいは胸中、上州の念流を覆滅する野望を、あのときに持ったのではあるまいか。

「して、ご用のむきは？」

「伊香保の村役人として参りました。おそれながらこれに」

と、一通の書状をさし出し、

「伊香保御支配に相成りまする岩鼻のお代官所より、差紙が参っておりまする」

武太夫が伝えた代官所の申し条は、このまま捨てておいては国中の騒ぎになるから、人数を解いて散ってほしい、というのである。

代官所にはこれだけの人数をおさえる警備力はなかったから、村役人である木暮武太夫に、始末のすべてをまかせたのである。武太夫こそ、迷惑であった。

周作は、一蹴した。

「こなたは奉額するだけのことだ。人数をあつめたのは、馬庭の樋口ではないか。あのほうこそ、人数を解かせればよい」

武太夫は、追われるようにして、引間村を出た。足が重かった。伊香保にもどったところで、この人物には、周作のいった旨を、馬庭の高弟、目代どもに伝える勇気は、どうふるい立っても、出そうにない。言えば、たださえ気の立っている馬庭方は、それこそ軍神の血祭りに武太夫の首を刎ねてしまうだろう。しかし、捨てておいて、もし騒乱がおこれば、伊香保の村役人として、岩鼻の代官所からどのようなとがめをうけぬともかぎらない。

田のあぜを歩きながら、武太夫は、窮した。

窮したあまり、この男はこの男なりの狡智を思いつき、堤ケ岡の辻までくると、足をとめた。

北へとれば伊香保である。が、武太夫は南にむかって歩きだした。野が、南へ傾いている。北関東の赤城、榛名の火山群が、ながい裾を南へひきつつやがて関東の野に入るあたり、ちょうど引間村から五里。いちめんの桑畑のなかに、高崎八万石の城下がある。陽が、ようやく高い。

武太夫は、武家地の一角に入り、やがてお濠端に出て、ある屋敷の門をたたいた。

「伊香保の武太夫でござりまする」

そう告げると、主人がすぐ会ってくれた。齢は、五十前後か。月代《さかやき》に赤いつや味があり、すでに薄くなった髪をすがすがしく結いあげている。が、口辺からあごにかけてはえているひげは、手入れが及ばぬほどにたくましい。

武太夫は、自分の窮状をつげ、なんとか御力にすがれませぬか、と哀願した。武士は寡黙な男だが、それでも挙措はやさしい。武太夫に、これは殿から拝領のものだ、といって、宇治の玉露を馳走した。

「願いの筋はなんとか叶えてさしあげたい。ただし、拙者の名は出さぬように」

といって、一通の手紙を、樋口定輝にあてて書き、武太夫に託した。武太夫は、狂喜して門を出た。門にむかって、小さく頭をさげた。当家の主人は、剣客ではある。が、郷士の樋口定輝や浪人の千葉周作や、その他、佐鳥、小泉といった野《や》の「村学究」どもとはちがい、八万石松平右京大夫様の指南役である。おなじ兵法者でも、人種がちがうかと思うほどに、落ちついている。福禄、名聞ともにそなわれば、人もあなるものであろうか、と武太夫は感に堪える思いがした。

武太夫は、駕籠、馬を乗りかえ乗りかえして、九里の道を伊香保にもどり、ひそかに樋口定輝に会って、例の手紙を渡した。一方、引間村では、明日の奉額にそなえて、夕刻から村中が支度にいそがしい。

引間村から伊香保までの道程は、坦路二里、山道三里。まず深夜、月の出とともに村を押し出せば、早暁には山上の伊香保につくはずである。

その夕、周作の宿所の佐鳥道場に、

「高崎から、むかし昵懇《じっこん》の者参った、と周作にお伝えねがいたい」

と訪ねてきた立派な武士があった。

(周作。——)

老武士は、呼びすてている。

門人があわてて周作に取りつぐと、周作もさすがに容色をあらためた。高崎藩士ときき思いあたるふしがあったのである。

「ご人体は？」

と、門人の観察をきけば、いよいよその人物である。

「鄭重《ていちょう》にお通し申せ」

「いや、それが」

と門人が遮《さえぎ》った。老武士は、村の真言寺の方丈を借りて待っている。そこで余人をまじえず、話をしたい、といい、門前を去ってしまったというのである。

周作は、支度をした。紋服の塵をはらい、口をすすぎ、念のため大刀の目釘をあらためて、佐鳥道場を出た。

寺は、村はずれにある。

山門を入ると、杜鵑花《さつき》が咲いていた。読書家の周作は、江戸染井の伊藤伊兵衛のあらわした「錦繍枕《きんしゆうまくら》」という園芸の書を読み、その種類が、一つは腰蓑、一つは更紗紋というものであることを知っている。

武士は、方丈で待っていた。

周作は下座にすわった。

「やはり、寺田五郎右衛門先生でございましたか」

「そう」

武士は、茶碗をとりあげた。

寺田五郎右衛門という、この平凡な名をもった武士については、すでに述べた。読者はこの稿のはじめのあたり数葉を繰って、さがされたい。

周作が、浅利道場から江戸に移って中西派一刀流の四世中西忠兵衛の道場に入ったころひときわ年配の師範代がいた。当時すでに高崎藩師範役だった寺田五郎右衛門である。当時、中西道場の師範代白井亨《とおる》、高柳又四郎、それにこの寺田五郎右衛門といえば、江戸の剣壇を圧していたものであった。むろん、四世の宗家中西忠兵衛も、かれらに及ばなかった。周作は、入門当時、すでに浅利道場では免許に近い腕であり、師の浅利にもまさる、ともいわれていた。その周作でさえ、中西へ入門したときは、この三人の竹刀に、三歳児のようにもてあそばれた。錬磨して、ついに白井、高柳と互角の勝負ができるようになったころ、すでに寺田は高崎藩の国許に帰って、いなかった。

三高弟のなかでも、寺田五郎右衛門は、群をぬいていた。白井亨がどうしても勝てず、寺田を目標に死ぬような修行をした。この伊香保事件よりも後年、寺田が六十三歳のとき、白井亨は国もと(岡山藩)で自得するところがあり、出府して寺田に手合わせをねがった。

双方、木剣をとった。

白井は、三拍子も立っていられなかったという。寺田が、山のようにみえた。互いに相見ざるあいだ、白井も境地が進んだが、六十三歳の寺田五郎右衛門も、さらに進んでいた。白井は、木刀を投げすてて、寺田五郎右衛門に、その術の精妙を得た理由をたずねた。

——剣は、行きつく所へゆけば、もはや技術ではない。見性悟道《けんしょうごどう》の道さ。

と、さわやかな江戸弁で答えた。このあと白井は、異例のことだが、相弟子であった寺田五郎右衛門の弟子になった。既述山田次郎吉などは、「寺田、白井のごときは実に二百年来の名人として推讃を惜しまぬ」といっている。

寺田五郎右衛門が、少年のころいったん中西派一刀流の道場に入門しながら、その竹刀剣術に疑問をもち、古流の無敵流を学び、その皆伝を得たものの、のち藩公の好みで中西道場に入りなおし、帰り新参として師範代をつとめていたことは、すでにのべた。中西派一刀流にもどりはしたが、寺田は頑固に竹刀をとらず、木刀で門弟を教授していた。しかし、頑愚な男ではない。

中西派の稽古法のよさも十分に身につけ、それらを融合し、高崎藩にもどってからは、天真一刀流という新義を樹てて藩公、藩士に教授した。かつての相弟子白井亨が入門したのは、この天真一刀流である。が、周作は、この寺田五郎右衛門とは縁が薄かった。入門当時、稽古をみてもらったのは、たしか一度だったと記憶している。

「浅利の門を出たそうだな」

もう、遠い過去の旧聞ではないか。それに、周作にとって古傷であった。だまっていた。

「妻子も、連れて出た、という」

「寺田先生」

「うむ?」

と、茶碗のむこうで、微笑した。

「なにかね」

「こちらこそ、伺いたいものです。本夕は何の御用向きで見えられました」

「いやいや」

眼の前に、干菓子の皿が出ている。寺田はうつむき、皿から一つつまんで、周作にさし出した。干菓子をつまんだ寺田五郎右衛門の右コブシが、周作の眼の先にある。

奇妙なことにそのコブシが、みるみる視野いっぱいにひろがり、周作の全身を圧しはじめた。あやうく、呼吸がみだれそうになった。が、所詮は、干菓子一つである。

「どうした、周作」

声をかけられて、干菓子が、ただの干菓子にもどった。

「頂きます」

両掌をそろえ、干菓子を受けた。ただの干菓子が、周作の掌に落ちた。

「出来ている」

と、寺田五郎右衛門は、温和に微笑した。

「が、いま一歩だな」

「さあ」

周作は、わざと無表情になり、膝に置いた両掌のなかで、干菓子を割った。周作は、この老人のような剣客を、かねて軽蔑している。軽蔑、というより、世に無用の存在といっていい。剣とは、かようなものであっていいのか。

寺田五郎右衛門のような名人は、錬磨のすえとはいえ、生れついた素質である。往古、剣は、天才道の世界であった。周作は、終生宮本武蔵を畏敬し、この道の生んだ不世出の人物とみていたが、かといって、武蔵は自分の流儀を他人に教えることができなかった。すでにいまはその流儀の片鱗もない。武蔵は独往し、天才でありすぎた。これにくらべると、武蔵と同時代の兵法者伊東一刀斎は、武蔵よりもわざは劣ったかもしれないが、その闢《ひら》いた一刀流は、後世、根から幹を生じ、枝をひろげ、さらに株から株へと分岐し、一刀流諸派となって栄えている。いま剣術諸流儀のなかで、一刀斎の影響を受けていないものは、ほとんどない。一刀流が、武蔵の天稟《てんぴん》をもってする技法よりも、それだけ合理的な証拠であり、流祖一刀斎は、天才であったと同時に、分析力と教授術をもつ教師であったといえる。周作は、武蔵よりも一刀斎のほうが、より偉大であると思っていた。が、その一刀斎の道も古い。

一刀流でさえ、素質をもった天才のための流儀であるように思える。剣の道というものほど、素質の差のひどいものはない。出来る者のみが伸び、さらに出来る者は悟道に達し、出来ない者は、百年学んでも、ただの棒振りにすぎない。その証拠に、日本六十余州、八十万の武士がいるというが、両刀をたばさんでいるかれらのうち何人が、満足に剣をあつかえるか。

——百人に一人もいない。

と、周作はみていた。なぜなら、古法による剣は、万人に一人の素質ある者のためにのみ、存在してきた。

周作の闢《ひら》こうとしている世界は、そういうものではない。百人に教えれば百人とも、水準に達しうる法がないか、ということである。周作の興味と、新流の開創は、そこにある。

「周作、北辰一刀流なる新流儀を樹てたときくが、それだけの力が、おぬしにあるかな」

「ないでしょう」

周作は、眼を涼《すず》めて、いった。

「これは、正直な」

「私は、現在の自分がどの程度のものかを知っています」

「わしと、立ち合うかね」

「私の負けでしょう」

「されば、それほどの境地で、なぜ新流を樹てる」

「いささか存念がありましたゆえに。ただ、これは申したところで、浅利先生にも寺田先生にも、わかってもらえますまい」

「されば、いま一つ、問おう。上州の草剣客どもの門をあまた破り、ついにいまは伊香保明神をはさんで馬庭の念流宗家樋口十郎左衛門（定輝）と闘諍におよんでいるときくが、左様な仕様《しざま》があってよいと思うか」

「それは」

「待て」

寺田は周作の返事を待たず、声をはげまし、

「江戸の中西道場で目録ほどの者なら、樋口をはじめ、上州の草剣客なら破るに易いぞ。まして免許《ゆるし》の身のそちなら、闘わずとも勝敗は知れている。さりながら増長し、弱者を破って快とし、当国に騒乱をおこそうとしていること、ゆるしがたい」

——すべて、新流開発の研鑽のためであった。

と周作は言いたかったが、沈黙した。臆したのではない。それ以上の応答は、後進として遠慮するのが、周作の生きた時代の礼にかなっている。

寺田五郎右衛門も、それっきりでこの話題を切りあげた。それを論難しにきたのではなく、伊香保の奉額を、周作に取りやめさせればいいのである。

「——されば周作、わしとこの場で立ち合え。わしが負ければ伊香保の一件、そちに加勢してでも奉額させてやろう。もしわしが勝てばそちは伊香保の奉額をとりやめ、かつ、上州から立ち退くがいい。どうだ、百の論をするより、このほうが、同門同行の者らしくよいではないか」

「——同門ではございますが」

同行ではない。

といおうとしたが、周作はそのかわりに微笑し、黙礼し、立ちあがった。請けましよう、というのである。

場所を寺の裏庭にえらんだ。

東は、低い練塀でかこわれている。西は本堂の横壁であり、南は柴折戸《しおりど》、北は薬師堂がある。余人には見えず、たれも来はすまい。

「周作、わしは木刀じゃ。おぬしは新規道具か」

と、寺田五郎右衛門は、軽侮したように訊いた。

「いや。それがしも木刀にて。――」

放胆にも、木刀をとった。素面素籠手の木刀の場合、普通面打ち胴打ちはなるべく避け、左右の肩を打ちあう。

すでに、陽が翳っている。

「周作、勝負は一本だよ」

と、寺田は念をおした。

周作は、星眼。寺田五郎右衛門は、上段にとった。気品のある、惚れぼれするような上段であった。

悠々と押してくる。気で、殺すつもりである。殺したところを打つ。剣術は、学んで数年の者でも、初心者を気で殺すことができる。技倆に差がある場合、殺した上で、ゆっくりと挙動しても相手を打てる。

が、周作は、先刻の干菓子のときに、寺田五郎右衛門のすさまじい気に、あやうく神《しん》の浮きあがりそうになるのを覚えた。すぐ気づき、さからわずに干菓子をとった。

——出来ている。

と寺田五郎右衛門はほめたが、ほめられるほどのことはない。周作は、五郎右衛門を気で殺せるとまでは行かないが、この名人の気ははずすことはできる。

ずしっ、という響きの、異様な気合を、五郎右衛門はかけた。が、周作は、応じない。

ずしっ、と、再び、五郎右衛門の気合が、周作の脳天から背骨をつきぬけるように響いた。周作はすかさず飛びさがった。退く、逃げる、この手以外にない。

「周作、どうした」

夕闇が、濃くなった。もはや、互いの剣尖がみえないが、五郎右衛門の気のみが、周作を追っている。周作は全身の気力でそれをはずすのにせいいっぱいであった。

「周作」

と、五郎右衛門が声をかけた瞬間、周作が影のように飛んできて、木刀が、からっ、とからんだ。

飛びちがっている。

「周作、剣をひけ。わずかだが、わしは撃たれたらしい」

と、闇のむこうで、五郎右衛門が、重い声でいった。あの瞬間、木刀がからんだとき、周作はすばやく五郎右衛門の右コブシの親指を打って、飛びちがえた。五郎右衛門は、周作の太刀を受けるだけで飛びちがえたが、意外にも周作には二段のわざがあった。竹刀の撃ちあいで鍛えた神速《しんそく》な小わざで、五郎右衛門のような組太刀主義の者には、防げもせず、使えもしなかった。

「いや、撃ちが浅うございました」

たしかに浅い。が、もし真剣の場合なら五郎右衛門は親指を切られて、それ以上刀を持てなかったであろう。

しかし、もし周作が、古流の稽古法のみを積んでいたとしたら、苦もなく五郎右衛門に敗れている。げんに、格段の差があった。気で周作は押され押されて、あれ以上対峙していたならば、萎《な》えはてて、斬撃を受けるのを待つばかりであった。

「参りました」

と、周作は、正直にいった。五郎右衛門の境地には、まだまだ逕庭《けいてい》があると思った。しかしいずれはそこに到達するだろう。

「それがしの負けです」

と言いながら、周作には、別の場所で湧きたつようなよろこびがある。北辰一刀流の稽古法は決して誤りではなかった、ということである。

周作のみるところ、寺田五郎右衛門ほどの者なら、流祖伊東一刀斎と互角の境地かもしれない。しかしわざは、自分のほうが毛ひとすじはすぐれている。

「負けた、というのか」

五郎右衛門は、闇のなかで微笑しているらしい。

「されば、さからうまい」

そのまま柴折戸を排し、山門に出た。門わきに、中間がかがんでいる。提灯をさしだした。

肥満した五郎右衛門は、ゆっくりと闇のなかに消えた。

周作が、佐鳥道場にもどると、みな口々に騒いでいる。尻あがりな上州弁が、この場合の周作の心境には妙にうとましかった。

「いかがした」

ときくと、伊香保から木暮武太夫の手代が使いにきて、馬庭方がぞくぞく山を降り、それぞれの村に帰りつつあるという。樋口定輝に対する寺田五郎右衛門の手紙が、奏功したものとみられる。

どういう内容のものであったか、手紙はいまは残っていない。寺田が樋口をおどしたのか、それとも、

「千葉方については、奉額をやめさせるゆえ今夜じゅうに退散されたい」

というものであったか。

とにかく、周作も、佐鳥を説いた。佐鳥は容易にきかなかったが、されば師弟の縁を切るよりほかはない、といわれて、やむなく随った。が、伊香保事件はこれだけでおわらず、佐鳥が、江戸で訴訟騒ぎをするという事件が、あとでおこる。佐鳥は佐鳥で、奉額のこととは別に、馬庭の郷士樋口家に対して恨みがあったのであろう。

周作は数日後、伊香保へのぼった。

たんに、湯治のためである。

途中、伊香保原を過ぎるころ、鴫立沢《しぎたつさわ》のあたりに団々たる月が昇りはじめて、森と野を照らしはじめた。

周作が、生涯自慢していた一句を、この景色のなかで作っている。

　ここは別伊香保の原や夏の月

騒動がおわって安堵した気持もあったであろうし、寺田五郎右衛門との試合で、自分がかねて想定している一生の道に誤りがなかった、というよろこびが、鴨立沢の上にかかる月に託した、ということもあろう。

周作の歿年は、安政二年十二月十日、齢は六十二歳である。諸国遊歴後、江戸に帰って、最初、道場を日本橋品川町にひらき、玄武館と名づけた。

またたくまに江戸最大の道場となり、場所を神田お玉ケ池に移した。道場は一町四方あり、

「玄武館の履物は玄関に満ち、あふれて庭にまではみ出している」といわれるほどに繁昌した。幕末の剣術隆盛期にめぐりあったせいでもあるが、剣術草創以来、おそらく一流にこれほどの人気があつまったのは、空前絶後といってよかろう。

——他の塾で三年かかる業はこの塾では一年で功成り、五年の術は三年にして達す。

と、当時、評判された。

周作の技術が、よほど理に適っていたのであろう。

道場の経営も、うまかった。周作は、東条一堂という当時江戸で評判の学者と交友し、東条にすすめて学塾を玄武館の隣りにひらかせた。自然、玄武館に学ぶ者は東条の塾に入り、東条の塾に学ぶ者は、玄武館に入塾した。

周作は、水戸藩に召されている。斉昭《なりあき》に愛され、しきりと累進して、最後には中奥にまで進んだ。しかし、死にいたるまで道場から離れなかったらしい。吏僚になるよりも、教師のほうが好きだったのであろう。周作が、直接手をくだして教えた門弟の数は、累計、六千人はくだらなかった。嘉永年間に浅草観音堂にかかげた奉納額に名をつらねた者だけでも、三千六百余人という数におよんだ。

「孔子の弟子は三千人ときくが、自分はそれとおなじ数の弟子をもつことができた。一代の果報である」

と、つねづね述懐した。

長男奇蘇太郎は、早くから父とともに水戸藩に召され、御床几廻りとなった。が、二十一歳で夭折した。

次男栄次郎は、剣は父を凌ぐといわれ、当時、「千葉の小天狗」と囃《はや》されたのは、この人物である。片手上段を得意とした。栄次郎も水戸藩に召され、定府で小十人組、さらに馬廻組、大番頭《がしら》に進むというほどに君寵が深かったが、三十歳で病歿。

三男道三郎も水戸藩で大番頭格まですすんだが、明治五年、三十八歳で病死した。四男多門四郎も水戸家に仕えたが、これも二十四歳で死んでいる。

周作は、稀有《けう》なほど蹉跌のなかった幸運な生涯だったが、天は、その子孫を栄えさせるというところまでは、余慶を与えなかった。

墓は、都下豊島園の東方、仁寿院墓地にある。法名は、高明院勇誉智底教寅居士と読めるが、智といい、教といい、いかにもこの才人にふさわしい。

上総の剣客

一

嘉永から幕末にかけて、江戸麻布永坂に、

「おだやかさま」

という剣客が住んでいた。

りっぱな道場主である。

この道場については、近所に住んでいたゆかい（明治後山田姓）という婦人が、年をとってから記憶をたどって描いた写生図がのこっている。黒板塀をめぐらし、邸内に五葉松を植え、住まいは京風のきゃしゃな数寄屋造りで、門を入って右手に武骨な道場さえなければ、富商の隠居所といったふうな住居であった。

当主は四十をすぎて半白の長髯を貯え、身のたけは五尺八寸あまり、といえば鍾馗《しょうき》さまに似ている。しかし残っている絵像によれば、顔はえびすのような人物で、いつもにこにこしていたらしい。

つき、

「なにごともおだやかに」

というのが、口ぐせであった。この剣客に近所の魚屋、米屋の小僧や手代がよく

「先生、きょうはお天気もおだやかで、結構なことでございます」

などと心得たあいさつをする。当主も阿吽《あうん》の呼吸で、

「ああ、なんともおだやかで結構だな」

などといった。

妻女の名は、おえい。

夫婦のあいだに、二男二女がある。長男は初太郎、長女はふみ、つぎは、ふき、寅雄、という順であった。

おだやかさまは無類の子煩悩で、公務で飯野藩の江戸屋敷に出むくほかは、いつの外出でも、子供の何人かは連れて出た。お徒士《かち》や浪人ならいざ知らず、おだやかさまほどの分際の武家で、ぞろぞろと子供づれで外出するような武士は、めずらしい。諸侯の屋敷によばれて稽古をつけるときでも、子供づれで、これが評判であった。

分際、といえば、おだやかさまは、譜代大名のなかでも名家といわれる上総《かずさ》飯野二万石の領主保科弾正忠の江戸詰め剣術指南役をつとめている。

剣は北辰一刀流で、海保帆平《かいほはんぺい》らとともに千葉周作の四天王といわれた人物である。

「しかし」

と、近所でも小首をひねる者があった。石屋の石源などは、そうである。

「どのぐれえ、お強いのかね」

そのほうは大したことあるまい、というのが、おおかたの定評であった。

石源は、いちど試してみたいと思った。あるとき店さきで石を割っていると、ちょうど、おだやかさまが末子の寅雄をつれて通りかかった。

「先生」

と、石源は、はちまきをとった。

「ほうご精が出る。おだやかなことだ」

そういってから、連れている末子の寅雄をふりかえって、

「親方の手もと、呼吸を見なさい。息をつめる、打つ、なんでもないようだが、打ったつちの力は、一滴もこぼれていない。すべてたがねに吸いこまれ、真っすぐに石に突き入っている。これが芸だ。剣もおなじことだ。寅雄、いちど、試してみなさい」

「はい」

と、従順な子だ。

寅雄は、石源から道具をかりてやってみた。十歳だが、力はある。力まかせに打った。しかし、ぱん、と力が散ってしまい、たがねの先がわずかに石の面を引っ掻いただけであった。

「どうだ」とおだやかさまはいった。「やはりお前の剣は石源にも及ばぬということになる」

「お父上なら」

寅雄は、ちょっとふくれて、

「いかがでしょう」

「やってみるか」

よろこんだのは、石源である。

「先生、ひとつ、あっしと勝負といこうじゃござんせんか」

「よかろう」

石源は、あたりの石材を二基ころがしてきておだやかさまにも、のみとたがねを渡した。

「さあ、どちらが早くきれいに割れるか」

悠長なものだ。これほどの石を割るには、一日はかかる。世間は、攘夷さわぎで沸きたっているときである。

石源は、仕事にかかった。唄をうたい、勢いづいてやるものだから、近所の町人、子供、旗本屋敷の若党中間までむらがってきて、人垣をつくった。

おだやかさまは、悠々と石に腰をおろして打っている。

石源のほうはさすがに二十年この道に年期を入れただけに、どんどんはかが行った。

森要蔵——、おだやかさまのほうは、そうはいかなかった。

ちょん、と打っては様子を見、またちょんと打っては、石面《いしづら》をなでている。夕方になっても、石源の半分も進んでいない。

そのうち、石源のほうのたがね打ちが早くなって、やがて石材がぱんと割れた。

「申しわけございません。あっしの勝ち、てことになりますわけで」

「ああ、そうだな」

要蔵は、汗をぬぐって立った。他意のない、おだやかな表情で、石源にのみとたがねをかえした。石源は、後悔した。掻かさでもよい恥をかかせたことになった。

その夜、末子の寅雄の口から、石源の店での一件を聞いた内儀のおえいは、

「そうでしたか」

と微笑してなにも感想めいたことはいわなかったが、暗い気持になった。彼女だけは、おだやかさまの正体を知っている。

二

案の定、おだやかさまは、夜、夜具を敷くために入ってきたおえいを、じろりとみて、

「おえい、それへ」

と、下座の畳を一畳、指さした。すわれ、という。

「あの、お夜具をとらせていただきとうございますけれど」

「いらぬ」

人変わりしたような冷たい声である。剣に疑問を感じたときは、いつもこうであった。

命ぜられるまま、おえいは、その畳の上にすわらされた。息をひそめた。

亭主は、明り窓にむかって端座している。横顔に、狂気がある。ふりむきもしない。その姿勢のまま、半時も一時も、明り窓の一点を見つめたままであった。

しばらくすると、

「それへ、臥《ね》ろ」

といった。おえいは、おとなしく仰臥した。

すこしでも動くと、要蔵は、

「動くな」

と、のみいった。どういうわけで女房にこんな奇妙な姿をとらせるのか。結婚してこんなことが、五、六度はあった。そのつど、おえいは剣客という異常人の妻になった不幸を思った。芸などというのは、要蔵のばあい、人もおのれも、不幸にするためにあるのか。

が、要蔵には、むろん理由がある。

たったいま、要蔵は女房を離別しようと思っている。妻子を捨てようとしていた。要蔵の奇癖は、自分の芸に疑団《ぎだん》が生ずるたびに、ぼつ然として家を捨て、漂泊の修行に出ようとすることであった。それもいまにはじまったことではない。

最初は、当然、騒動になった。

おえいの実家は、鍛冶橋にある。土佐山内藩邸のお長屋である。兄を一円数馬《いちまる》といい、遠祖は江州の名族で、小禄ながらも山内家譜代の臣であり、家風もきびしかった。

森家に輿入れして一年目、ちょうど長男の初太郎のうまれた年だが、夫の要蔵は、ある日、突如、離縁状《さりじょう》をわたした。

おえいがおどろくと、

「だまって、受けとれ」

といった。

「初太郎は惣領ゆえいずれ引きとるが、まだ乳呑児なるによって、しばらくは実家で哺育《ほいく》してもらいたい」

おえいは、実家に帰った。しかし兄に恥じて離縁状のことは話さなかった。実家へ帰ったその夜、仏間にひきこもって自害しようとし、ほとんど、咽喉に突きたてた。が、嫂《あによめ》に見つけられ、そのために事情が、やっとわかった。

兄の数馬があわてて麻布永坂の森家へかけつけた。

が、要蔵は旅に出たあとであった。

要蔵は、当時まだ飯野藩に仕官しておらず細川家に士籍があった。細川藩士森喜右衛門の六男で、千葉道場の師範代をつとめているだけの境涯だったから、藩と師匠に、

──諸流詮議のため、
と届けておけば、自由に江戸を離れることができた。

一年、諸国を歩いていたらしい。

帰ったときは、痩せて、人相までかわっていた。おえいは、だまって、玄関の式台に指をつき、顔を伏せて迎えた。

要蔵は、なにもいわなかった。離縁状の一件など、そんなことがあったかという顔つきであった。

(このひとは、狂人ではあるまいか)

と、おもい案じたほどであった。

要蔵はおこりがおちたように、門人や近所に受けのいいおだやかさまにもどっている。

これが、癖になった。剣に疑問ができると妻子を捨てたくなるらしい。捨てるというなまやさしいものではなかった。

(おそろしい人だ)

と、おえいは思っている。じつのところ、近所の町人に「おだやかさま」などとよばれて親しまれているこの夫に、おえいは、おそろしさしか感じていなかった。いつ例の癖が出るか、とびくびくしていた。

いま、要蔵は、考えつづけている。

おえいは、畳の上からそれを見あげながら四年前と同じ顔を要蔵がしていることに気づいた。やがて、

「おえい、そこにいたか」

目覚めたようにふりむいたのも、四年前とおなじ所作であった。

「来う」

要蔵は、すわったままおえいを膝の上に抱きかかえた。おえいはなんの感興もなかったが、要蔵はむしろ常にないあらあらしさで愛撫した。おえいは抱かれながら、

(また、嬰児《やや》ができる)

と、思った。

奇妙なことだが、この行事のときにかぎって子がとまるのであった。初太郎と末子の寅雄をのぞけば、二女とも、そうである。

その翌日、要蔵は、離縁状を置いて、去った。玄関を出るとき、おえいは見送った。

長男の初太郎も、見送った。要蔵は、ちらりと初太郎を見た。

眼に、憎悪がある。父親がその子に見せる眼ではなかった。

翌日、海保帆平がおえいに会いにきた。

海保は、水戸弘道館の教授で、別に本郷弓町に道場を持っており、その剣名は、師匠千葉周作をしのぐほどになっていた。

おえいは、海保が夫と同門とはいえ、天稟《てんぴん》は海保にあると思っていた。十九歳で免許皆伝をとり、二十歳で水戸藩に招聘《しょうへい》されて五百石の大禄を受けている。

すでに、四十に近い。

「御亭主、例の病いが出たようですな」

と、明るく笑った。昨夜、旅装のまま本郷の道場を訪ねてきて、留守中、月に二、三度は麻布にまわって弟子たちの手直しをしてくれ、と頼んで行ったという。

「それは引きうけましたがね。御内儀はどうなされます」

「やはり、離縁でございますから」

と、おえいは冴えぬ顔をした。

「実家へもどります」

「そうですか」

と、海保は夫婦のことには立ち入らなかったが、ただ、こんどの原因はなんです、と訊いた。

おえいは、石屋の一件を話した。海保はそのことにひどく興味をもった。

「その石源とやらは、どこにあります」

「当家から西のほうの辻の、永福寺というお寺の門前にございます。しかし海保様、かようなことを女子が申すのは差し出たことかもしれませぬが、教えてくださいませぬか」

「なにを、です」

「なぜ、わたくしが」

「離別されるのか、ということですな」

「はい」

「あなたがおとなしくていらっしゃるからでしょう。私など、芸に迷うときは何度か家を捨てようと思いましたが、妻がそうはさせませぬ」

海保の妻は、水戸藩の名儒といわれた会沢正志斎の長女で、悍婦《かんぷ》の評がある。

「芸とは、業《ごう》なものだ。とくに森氏のばあいは、私などとちがって業深くうまれついているようです。御亭主ほどの年配で、しかも御亭主ほどの腕になれば、自分の腕に増上慢になって暮らすこともできるし、もはや生悟りにさとって自分の境地にあぐらをかくこともできる。ずっと世間を見わたして、あの年でああは死にものぐるいな芸者（兵法者）はおりませぬ」

「でも」

「おききねがいます。森氏はいつの場合も、自分を疑団の真っ只中に追いこんで、ついには死ぬか、それとも家を捨て世を捨てて山中で修行しなおすか、どちらかの心境に立ちいたるのでしょう。死なぬのは、御内儀がお利口なおかげです。御内儀はいつも、離縁状を受けとっては、森氏を飼い放っておられます。その点、森氏は、歌僧の西行よりめぐまれておられる」

海保帆平は辞し去った。

そのあとすぐ、末子の寅雄が近所からもどってきて、

「いまそこの石源の店さきで、海保のおじさまを見ました」

「どうしておられました」

「ただ、じっと見て」

海保は石源の手つきをじっと見つめていたが、やがて立ち去ったという。

その翌日、石源の店さきは黒山の人だかりがした。

森家の者はたれも知らなかったが、あとで寅雄が魚屋の若い者にきいたところで

は、壮年の立派な武士がやってきて、

「わしは、そこの森先生の門人のはしに連なるものだ。森先生のおおせでは、剣の心得があればあれほどのものは四半刻で割れるとのことである。割らせてもらいたい」

「へーえ」

石源は、おどろいた。むろんこの親方は、なにもいきさつを知らない。ただわかっているのは、おだやかさまは、四半刻どころか、割るのに半日かかってもなお、半分も刻み切っていなかったということだけだった。

「四半刻で、森先生が？　なにかのお間違いじゃないでしょうか」

「いや、森先生なら四半刻以内でお割りになることができる。その証拠に、門人のわしでもそのくらいはできるゆえ、石材と道具を貸せい」

「――へい」

不承不承、石源は支度をした。

武士は羽織をぬいで従者に持たせ、石材のはしに右足をかけ、石面にトンとたがねを据えた。

撃った。

ひと呼吸ごと、ゆっくりと撃つのだが、うちすえるごとに、たがねはまるで砂地に打ち入れるように、ずしっ、ずしっと入った。

石源はおどろいた。この職に入って、これほどみごとに石が斫《き》られてゆく光景をみるのははじめてであった。

四半刻もたたぬまに、石材はふたつになった。

「石源、造作をかけたな」

手をはらい、道具をかえしてさっさと立ち去ったという。

「お父様の御門人と申されましたか」

と、おえいは考えた。

(きっと、海保様にちがいない)

海保にすれば、要蔵の恥を雪《そそ》ぎにきてくれたつもりだろう。

一年ほど経った。

石屋の石源は、ときどき、「おだやかさま」の姿がちかごろみえないな、と思うことがあったが、かといって別に、気にもとめない。町内の他の者も同様であった。要蔵はそれほど、町方の暮らしにとって重要な人物ではなかったからだろう。

(どうせお国もとの飯野にいらっしゃるのにちがいない)

ぐらいに思っている。

その日、石源がうつむいて石塔を刻んでいると、手もとに影が射した。見あげると、要蔵が立っている。

「あ、これは」

石源は、鉢巻をむしりとった。

「おだやかで、いい日和《ひより》でございます」

「左様、おだやかで結構だな」

要蔵は、温和に微笑した。陽にやけ、頰が落ちているようであった。

(すこし、お痩せなすったな)

石源がおもうまもなく、要蔵は背をみせ、悠長な足どりで永福寺の辻をまがった。

あいかわらず、寅雄、ふみ、といった子供をぞろぞろ連れていた。

文久

元治

慶応

と、年号が移った。世間はいよいよ騒然としてきたが、要蔵にはべつに変化はない。子煩悩で、相変わらずおだやかさまで暮らしている。

ただ、長男の初太郎は成人して別に召し出され、国もとで藩公の近習をつとめていた。

他に変化といえば、海保帆平が病歿している。

おえいの兄一円数馬も、死んだ。

そのほか、平凡な日がつづいていた。おえいは、多少、信心ぶかくなっている。先年、夫の要蔵が家を出たときから、麻布の富士見稲荷に願をかけた。夫が帰宅するまで、朝詣りをつづけた。

要蔵が帰ってからは、大願成就の絵馬を寄進し、そのあとは、

(夫要蔵儀、もはや二度とあのような虫をおこしませぬように)

と、あらためて願をかけた。神明に届いたのか、夫要蔵には変化はない。

三

その後の森家の変化といえば、十五歳になる次男の寅雄に、剣の天稟があらわれてきたことである。

長男の初太郎が太刀筋がわるく、要蔵を失望させていたときだったから、

「家督は初太郎が継ぎ、道統は、寅雄に継がせる」

と、大よろこびだった。

もともと長男の初太郎というのは、要蔵の最初の漂泊に出たときにうまれた子だったせいか、父親に懐かなかった。長ずるに従って、露骨にその感情を出すようになり、いくら叱られても道場に出なくなった。

それにくらべると、寅雄は、性格が無邪気で、両親によくなついた。おえいは、どちらかといえば、長男の初太郎よりも、寅雄の方が好きであった。

寅雄は眼の涼しい利発な子だが、いつまでたっても幼なさを体じゅうにくっつけていて、たとえば、

「お母さま、私はどうして、寅雄なのかな」

と、真剣に考えこんでみせる。

「寅どしにうまれたからですよ」

「私は、戌年《いぬどし》のほうがよかった」

「どうしてです」

「犬のほうが、好きですもの、こんど、もう一度お生みになるときは、戌年に生んでいただきます」

そんなことを真顔になっていうくせに、ひとたび竹刀をもつと、道場いっぱいに鬼

神が跳梁《ちょうりょう》しているようだった。要蔵の門人のなかでかなう者がなかった。

「寅雄は、きっと日本一になる」

要蔵は、口ぐせのようにいった。

が、おえいは、そのことをきくと、身のすくむ思いがした。剣は、夫でたくさんだとおもった。あの無邪気な寅雄が、要蔵のような道を歩くのかと思うと、むしろ剣技などは上達してくれなくていいとも思うのである。

天才児というのは、どこか、周囲の者をはらはらさせるものをもっている。

寅雄が、十四のときである。外出先から帰ってくると、自室にこもったきり、夕食も摂らなかった。

「捨てておけ」

と要蔵はいったが、おえいは気になって、部屋に入ってみた。額に手をあててみると、熱がある。

「どうしたのです」

「いいえ、どうもないのです」

照れくさそうに微笑《わら》っている。なにかきわどい、ちょっと指で押すとこわれそうな、ふしぎな微笑であった。おえいは生涯、このときの寅雄の微笑だけはわすれられなかった。もし神仏というものがあって、かれらも微笑《ほほえ》むとすれば、ああいう微笑ではないかと思われた。

しつこく問い詰めてみると、原因はなんでもなかった。きょう、六本木の大久保加賀守様の御門前で犬の死体をみた、というのである。

「それだけ?」

「ええ」

笑っている。むろん、それだけではない表情であった。さらに訊くと、寅雄はこまったように首をかしげていたが、ついに、

「お母さま」

といった。人はなぜ死ぬのか、死ねばどこへ行くのか、ということであった。おえいには答えられない質問であった。窮してだまっていると、寅雄のほうがあわててくれて、

「いいのです。ちょっとそう思って、こわかっただけです」

「そうですか」

おえいは、こんなとき、母親としてどういうべきかを懸命に考えていたが、

「人間は、死ぬなどとは考えないで、ただ夢中に生きてゆけばいいのではないのかし

ら」

　これでは質問の答えにはならないのだが、寅雄はべつに不満な顔もせず、

「ええ」

と、うなずいてくれた。おえいへの思いやりがこもっている。おえいは、ほっとした。そのうえで、たった一つだけ、母親らしい苦労のにじんだ助言をあたえた。

「いまのこと、お父さまにはおっしゃらないように。死ぬのがこわい、などと申しあげると、どんなにお叱りになるかわかりませぬ」

「わかっています」

「ありがとう」

　要蔵への小さな隠しごとで、自分と寅雄とのあいだに、指をからませあっていることにおえいは小さな満足をおぼえた。

　その間、京都で、長州藩兵をとりかこんで諸藩の戦争さわぎがあったり、将軍が西上して、長州征伐のさわぎがあったりした。しかし江戸は意外に静かで、

　——西国では、長州人が荒れ狂っているらしいが、たかが三十万石の藩だ。いずれは御威光でおさまる。

　と、士民はおもっていた。この点、要蔵もおなじで、こういう政治問題にはまった

く関心をもたないようであった。

しかし、慶応三年十月になって、江戸士民を仰天させた報がつたわった。京にある将軍慶喜が、どういうはずみか、政権を朝廷に譲ってしまったという。

それだけではない。幕軍が、鳥羽伏見で薩長土三藩の兵と戦い、敗走した。慶喜はほどなく幕艦で江戸へ帰り、上野寛永寺で謹慎した。

江戸はわき立った。京大坂の西国軍の本営から、親王を総督とする征東軍が江戸にむかって発向するという。

四

「おえい、支度をせい。道場を閉めて飯野へ立ちのく」

と、ある日、要蔵が藩邸からもどると、そう命じた。殿様の弾正忠さまが、江戸を払って国許のお陣屋に立て籠られる、ということは、おえいもきいている。

(たいへんなことになる)

おえいは、身のうちが慄えた。

道場をたたむと知って、出入りの町人たちが、手伝いにきたり、あいさつに来たりして邸内はひっくり返るような騒ぎになった。

石源もきた。

要蔵は、石源の顔をみるなり、

「ああ、そちには借りがある」

と、にこにこして表へ連れ出した。寅雄も、ついて出た。

例の石割りである。

「置きみやげだ。割っておこう」

要蔵は、石材にたがねを据えた。ずしっと撃ちおろした。たがねは、いきいきと吸いこまれてゆき、やがて手もなく石が割れた。

ちょうど、四半刻である。

石源はおどろいた。驚いたついでに、かつて御門人様も四半刻でお割りなされました、というと、要蔵は妙な顔をした。門人づれにこれほどの技があるはずがない。

「あ、それは」

と、寅雄は不用意なことをいった。

「海保のおじさまです」

「帆平が」

要蔵は、たがねをぐゎらっと捨てた。石源はもう一度驚かざるをえなかった。おだやかさまに、こういう表情があったことは、はじめてみた。

要蔵は立ちあがった。眼が、血走っている。

その眼を寅雄は見あげて、慄えた。ありありと幼児のころの記憶がよみがえってきた。

（あのときの眼だ）

その朝、寅雄は裏の井戸端であそんでいたことを覚えている。屋敷の小者が血相をかえて駈けだしてゆくのをみて、寅雄も道場の横から玄関へまわった。

旅装の父が、玄関を出ようとしていた。母が、手をついて泣いている。なんとも異様だったので、父にすがりつくなり、

「どこへ参られます」

といった。父は、寅雄をひきずったまま、怖ろしい力で歩きだした。

「私も、連れて行ってください」

「どけ」

父は、ふりはなった。わっ、と寅雄はころがった。その寅雄をちらりと見た眼が、いまの眼であった。凍えさせるような憎悪があった。

あまりおそろしかったために、寅雄は数日だまっていたが、ある日、母にきいてみた。

――お父さまは剣客だからだ。

と、母は不得要領な答えを与えた。じつのところ、おえいにも、要蔵の中に住んでいる狂気が何であるかがわからなかった。死んだ兄の一円数馬は、

――芸をする者はああいうものらしい。ときどき、恩愛というものから背をむけたくなるのだろう。お前は堪えねばならない。

おえいは、そのとおり堪えた。しかしなぜ堪えねばならないかを、子供に教えるほどの智恵はなかった。

しかし、寅雄には救いがあった。そういう行事から帰ってきた父は、溶けるようにやさしかったからだ。

(なにか、父はつぐなおうとしている)

子供心にもそれがわかった。父がやさしくすればするほど、痛ましく思った。

兄の初太郎はちがっていた。はっきりとそういう父を憎悪していた。寅雄のみるところ初太郎は要蔵がいうほど剣の筋がわるくはなかったが、

(おれは剣術使いにはならん)

と不貞ているところがあった。自分自身をついにはほろぼし、周囲を破滅させるなにかが、求道というものにはある、と思っているようであった。

要蔵は屋敷にもどった。

支度はあらかた出来あがっていた。要蔵はこんどだけは、去ろうとはいわなかった。いわずとも、別の運命が、かれを江戸から退去せしめようとしている。

五

南総飯野は、江戸から近い。

東方の丘陵が、水田のなかへすそを没しようとしているあたり、ほぼ四万坪の一角が、水濠にかこまれている。陣屋、武家屋敷は、その濠の内側にあった。

要蔵の屋敷は、北のはずれにある。

隣家は、野間銀次郎行信。のちに講談社を興した野間清治の伯父である。

要蔵が飯野についた翌日、藩主保科弾正忠正益《まさあり》はお目見得以上を広間にあつめた。

一同、平伏して待つうちに藩主は着座したようだったが、頭をあげたときには、すでに座を立って、姿を消そうとしていた。

総登城の行事はそれでおわった。あとで、藩士のあいだで、籠城するのか、進撃するのか、論議がかまびすしかった。

が、あとになって、その夜、藩主が船を仕立て、家老一人、近習数人をつれて飯野から海上に出たことを知っておどろいた。

藩主正益はそのまま海路、伊勢の四日市に到着し、陸路、草津に入ってそこから京に使いを出し、四月六日、京に入った。すでに旧知の公卿に工作をしていたらしい。

「勤王証書」

を上提し、御採用書が下付され、ひきつづき、参内して天機を奉伺した。しかもなお京に滞留し、江戸が東京になってはじめて帰東したのは、勤王の志を疑われてはならぬと思ったからだろう。

弾正忠正益は、かつて大坂加役、若年寄など幕職を歴任していたために藩士たちよりもはるかに時流を見る目が肥え、保身のためには機敏な転身が必要だと思ったのだろう。そのためには、家来を捨てた。

というのは、滞京中、かれは自分の誠意をみせるために所領を朝廷に献上した。このことは、上総《かずさ》の田舎に集結している家臣たちにとって、寝耳に水であった。

（——捨てられた）

と、たれしもが思ったろう。

隣家の野間銀次郎は、藩士二十人とともに脱走し、旧幕臣が組織する遊撃隊に投じ、箱根で官軍を防ぐために出て行った（のちに敗れて帰国し、切腹）。

要蔵は、そういう藩内の混乱を、おえいの見るところ、茫然と見ていた。野間銀次郎が革わらじをはいて出てゆくときも、

「ほう、ほう」

と終日、口のなかで鳥の啼き声のような声をあげ、

「藩主は西軍、藩士は東軍、これはどういうことだろう」

とつぶやいていた。剣ひとすじに生きてきた要蔵のあたまには、この混乱した時代にどう身を処してよいかわからなかったのだろうが、数日して、要蔵はようやく方途をみつけたらしく、夜、おえいを呼んだ。いきなり、

「行く」

といった。おえいは、またか、と思ったが、しかし要蔵は、こういう場面でかつてみせたことのない明るい顔でいった。

「藩がほろびようが、天下がほろびようが、森要蔵という武士が残っていることに気づいた。四十年、剣をみがいたのは、このときのためにある」

その要蔵の表情の明かるさをみて、おえいは戸惑った。いつものあの陰鬱な行事ではなさそうだ、と思った。その証拠に、例の離縁状《さりじょう》もわたさない。おえいはなんとなく、浮きうきしてしまった。

「どこへいらっしゃいます」

「おえい、立派だな」

要蔵は、あきれたようにいった。いつの行事のときも、この陰気な泣き顔がうとましかったが、きょうはちがっている。やはり歳月がたって、おえいも、武家の妻らしい覚悟が育ってきたのだろう、と要蔵は思った。どちらかといえば二十数年、この妻が好きだとおもったことは一度もない。おえいも、要蔵を愛しているとは、決して思ったことはなかった。いま、要蔵が行く。二十数年、習慣として妻をつづけてきた。それだけのことであった。いまも、要蔵が行く。しかも、いつものあの陰鬱な行事なしに。

「わしは会津へ行く」

「はい」

その奥州の土地が、要蔵にとってどういう運命が待っているのか、おえいの頭では想像の仕様もなかった。ただ、要蔵のあかるさだけがうれしく、おえいは、「お支度をいたしまする」といそいそと立った。しかし、そのおえいの背へ、要蔵の言葉が迫った。

「寅雄をつれてゆく」

（あっ）

とおもった。そのまま膝頭から力がぬけ、くたくたと廊下に折りくずれた。口をあけた。（ちがう）とつぶやいた、約束が。

（寅雄を連れてゆく）

と、きいたとき、おえいにとって、これはまったくちがう事態だという衝撃があった。要蔵の去るのは慣れている。要蔵の手前勝手であった。が、いつの場合も、要蔵の去ったあと子供たちはおえいと共にあった。が、こんどはちがう。

「よいな」

「はい」

おえいは、はじめて声を忍んで泣きはじめた。

森要蔵は、白河の西北方雷神山という丘に小隊を率いて拠り、白河から会津にむかって攻め寄せてくる板垣退助指揮下の官軍の大軍を防いだが、慶応四年七月一日、最後の突撃を行なって父子ともに戦死している。

その日の模様を、白虎隊の生きのこりで、のちに東京大学総長になった会津旧藩士山川健次郎氏が、晩年、くりかえし物語っては涙をながしたという。

雷神山の森隊は、丘陵下から射ちあげてくる官軍の銃火にほとんど斃された。身辺すでに十数名になったとき、森要蔵は、古風な長沼流の軍学どおり、日の丸の軍扇をあげ、突撃を命じた。

板垣は、その武者ぶりのみごとさに、

「射つな、生けどりにせよ」

と命じたらしい。が、山麓を駈けおり、ときに踏みとどまって斬りまくる森父子の働きは、だんだん官軍の手に負えなくなってきた。

寅雄はこのとき十六歳。

要蔵は五十九歳である。関羽ひげはすでに純白に近かった。

官軍の陣営からみていると、老人はひどく息切れがするらしく、ときどき身動きが緩慢になっては敵刃を受けそうになったが、そのときには少年が走りよって老人の敵を斬った。少年が危くなったときは、老人がそれをたすけた。

「まるで名人の二人舞を見るようであった」

と、板垣は語っている。

やがて板垣は、斉射を命じた。まず少年が倒れ、そのあとすぐ老人がそれへ折りかさなった。

書かでものことかもしれないが、昭和九年五月五日、いわゆる昭和天覧試合の東京府予選に出場した剣術選士で、森寅雄という右の少年と同姓同名の若者がいた。要蔵の義理の孫である。この寅雄は、銀次郎の甥野間清治の一子恒《ひさし》（寅雄の従兄）と予選の決勝をあらそって敗れた。野間恒がこのときの大会の優勝者になっている。

森寅雄はその後渡米し、いま米国剣道連盟の総師範をつとめるかたわら、フェンシングを習得し、米国太平洋岸フェンシング選手権をもっている。ロサンゼルスで、森証券を経営しているという。

越後の刀

一

その日、栃尾《とちお》源左衛門が帰宅したのは、日が暮れてからであった。おもよと源左衛門がすんでいる相国寺門前の借家は、竹藪のなかにある。おもよは竹の落葉を踏む源左衛門の足音をきき、いそいで紙燭を用意して、縁側へ出た。紙燭の灯《ほ》あかりに照らしだされたそのときの源左衛門の表情をおもよは、まざまざと記憶している。

この元和八年の夏は京ではとくに蒸しあつく、日中を歩いて暑気にでもあたったのか、さもなくても貧相なこの男の顔が土色になっていた。そのくせ、唇だけは、なんともいえず面映ゆそうな名状しにくい微笑でほころびている。人間の表情ではなかった。おもよは、ふと、諸天諸菩薩の像に、こういう顔があったか、とおもった。

「どうなされました」

「いや」

源左衛門は、われにかえり、はじめておもよをそこに見たような顔をした。そのときの眼も、おもよはまざまざと覚えている。他人をみるような冷たい眼だった。源左衛門は、足も洗わずにそのまま上へあがり、ふたりが寝所に使っている奥の六畳の間に隠れた。左の小脇に、長い菰《こも》包みをかかえているのをおもよは見た。

(面妖《おかしげ》気な。——)

おもよは、四条河原の腰掛茶屋の後家だったが、二年前に、京に流れこんできたこの栃尾源左衛門と連れ添った。

——見当のつかない男だった。

二年のあいだに、やっとわかったこの男の略歴は、もとは、上杉家が越後の太守であったころに馬廻役をつとめ、その後、主家が石田三成の挙兵に荷担したために会津若松百二十万石から減知されて出羽米沢三十万石に移されたとき、多くの朋輩とともに暇を出された。その後諸国を転々とし、大坂ノ陣には、西軍に荷担して生死の境をくぐったこともあるという。

大坂落城後、安芸広島四十九万余石の福島家に仕えたが、ほどなく左衛門大夫正則が除封されたために牢人となり、流浪のすえ京にのぼってきたものらしい。

おもよとの縁は、二年前の夏にできた。その日、おもよの茶屋に、この男がほこりにまみれた旅姿で入って来、湯漬けを所望した。ところが、男は食べおわると、はげしい腹痛をおこし、吐瀉《としゃ》した。霍乱《かくらん》のようだった。顔がゆがみ脂汗がにじんでいた。

——しばらく、やすませてくれぬか。

と男は、息の下でやっといった。

おもよは、人を介抱するのが好きで、小女に手伝わせて奥に運び、ありあわせの薬などをのませた。男は一晩じゅう苦しみ、翌日になると、体力を使いはたしてしまったのか、うとうとと眠った。

——どこのお人であろう。

年は四十をすぎている。骨柄はさすがにたくましかったが、装束は、両刀を帯びていなければ乞食かと思われるほどに垢じみていた。

おもよは、男の始末にこまった。元和の役以来、京では牢人の詮議がやかましく、所司代から、「旅籠《はたご》に宿泊する者の生国と名をかゝど口に貼りださせ、民家に長逗留する牢人については、町年寄を通じて逗留の理由などを届け出るよう」に達しられている。

おもよは、町の肝煎《きもいり》の紙屋与兵衛をよんできて事情を話し、与兵衛の立ち合いのもとに、男の荷物をしらべてみた。

金目のものといえば、柄巻《つかまき》のすりきれた両刀があるだけで、麻の背負袋には、薄ぎたない手行李が一つ、そのなかに手拭いが一すじ、柳行李の弁当箱一つが入っており、金は、小銭もなかった。

——この牢人は、代《しろ》なしで、湯漬けを食うたわけじゃな。お前も迷惑なことじゃ。

肝煎はおもよに同情のある所を見せ、そばに眠っている病人を、必要以上にうろん臭げな眼で流し見た。その仕草のあいだにも、おもよの手をそっとにぎってしまっている。

——これ。小女が、見ておりますわいな。

——ええがな。ちかごろ、とんと無音《ぶいん》で、お前にも気の毒に思うている。

おもよは、男なしではすごせないたちで、かつてこの男とも体のつながりがあった。ほかに、町で縁のあった男を数えれば、十人はこえるかもしれない。どの男も女房もちで、夜、おもよが茶屋の戸を閉めると裏口から這いこむようにしてやって来、おもよを抱きおわると、どの男も急に女房のこわさを思いだしたような顔になり、そそくさと帰ってしまう。ところが、辻むこうに近ごろ江戸にならって町木戸というものができてから、夜歩きが出来なくなり、どの男もたずねて来なくなった。

おもよは膝から肝煎の手をはずし、

——もうたいがいになされませ。

——ええやないか。その屏風をもそっと、こちらに引きまわすがよい。

——なりませぬ。

なぜこのときこの与兵衛を邪慳《じやけん》にあつかったか、おもよ自身でもわからない。

昨夜、おもよは、牢人を介抱しているとき、牢人が、夢中で苦痛を訴える表情のゆがみが、ふと七年前になくしたこどもの表情に似かよっていることを発見した。妙な実感だった。おもよは、八年前に亭主と死にわかれ、その翌年、五歳の男の児をこの男と同じ霍乱で喪《うしな》ったが、その児が苦痛を訴えていた表情とこの男のそれとが、どうかすると瓜二つだった。女が男に迷うのは、通常、こういうひょんなことからではないだろうか。

牢人は、その後、二十日もおもよの茶屋で寝たきりだった。そのあいだに、おもよとの体のつながりができた。

体のつながりができると、おもよの看病はいっそう親身になり、

——もはや、どこへも行かず、京でのんびり世をお送りなされませ。

おもよは、決心していた。この男とめおとになるつもりだった。しかし男は、

——扶持をはなれたとはいえ、わしは武士じゃ。茶屋の亭主になどはなれぬ。

と聞きとれぬほどの低い声でいった。おもよは、むずかる児をあやすように、

――そんなら、お前、店をたたんで、どこぞの仕舞うたやを借りて住めばよいではありませぬか。な、そのように致しましょう。二、三年のあいだならば、お前とふたりで食べるだけの貯えはありまする。あとはあとで、思案をすることにして。

貯えた金、というのは、茶屋で儲けたものというよりも、男から貢がせた銭を壺のなかに入れておいたものだが、金の性質がどのようなものであるにせよ、後家が、男に自分の貯えを投げだすなどはよほどの打ちこみかたであった。おもよは、男を恋うたというよりも、連れ添うて生きてゆく者がほしかった。

このようないきさつで、おもよと源左衛門が、この相国寺門前の藪のなかの借家にすんだのは、二年前のことであった。

源左衛門は、おとなしい男だった。なにを考えているのか、おもよにもわからず、ただうっそりと三度の飯を食い、ときどき、何の用で出かけるのか、終日市中をうろつき、月に一度は、伏見から船にのって大坂へ出かけたりした。どこへ、何をしにゆくのかわからない。路用はむろん、おもよの壺のなかから出るのである。

「おもよは、牢人を飼うている」

と、おもよの古い知りあいの男たちが、市中でうわさをしているのが、おもよの耳

にも入った。飼う、というのはうまい言葉だとおもよは思った。この背の高い亭主は、女の壺ぜにで養われていることに、なんの卑下も疑問ももたず、壺ぜにがなくなれば何をもって暮らしをたてるかとも考えてもいない様子だった。

（武士とは、そうしたものらしい）

とも、おもよは思ってみる。町人のように自分の体で日銭を稼ぐのではなく、武士は主人からもらうお扶持で養われている者だ。源左衛門はおもよに養われているのだが、たれかに養われる以外に、自分の生きかたを考えられないのかもしれない。悪気があってのことではなさそうであった。

しかしおもよは、夏になるすこし前に、壺のなかのぜにを数えてみたことがあった。意外に減り方が早く、来年の正月まで暮らせるかどうか見込がたたなくなり、この夜だけは、さすがにおもよは眠れず、

「もうし」

と、横の源左衛門をゆりおこしてみた。

「ゆくすえ、どうなされるおつもりでございます。早うお腰のものを捨てて、町の者になってくださりませ。暮らしなどは、田の螺《にし》をとって市中を歩いてでも立つものでございます」

そのあと、おもよは、くどくどと暮らしむきについてしゃべった。源左衛門は一言も答えずだまって聴いていたが、最後に、おれにはわからぬ、とつぶやいたきり、いびきをかいて眠り入ってしまった。このときだけは、つくづく、

(武士など、飼うものではない)

と思った。

その後、数日たったある日、むかし四条河原の茶屋へときどき寄ってくれた延喜寺の義了がちかくの相国寺にきたついでに立ち寄ってくれた。義了は、源左衛門の容貌をじっとみて、当人の前で、

「おもよ、この亭主殿には苦労するぞな」

「なにをおおせられます」

おもよは、そばにいる源左衛門の気持を汲んで、義了に憤ってみせた。

しかし当の源左衛門は顔色も変えなかった。何を考えているのか、うっそりと襟もとにあごをうずめたまま黙っていた。

そのあと、義了は、柴折戸まで送ってきたおもよをふりかえって、

「おなごにとって亭主は、福神か、貧乏神かのふた通りしかない。あの亭主どのの骨柄を見るに、甚《いこ》う貧相をなされておる。えらいものを背負うた。壺の中のぜにの無う

ならぬまに、早う追い払うてしまいなされ」

京の人は他人の疝気を頭痛に病むのがすきで、義了のお節介な口裏を察するに、義了をはじめおもよの知人たちは、おもよの壺の中のぜにが、いつなくなるかが興味の種のようだった。

二

その源左衛門が、きょう、奇妙なほどいきいきした表情でもどってきた。おもよは連れ添ってから、この男の顔が笑み崩れているのをほとんどみたことがない。かえって気になり、粥汁《かゆじる》にかきもちを添えて持ってゆこうとした。部屋は屏風でへだてられていた。その端をそっとくつろげたとき、

「あっ」

おもよは、茶をこぼしそうになった。源左衛門は、見なれぬ刀を灯にかざしていた。おもよが驚いたのは、この男の周囲に何人かの人影が立っているのを見たからである。

「なにをうろたえる」

源左衛門は、白鞘に刀をおさめた。人影は消えた。おもよはくたくたと折りくずれて、

「ただいま、大勢のお方がおられて話し声などがきこえたような気配がしましたが、気の迷いでございましたか」

「わし一人しかおらぬ」

「その見なれぬお刀は、どうなされました」

「これか」

源左衛門はかくすような仕草をした。

「はい。そのお刀でございます」

「おもよ、口数が多すぎる」

源左衛門は、それっきり、口をきかなかった。

そのあと、源左衛門が外出するときに着て行った太麻の帷子《かたびら》をたたむとき、おもよは、もっと驚かねばならぬことを発見した。すそに、三ヵ所ばかり黒いものが染みこんでいた。念のためつばでのばすと、薄赤い色にかわった。おもよは、おそろしさにふるえた。血であった。

その夜、臥床《ふしど》に入ってから、思いきって源左衛門にたずねてみた。

「きょうは、どこへ参られました」

「詮議をするか」

「詮議ではありませぬ。心配なのでございます」

「そちの知ったことではない」

しばらく、男はだまっていた。おもよは、相手がねむったのかと思っていた。ところが、にわかに腕がのび、おもよを掻き寄せた。なみはずれて好色な男で、二年このかた、日課のようになっていた。

おもよはされるままになっていたが、さすがに、体がいつものように弾まず、そのあと、男はすぐ、いびきをかいてねむったが、おもよは明けがたまでねむれなかった。

（いったい、どういう人間なのだろう）

おもよなりにこの男を理解しなければ、これ以上、一緒にくらしてゆくわけにはいかない。すくなくとも、壺のぜにがなくなるまでにこの男を理解し、その材料をもとに身のふり方を考えねばならないと思った。

翌日、おもよは、母の命日で北野の地蔵院に詣る、と源左衛門にことわり、市女笠《いちめがさ》をかぶって家を出た。たしかに地蔵院には、截金《きりがね》の職人だった父と母の墓がありはしたが、きょうは母の祥月でも命日でもなかった。おもよは、万寿寺通りにある義了の寺を訪ねた。義了に通じて、源左衛門の旧知の者をさがし、なにくれと訊きだしてもらおうと思ったのである。

「面倒な願いじゃが、ひきうけてやろう」

義了は、むしろうれしそうにいった。

関仲義了という男は、のちに花園妙心寺本山の師家になり、臨済禅の獅子といわれた男だが、若いころから俗事に介入するのがすきで、市中では、

――公事《くじ》坊主

と悪口をささやかれていた。晩年は、近衛家と所司代のあいだに起ったいざこざに介入し、そのため所司代に忌まれて但馬の草深い山寺に追いやられているほどの男である。

義了が所司代へ行って調べると、幸い、源左衛門が最初に仕えていたという上杉家の家臣二人が、江戸屋敷の調度品をあつらえるために、京の高辻にある旅籠に逗留していることがわかった。

早速、義了は高辻の旅籠へ出かけ、

「かつて上杉家に仕えていた栃尾源左衛門と申す者を御記憶ないか」

とたずねてみた。

「左様」

と老いたほうの武士が思案をした。この男のことばは、越後訛りがあった。上杉家の家中では、五十代以上が越後訛りを用い、封土が変わるにつれて、会津訛り、出羽訛りの年齢層ができている。

「思いだした。その名、覚えがござる。たしか米沢ご移封のときに暇を賜うた男で、あまりめだたぬ者でござった。なにしろ米沢お国替が二十二年も以前ゆえさだかな記憶もないが、たしか中条流の兵法使いであったように思います。そのわりには戦場運がわるく、雑兵首一つ獲れなんだ。そのほかは遠いことで思いだせませぬ」

義了は、例の血痕のことまでは話さなかったが、

「なにやら、その源左衛門なる者は、刀をさがしている様子のように思われまするが、それについてお心あたりはござりませぬか」

「刀、と申されたな」

それまでだまっていた若いほうの武士が口をはさんだ。竹俣甚十郎という男だった。

「いかにも」

「その刀は、どのような刀でござる」

義了は意外な反応におどろき、

「それは存じませぬ」

「では、その栃尾源左衛門と申すのは、どこに棲もうてござる」

「いや、拙僧も存じませぬ。その者を探している者があり、手がかりがないかとうかがいに来たわけでござる」

「その者をさがしている者とは、たれでござる」

「いや、旅の雲水でござった」

竹俣甚十郎は、異常な関心を示したが、かといってかれは栃尾源左衛門に関してはなにも知らず、名をきくのもはじめてのようすだった。

おもよは、義了の報告をきいてから夕方に帰宅した。あらためて源左衛門の様子をうかがってみたが、常日頃と異なるところがなかった。ただ翌る朝、妙なことをいった。

「おもよ、そちにも世話をかける」

めずらしいことをいうものだと思ったが、おもよはさりげなく、

「水臭いことを申されますな」

「いや、おれのような扶持ばなれの者に、よう奉公してくれておるわ」

(奉公。――)

おもよは、おどろいた。この男は、おもよを婢女《はしため》か妾のように奉公人と思っているのだろうか。壺ぜにで主人を養うている妾がどこの国にあろうとおもい、

「めおとではありませぬか」

「左様か」

源左衛門は気軽にうなずいた。この男にとっては、おもよが何であってもかまわぬらしい。

「あなた様は、おもよを奉公人と思われていたのでございますか」

「まあ、よいではないか」

「よくはありませぬ。おもよが奉公人ならば、お手当をくださるはずではありませぬか」

「いかにもそうじゃ。ここへ住んで以来、いずれは遣わさねばならぬと思うていた」

「そのようなことを申しあげているのではございませぬ」

おもよは、泣きそうになった。しかしふと思いなおし、冗談めかしく、

「あてがあるのでございますか」

「ないこともない。ひょっとすると、旅に出るかもしれぬ」

その日の会話は、それだけでおわった。

三

その後、義了は、相国寺の僧堂の雲水のなかに、俗名植原左平次といい、もとは豊臣家の譜代で、元和ノ役のときは陣中目付をつとめた男がいるのを知り、その雲水を自坊によんでみた。

「栃尾源左衛門でござるか」

雲水は記憶の糸をたぐりよせている様子だったが、

「左様、栃尾源左衛門と申す士は、右府様（秀頼）の御近習でござったが、落城にさいして殉死し、いま存命しておりませぬ」

「なんぞ、覚えちがいではないか」

「いいえ、その者ならば、生きていようはずがありませぬ」

雲水のいうところでは、慶長二十年五月八日、秀頼は母淀殿とともに城内山里曲輪《ぐるわ》で自殺した。そのときの介錯《かいしゃく》は、秀頼には毛利豊前守勝永、淀殿に対しては荻野道喜であった。その場で、大野治長父子、速水守久父子、真田大助幸綱、堀対馬守など三十余人が殉死している。

　秀頼の介錯をしたあと、毛利豊前守は自分を介錯すべき者の選択にこまり、下座で平伏している秀頼の近習の群れに声をかけたという。

「たれかおらぬか、太刀さばきの確かな者は」

　そのとき、衆に推されて出てきたのは栃尾源左衛門であった、と雲水はいう。そのとき豊前守は源左衛門の顔をじっと見、やがて物憂げな声で、

「太刀を学んだことがあるか」

「中条流を少々仕りました」

「少々か」

「腕には覚えはござりまする」

　広言のとおり、源左衛門の太刀はみごとなもので、一閃して豊前守の首を咽喉の皮一枚をのこして切り落した。そのころにはすでに広間に煙が吹きこみはじめていた、という。そのあと近習衆は、別間にひきとってそれぞれ自決し、のこった卑役の者は重臣たちの遺骸の乱れをなおしてから、それぞれ思うかたへ落ちたり、自決したりした。――雲水は、

「われらは譜代でもなく、お側近くに仕えていたわけでもござらぬゆえ、落城とともに落ちのびました」

「では、源左衛門の最期を、その目でみたわけではないのじゃな」

「しかし、御近習衆のなかで、生き残った者はまずござりますまい」

「では、その栃尾源左衛門の幽霊に引きあわせよう」

義了は、雲水を伴い、相国寺門前のおもよの家を訪れた。雑談をして、ほどなく家を辞した。今出川通りを歩きながら雲水はふしぎそうに首をひねった。

「たしかに相違ござりませぬ。あれは源左衛門でござった」

義了は、その後、所司代の付与力で、かねて懇意にしている九鬼庄五郎という者に訊いてみた。

「京には、牢人がどれほど住んでおりますか」

九鬼のはなしでは、実数は意外にわずかで、三十人ほどであるという。

牢人のなかでも元和牢人は少なく、それ以後に取りつぶされた改易大名の旧臣がほとんどだった。たいていは両刀を捨て、僧侶、商人、差配、口入れ業、修験者などに転じており、再び世に出ようという野望の持主は、まずない。

「その点、江戸にくらべて京では牢人の取締りが楽でござる」

江戸では、年々ふえてくる牢人の対策にこまっているという。江戸へ諸国の牢人が集まるのは当然のことで、諸大名の江戸屋敷があるために仕官の機会が多い。その点、京は公家地で、ここを終生の住まいに選ぶこと自体が、仕官の望みを捨てたのとおなじといっていい。

「その三十余のうち、元和落城のときの牢人は、いくたりでござる」

「五人」と与力はいった。

「それは少ない」

「いや、ひところは多うござった。が、元和牢人への大公儀のお心持がやわらいでから、諸家の召し出しを受ける者が多く、いまではその者どもしか残っておりませぬ」

「みな、どのような暮らしを立てているのであろう」

「御坊、相変らず、お物好きでござりまするな」

与力は笑いながら、

「ひとりは、相国寺門前で河原茶屋の後家おもよという者に養われておりまする」

源左衛門のことである。相国寺僧堂にいる雲水植原左平次のことも与力は知っていた。他の一人は、鷹司家の執事になっており、ほかに妙法院門跡の坊官が一人いる。

「それで四人。いま一人の者は？」

「それがちかごろ、行方が知れませぬ」

その男は、鳥辺山の墓守のようなことをして暮らしていたという。鳥辺山とは東山諸峰のひとつで、貴賤をとわず京の者の墓地になっている。その男は、ふもとに小屋掛けして、頼まれれば墓掃除をしたり、供花を売ったりしていた。乞食同然の分際であった。

「名は？」

「亡き右府の近習にて、魚津鹿之進と申し、沙弥になってから名を光阿弥と申していたようでござった」

「右府の近習でござるな」

「はい」

義了はさりげなく、

「その光阿弥と申す男は、いつほどに姿を消しましたか」

「さあ」

そこまでは、与力は知らなかった。

京から元和牢人が一人でも減れば所司代としてはそれだけ荷が軽いわけで、役目として光阿弥の行方まで知る必要もないのだろう。

その後、義了は自坊に相国寺門前のおもよをよび、

「そなたの亭主どのは、鳥辺山の光阿弥という墓守とつきあいはなかったか。俗名は魚津鹿之進というそうじゃが、そういう名を亭主の口からきかなんだか」

おもよには心当りがなかった。源左衛門と住んでから、かれを訪ねてきた旧知もなく、かれの口から旧知の者の名が出ることもなかったのである。

「その名を、あるじに質《たず》ねてみましょうか」

「訊かぬほうがよい。きけば、めおとの仲がまずうなる」

「その光阿弥どのとやらは、あるじとどのようなつながりなのでございます」

「まだわからぬ。——ひょっとすると」

源左衛門が光阿弥を殺したのではないか、といおうとしたが、おもよの気遣わしげな顔をみると、さすがにいえなかった。義了は、寺の下男を鳥辺山まで使いにやって光阿弥のことを調べさせた。

それによると光阿弥は、まだ三十を出たばかりの男で、有髪のまま僧名を名乗っていたが、とても墓守などにはみえない美丈夫だったという。

墓守なかまでは、うすうす、この男が豊臣家の遺臣であることを知っていて、

「光阿弥さま」

とよび、特別なあつかいをしていた。墓守たちの伝説では、光阿弥は、豊臣家二代の菩提を祈るために鳥辺山の墓守になったという。義了は、なるほど、とおもった。鳥辺山から、秀吉の廟所のある阿弥陀ケ峰まで尾根を伝えばわずかの距離しかない。

義了が考えても、うなずけることであった。

阿弥陀ケ峰の頂上に秀吉が葬られたのは、慶長三年の秋である。廟所はのちの日光廟の原型になったほどの壮麗なもので、八十余の坊舎、社殿、堂塔、諸門が山麓から山頂にかけて輪奐《りんかん》の美をきそっていたが、元和ノ役後、幕命によって取りこぼたれ、いまは雑草の茂るままに放置され、士人の近よることも禁ぜられている。

墓守の話では、光阿弥は毎日早暁、鳥辺山から峰づたいに阿弥陀ケ峰の廟へ通っていたという。

義了の寺男は、

「光阿弥どのはひとりでお住まいなされていたか」

ときいてみた。墓守は言下に、

「あれだけの男ぶりじゃ」

といった。

「とてもおなごのほうが捨てておくはずがあるまい。あの小屋には妻《め》として妙顕尼という有髪の尼ごぜがわせられた。うつくしいお方であったぞ。これもひとの話では、大坂のお城のみょうぶ（女官）であられたそうな。お城で、おそらく、ふたりは好きあっておられたのであろう」

そのあと、寺男は、もっとも肝腎なことをきいた。光阿弥が、いつこの峰から立ちのいたかということである。墓守は、「わからぬ」と答え、

「しかし、先月の十五夜には、この墓山に住む者が集まって月見酒をのんだが、そのときお二人とも来てくだされた。その翌々日の十七日に吾《わい》らの仲間で用のある者があって光阿弥様の庵をたずねたが、そのときは、すでに中は片づけられていてお両方ともござらなんだ。——おそらく」

と墓守はいった、——光阿弥夫婦がひそかに秀吉の塚の草むしりなどをしていることが所司代の耳に入ったかなにかで、危難をおそれて身をかくしたのではないか。

義了は、寺男の報告をきき、

（もし、光阿弥が殺されたとすると、乞食どもの月見酒をのんで帰った夜から十七日までのあいだじゃな。栃尾源左衛門が帷子に血痕をつけてもどったのは十六日のことであった）

しかし光阿弥夫婦が殺されたとも思えぬふしもあった。かれらの小屋はすみずみま

で掃ききよめられ、炉の灰まで捨てられていたという。それからみると、涼やかに立ちのいた、としか思えない。義了はその後、法務がいそがしくてこのことにかかわっていられなかったが、十日ほどして相国寺門前のおもよの家を訪ねてみた。

幸い、源左衛門は留守だった。

「おもよ、源左衛門が持ち帰ったという例の刀、あれをみせてくれぬかな」

おもよは、めっそうもない、と手を振った。源左衛門は、寝るときも枕もとから離さないし、外出するときも持って出るという。

「白鞘のままで持ち歩いておるのか」

「いいえ。始終身につけねばならぬためか、差し料になされました」

「その拵《こしら》えは、いつした」

「たしか、今月に入ってからでございます」

「拵えをするには、鞘師、柄巻師にたのまねばならぬ。店はわかるか」

「存じませぬ」

「これは詮ない」

義了は、おもよをのぞいて、笑った。おもよは、源左衛門のことについては、なにも知らないのである。

その後二、三日して、義了は、小松谷の九条家の別墅《べつしょ》に所用があって出かけた。建仁寺の北塀のあたりでふと背後に人の気配を感じ、義了は弟子に、

「たれかが、尾行《つ》けているな」

「は？」

「そのほうをここに残す。尿《ゆばり》でもしながら様子をたしかめておくれ」

大和大路に出たとき、弟子が追いつき、

「若いお武家でございました。わたくしが尿をしておりまするると、そばに立ちどまり、いまのお方は延喜寺の義了どのじゃな、いずれへお出かけじゃ」

「答えたか」

「だまっておりました」

弟子の話では、武士は若党一人を供につれ、その若党の身なりも見ぐるしくなかった。察するに大藩の家士で、高三、四百石以上の身分だろうと弟子はいう。

義了はわらって、

「縁起のわるいことをする男だ」

「なぜでございます」

「坊主のあとをつけたりすれば、ろくなことはあるまい。現にいまから、九条家の供

養にゆくではないか。——もっとも」

この事件そのものがあまり縁起のいい匂いがしない。豊臣家の怨霊でもまつわっていそうな感じがする、と義了は思い、

(おもよ後家も、面倒な牢人を飼うたものじゃな)

とおもった。

四

その翌日、義了は、下男を油小路へやった。

二条油小路の界隈には、研師、鞘師、白銀師、柄巻師などが軒をならべている。栃尾源左衛門がどの店に拵えをたのんだのかを調べさせたのである。

京は武士が少なく、こういう稼業の者も数は知れている。一、二軒あたると、すぐわかった。鞘は「茜松《あかねまつ》」という店であった。柄巻は「伊州」である。

義了は、みずから出かけてみた。

茜松のあるじは、「奇妙なご牢人さまで」という。

「よほどお大事なお刀らしく、手前どもにあずからせていただけず、寸法だけでお作

り申しあげました。へい、黒塗りでございます。お大事そうなわりには、作りは、ごく……」

安拵えに作らされた、という。義了は当然だと思った。尾羽打ちからした源左衛門づれの差料に立派な拵えはかえって人に怪しまれるし、第一、その費用も、おもよの乏しい壺ぜにから出ているはずだから、大そうなことはできない。

伊州では、あるじは鑑定《めきき》にも才のある男で、

「ああ、あの刀のことでございますか」

と、自分から眼を輝かした。

「手前もこの道の稼業が長うございますが、匂い、沸《にえ》といい、姿といい、あれほどの刀をみたことがありませぬ。腰反《ぞ》りが高く、重ねやや厚く、すがたがいかにも豪壮でしかも気韻高く、申すもはばかられまするがこれは国持大名でも位負けがいたしましょう。あれほどの刀を持たるるのは、やはり、禁裡さまか、公方さまのほかはございますまい。へい、銘でございますか。無銘ではございますが、まぎれもなく備前長《おさ》船《ふね》、鍛冶は初代兼光でございます」

伊州のあるじは声をひそめ、

「それにしても、なぜあれほどの刀をあのご牢人がおもちなのでございましょう」

「わしにはわからぬ」

「不審に思うのは、たしかに人を斬ったあとと思われる曇りがあることでございます」

義了は、はっとして、

「その曇りは、新しいものか」

「いや、あの曇りの様子では、だいぶ古うございますな」

「牢人の名は？」

「お名前は申されませぬ。しかしもう一つ不審がございます」

「刀にか」

「いや、刀ではございませぬ。只今お質ね賜わっておりまするように、ちょうど昨日も、あの刀について、お質ねに見えたお武家さまがいらっしゃいます。二日つづけてあの刀について訊かれるとは、妙でございますな」

「どのような武家かな」

「左様、この手代の年頃の」

とそばの二十七、八の手代を指し、服装、供のことなどをかいつまんで話した。どうやら、昨日あとを尾行けていた武士のようだった。

「名は、告げて行ったか」

「はい。上杉様の御家中で、竹俣甚十郎さまと申されます」

あのときの若侍である。建仁寺のあたりで尾行けたのも、竹俣に相違ない、と義了は思った。あるじは言葉を継ぎ、

「竹俣甚十郎というお方は、この油小路に見えられたのははじめてでございますが、人のはなしでは、すでに中京の刀屋などにはひとわたりお顔をお見せになっているお方じゃときいております」

「例の兼光をさがしているのじゃな」

「左様で」

義了は、読めたような気がした。あの上杉藩士たちは、表むき、京の滞留の理由を江戸屋敷の什器《じゅうき》調達のためとしているが、実は刀さがしに相違なかった。

五

京の市中に六斎念仏の鉦《かね》がきこえはじめたある日、延喜寺の義了のもとに所司代付与力九鬼庄五郎が、不意に訪ねてきた。はじめは用件をいわず、

「よい眺めでござるな」

などと方丈の庭をほめ、茶を出されると菓子をほめ、世間ばなしの一つ二つをして、一向にとりとめがなかったが、やがて形をあらため、皮肉な微笑をうかべて、

「老師は、ちかごろ刀剣にご興味がおありだそうでござりまするな」

義了は、なにか魂胆があると思ってだまっていると、

「油小路の鞘師、柄巻師どもからききましたが、それがし、かの者どもには、他言は無用ぞ、と叱りおきました。申しあげておきまするが、出家の身で、刀などにお凝りなされてはお怪我のもとでござる。お手を引きなさるがよろしい」

「刀いじりはやめよ、と申されるのか」

「左様」

庄五郎は釘をさすように、

「くれぐれも刀は武士にお任せなさるがよろしい。それがしも刀が好きで、刀のうわさなどはきき耳をたてて聴くほうでござるが、先日もこういう面白いはなしをききました。お聴きくださるか」

義了は、うなずかざるをえない。

九鬼庄五郎の話では、いまの出羽米沢の藩主上杉景勝の父謙信には、三口《みふり》の佩用の

太刀があった、という。

谷切《たにきり》

赤小豆粥《あかあずきがゆ》

一両筒《いちりようづつ》

右の三口で、このうち谷切、赤小豆粥の伝承はつまびらかでないが、一両筒は、もともと越後国沼垂《ぬったり》郡の百姓の所有であった。あるとき持ちぬしの百姓が大豆の袋を左肩にかついで歩くうち、袋の綻びから一粒ずつこぼれ落ちているのを知り、あわてて地面をみると、幾粒かの大豆が真二つに割れていることに気づいた。ふしぎに思ってしらべたところ、刀の鞘が割れており、わずかに露出している刃に大豆が当ったためであるという。信じられないほどの切れ味である。

このうわさをきいて、土地の領主竹俣三河守が貰いうけ、やがて三河守が上杉家の被官であったところから、謙信に乞われて献上した。一名、「竹俣兼光」というのは、三河守が発掘者だったからである。

永禄元年（一五五八）、謙信が武田信玄と川中島で対陣したとき、武田の士輪形月《もちづき》平大夫という鉄砲の名手が一両筒をかまえ、馬上の謙信を十間の距離で狙撃しようとした。謙信気づくや、馬をひるがえして銃口に突進し、跳び越えざま、右袈裟に平大夫を斬りさげた。平大夫は具足のまま水月《みぞおち》まで斬られ、持っていた一両筒も、二ノ見《み》通《とおし》の上から木鉄ともに切られていたという。一両筒を断ち切ったところから、「一両筒」の異名ができた。

「それが、備前長船の初代兼光でござる」

と九鬼庄五郎がいった。

「謙信公の死後、上杉家の重宝にされておりましたが、刃こぼれ著しきために、太閤殿下の世に京の研屋に研がせにやりましたところほどなく出来《しゅったい》つかまつった」

景勝、検分し、

――さすがに京の水にて研ぎしゆえ、刃のひかり殊更すぐれたわ。

とよろこんだが、たまたま登城していた竹俣三河守がつくづくとみて、

――殿、これは贋物《がんぶつ》でござる。

と断定した。

――その証拠に、まことの一両筒には、刀の三ツ頭より一寸下のあたりに、馬の毛がやっと通るほどの穴がござった。このこと、先君と拙者のほかはたれも知り申さぬ。

当然、大騒ぎになり、景勝は竹俣三河守を京に遣わして探させたところ、幸いにも

本物の兼光が清水の南坂の刀屋から出てきた。すぐ上杉家では、悪人の捜索方を石田三成に依頼し、ほどなく京都奉行前田玄以の手で研師をはじめ一味十三人を捕縛し、日の岡で磔刑《はたもの》にした。

「その後」と九鬼庄五郎はいう。

「この刀の運命は、さらに変転しましてな。故太閤がこの刀を上杉家にねだられた。上杉家では、家祖遺愛の宝刀であるため難色を示したそうでござるが、時の天下殿のおむずかりにはかなわなんだ。献上したそうでござる。ところが、その越後の刀、よほど京が好きとみえ、いままた京にある。このこと、たしかご坊はご存じでござるな」

と、九鬼はずるそうな眼で義了をのぞきこみ、

「ふしぎなことに上杉家から探しにきているのは、さきの竹俣三河守の孫、甚十郎と申す者でござる。もっともこれは因縁ばなしではなく、上杉の家中では竹俣家の者だけが、あの刀を鑑定《めきき》できるというところから選ばれたそうじゃ」

「それでわしにどうせよと申される」

「最前も申しましたとおり、このことには節介をお焼きなさるなというのでござる。上杉家では、あの刀を血眼《ちまなこ》でさがしておりまする。選ばれて京へきた甚十郎も必死で

ござろう。ご坊が余計な節介をなさると、大怪我をまねくかもしれぬ。それを申し上げにきた」

「それはありがたいが」

なぜこのことを所司代役人がわざわざ言いにきたかがわからない。竹俣兼光の捜索は一大名の家の問題である。所司代の職掌としては介入すべきでないし、介入すればそれこそお節介ではないか。

（いや、そうではあるまい）

と義了は思案するうち、不意に思いあたることがあり、九鬼庄五郎が辞去したあと、すぐ駕籠を命じて、おもよの家に走らせた。

「おもよ、あるじは在宅か」

「いいえ、他行中でございます」

と、おもよはめずらしく明るい顔で応対した。

「どこへ行った」

「どこかはわかりませぬ。今朝ほど、上杉家の御家中で竹俣甚十郎というお人がお見えになり、ながいあいだ話されている様子でございましたが、いましがた二人でお出かけになりました。お話の模様ではどうやら、あるじは上杉様へ御帰参がかなうとやらのことでございますよ」

「かなうものか」

義了は、あぐらをかき、

「お前の亭主は殺されるのよ」

「えっ」

「いまから探しても、どうにもなるまい。まあ落ちついてわしの話をきけ」

以下のことは義了の推測で、栃尾源左衛門がそれを物語らないかぎり、永久に推測以上には出ないものだが、竹俣兼光は、大坂落城のとき、山里曲輪で切腹した秀頼の介錯刀だったというのである。豊臣家の伝家の刀として毛利豊前守勝永がそれを秀頼から借り受け、それをもって秀頼の首を打ち落した。

その勝永を介錯したのは、栃尾源左衛門であった。源左衛門は、そのあと広間から逃げだしたが、ふと途中で気づいて引きかえした。

勝永のそばにころがっていた竹俣兼光のことを思いだしたのである。かつて上杉家に仕えたことがある源左衛門は、その刀が旧主家の重宝であったことを知っており、これを大坂城から持ち出して景勝にさしだせば、帰参がかなうであろうと思ったのだ。

ところが広間にひきかえしてみると、たしかにそこにあったはずの竹俣兼光がなくなっていた。

「おのれ、おなじ才覚の者がいたか」

と源左衛門は火煙のなかで切歯したことだろう。それを盗んだ男は、源左衛門とはまるでちがう理由をもっていた。その男、つまり近習魚津鹿之進は、その刀がどういう由緒であるかは問わなかった。とにかく秀頼の血膩《ちあぶら》のにじんだ介錯刀をもちだして後世を弔おうと思ったにちがいない。

鹿之進は、かねて云いかわした女と添いとげるために、殉死をしなかった。それがこの男の自責となり、鳥辺山の墓守に身を落してひそかに阿弥陀ケ峰の廃廟をまもり、かたわら、秀頼の介錯刀をまつって供養する境涯をみずから選ぶことになったのだろう。

一方、源左衛門は、逃げ口をさがして火焔のなかを駈けまわっているときに、魚津鹿之進が竹俣兼光をかかえて落ちてゆく姿を目撃したにちがいない。とっさに追おうとしたが、逃げまどう下人、婢女の群れにさまたげられて見うしなった。その後数年、源左衛門は、魚津鹿之進の行方を血まなこでさがしたことだろう。鹿之進をみつけて刀を取りあげる以外に、仕官の道はなかった。

諸国を流浪し、京にたどりついたときの姿は、おもよ、そちが一番よく知っている。やがて近在を歩くうち、鳥辺山に小屋掛けしてひそんでいる魚津鹿之進を見つけだした。

源左衛門は、鹿之進の様子を窺ううち、この男が毎日早暁には阿弥陀ケ峰へ出かけてゆくことを知った。その途中で待ち伏せ、いきなり、「例の刀を引き渡せ」と詰めよったにちがいない。鹿之進にとっては、その刀は、秀頼の霊そのものになっている。むろん、拒絶したことだろう。

「ならば、豊臣家の遺臣某なる者が阿弥陀ケ峰の廃廟でひそかに故主を祀っていると所司代に訴え出るが、よいか」

そのくらいの脅迫は、源左衛門はしてみせたと思われる。当然、そこで争闘になった。しかし寸鉄も帯びない墓守の光阿弥が勝てるはずがなく、源左衛門がふりおろした刀の下で、むくろとなった。阿弥陀ケ峰には、風雨に朽ちはてた堂塔が多い。鹿之進の死骸をその床下へでも蹴込んでしまえば、骨になるまで人の眼にふれることはあるまい。

源左衛門はその足で鳥辺山まで降り、光阿弥の小屋を家探しした。その小屋には、きっと光阿弥の女房が留守をしていたことだろうが、源左衛門は血刀をみせてこれをおどしつけ、刀を奪いとって退散したにちがいない。

あわれをとどめたのは、光阿弥の女房であったはずじゃ。もともと公儀の眼をはばかって暮らしていたうえに、夫もいまは亡く、秀頼の遺品も奪われたとなれば、鳥辺山に住みながらえることもならず、泣く泣く山から姿を消してしもうたに相違ない。

そのころ、出羽米沢の上杉家から、たまたま竹俣甚十郎という者が、京へ刀探しに出むいていた。推察するところ、この者が、しきりと都下の刀職をたずね歩くうち、栃尾源左衛門と申す元和牢人がそれを所持しているらしいことを知り、こまごまと所司代の援けを乞うたものではないか。

所司代もずるい。源左衛門にはなにかと不審なことはあるが、召し捕るほどの証拠もない。竹俣甚十郎を暗にけしかけることによって、京の管轄範囲から一人でも元和牢人を減らしてしまおうと思うたのであろう。

かくて、竹俣甚十郎は、ついにこの相国寺門前の藪のなかの家を訪ねてきた。おもよ、そちが見た気のよさそうな上杉家の御家中とは、そういう存念でやってきた男よ。

「しかし」

と、おもよは蒼ざめていった。

「なにも、源左衛門どのは上杉様に悪事を働いたわけでもなく、むしろ御宝刀を取りもどした手柄さえあるのでございますから、殺されずともよさそうではありませぬか」

「そのとおり、殺されずともよい。しかし源左衛門は殺されるだろう。上杉家としては、そのようないわくの多い男を、減知されたこんにち召しかかえるはずがあるまい。それに、竹俣甚十郎は、もそっと早くこの家に踏みこんでもよいはずのものが、存外、手間どっている。おそらく、江戸に早飛脚を送って重役に指図を仰いでいたのではないか。重役のほうでは、賊として処置せよというぐらいのことは、申し送ってきている。——とにかく」

義了は、おもよを見て、

「武家とは、そうしたものよ。上杉家にしても、所司代にしても、竹俣甚十郎にしても、栃尾源左衛門にしても、どこと無う、人離れのした不気味さがある。そちはこれで悲しい目をみることになるかもしれぬが、もとはといえば、牢人などを飼うたのが悪かったとあきらめるがよい」

その翌朝、鴨川の七条あたりの河原の杭に牢人の惨死体がかかっているのを乞食がみつけて、町役人に届け出た。傷あとがおびただしく、おそらく数人の者の手にかかったものだろうと思われた。

名も生国もわからず、そのまま、鳥辺山の無縁地へ葬られた。元和ノ役がおわって八年目の秋である。

奇妙な剣客

一

日本に行きたい、というのは、このピレネー山脈の幽谷でうまれた慓悍なバスク人の長い希望であった。

それが、ついにこの男はこの国へ来た。はなしは、ここからはじまる。

一五六一年、日本流にいえば永禄四年、つまり尾張半国の領主織田信長が桶狭間で今川義元を敗死させた翌年のことである。

このバスク人の名は、蜍児《ユイズ》といった。

その音《おん》は、バスク語で剣闘士という意味だというが、ふるいバスク語が亡びたも同然であるこんにち、明らかにしようがない。第一、バスクなどという人種名は、今日の文明のなかではベレー帽（バスク帽）によって知られている程度である。

かれの名については、こういう話が残っている。かれがポルトガル船にのってこんどの航海に出る前、ポルトガル領ゴアでシナ人の薬種商陶思明という老人と知りあ

い、名を訊かれた。これこれの名であると答えると、

「その音《おん》なら、漢字ではこう書く」

と、紙に蜍児と墨書してくれた。

「この文字は日本でも使っているか」

「倭人は古来、シナの文字を用いている」

「気に入った。漢字は表意文字だときいているが、この文字にも意味はあるか」

「ある」

「どういうことだ」

「蜍児とは、蝦蟇《ひきがえる》である」

と、陶思明は遠慮気味にいったが、このバスク人は意外にも感動した。ピレネー山脈にいるかれの種族たちは、古来爬虫類のような動物を愛してきたし、それにかれ自身、頭が大きく背が低く、鼻の下がひろびろとしているために、なるほど蝦蟇であった。陶思明は、薬屋のおやじに似ずしゃれっ気のある親爺だったのであろう。

「気に入ったぞ」

と、かれは、ゴアの裏町でシナ人の刺青師をさがし出し、自分の胸に筆勢あざやかに「蜍児」とイレズミさせ、仲間たちにも誇った。

船中では、このバスク人は、船長以下のたれからも怖れられていた。なぜなら、かれは当時、スペイン、ポルトガルで流行しはじめていた剣技《エスグリミル》の達人だったからである。

ついでにいうがこの剣技は今のフェンシングのことで、それよりもすこし前まで使われていた肉の厚い剣《アラパルダ》を用いず、ラピエールと称する両刃の細い長剣を用い、右片手でその鋼《はがね》の薄さを利用しつつ自在にあつかう。しかも左手には短剣もしくはマントをもち、それを楯のかわりにして精妙な攻防のわざをみせる術である。

蝦蟇（面倒だから、ここでは陶思明がつけたこの渾名を用いよう）は少年のころからその術に熟達し、マドリードの新都でならず者の名を売っていた。そのころその剣で人を三人も殺したことがあったというし、その後スペイン船に乗ったが、地中海で海賊船に遭ったところ、たちまち賊船にとびうつって首領を突き殺し、舷側を剣で丁とたたくと、海賊の余類はふるえあがって降伏したという。そういうことは、船員のたれもが知っている。

また、かれがスペインから、ポルトガル領ゴアに流れてきたのも、マドリードの市街で役人を殺し、追捕をのがれるためだということも皆が知っていた。

ただたれもが知らなかったことは、この無頼漢がなぜ日本に行きたがるのか、ということであった。

二

かれはその前数年、ゴアの市街で、本国スペインでの兇状のほとぼりをさますために、ごろごろ過ごしていたらしい。ゴア港から、平戸島《ひらど》の領主松浦式部卿法印のもとにゆくというポルトガル商船があった。その船が船員を募集しているときき、にわかにこの男は司厨員《しちゆういん》を応募して出たのである。

船長はかれの悪名をきいていたから、

「なぜ航海したいのか」

と試問すると、

「なんてこたねえ」

といった。

「一度、日本人の面貌《つら》をゆっくり見物してみてえのさ」

船長はもとよりこういう手合をあつかい馴れている。当時、日本人の女は、陰裂が横に切れているという評判があり、船乗り連中のなかにはわざわざそれを見るために日本行きを志願する馬鹿も多い。この男もどうせそうだろうとおもい、

「いっておくが、日本女のあれが横についているというのは、うそだ。われわれの女が持っているものとすこしも変らぬ」

「見たのかね」

「わしはこの眼ではっきりと見た」

「それア結構だ。しかし残念ながらおれはそのたてよこだけを見にゆくんじゃねえ。ちっとばかり、ほかに酔狂のたねがある」

船長は傭うことにした。船中で騒動さえおこしてくれねば、途中のシナ海で海賊に出遭ったとき、この男は頼りになる。

はたして、役に立った。

この船、つまりゼローム号が澎湖《ほうこ》島の沖合までさしかかったとき、にわかに前方にシナ船があらわれ横波で帆をかしがせながら、あやうく衝突するところまで接近した。

シナ船は舷が低い。しかしその船は船尾に井楼《せいろう》が組みあげられており、その上に二十人ほどの人数がひしめいていた。こちらはあわてて舵を右にとろうとしたが、岩礁

があってたじろぐところをいきなり帆にむかって火矢を射かけてきた。

海賊である。船長はすぐ火砲を左舷に集めて発射させたが、シナ船からも鳥銃がぱちぱちと鳴ってまたたくまに四、五人の砲手が敵の弾に傷ついた。

このあたりの海賊の常法で、鉤《かぎ》をつけた幾条かのロープが飛んできてふなべりに引っかけては自分の船をひきよせようとする。そうはさせじと、こちらもそれを斧で断ち切る。また投げてくる。

船長がふと気づくと、いつのまに厨房から駈けあがってきたのか、蝦蟇が舷側に立っていた。やがてシナ船はゼローム号にぴったり横づけになった。と見るまに、むこうの井楼から五人、六人とシナ人が飛び移ってきた。ところがすぐかれらは蝦蟇のために死ぬ。死ぬために飛び移ってくるようなものであった。蝦蟇が、どういうコツがあるのか、一合も剣をまじえぬまに、スイと無造作に腕をのばす。そのたびにシナ人は、むしろ蝦蟇のラピエールに心臓を串刺しにさされるためにつぎつぎと胸を持ちこんできた。刺すとすぐ抜く。抜くと順番を待ちかねたように次の胸が来る。それを刺す。蝦蟇はそのためにきわめて多忙だったが、べつに面倒がりもせずに、落ちついて一人一人丁寧に刺した。汗もかいていない。

騒ぎはすぐおさまった。シナ船はゼローム号の帆を二、三枚焼いただけで綱を切って遁走したからである。

撃退の功はゼローム号が搭載していた火器に帰せらるべきであったが、かといって船内の白兵で蝦蟇が演じた働きも小さくはない。

「お前を乗せてきて、よかった」

と、船長は蝦蟇に金を与えようとした。蝦蟇は、首をふり、自分の武勇はその金額の倍を支払われるだけの価値がある、と主張した。船長はむっとして、

「バスク人は、聞いていたとおり報酬に対して貪婪《どんらん》すぎる」

「そのとおりだ。しかしわれわれが貪婪なのは武勇の報酬に対してだけだ。バスク人で商人がいるか」

なるほど、いない。バスク人という山岳民族はふしぎと商人になることを好まず、羊飼い、百姓など家業をつぐ者のほかは、自分の頑健な体をもとでにして漁業の下働き、船乗り、海賊、兵士になる。兵士としてのバスク人の勇猛さはヨーロッパでは定評があり、各国ことにフランス、スペインなどはバスク人を傭兵にやとうことをよろこんだ。

ただ、バスク出身の海賊の下働きや兵士は、金にきたない。仲間と酒食せず、本能のようにして小金を貯めることに夢中になる傾向がある。

この男もそうなのだ、と船長はおもった。船長は、バスク人がさまざまのふしぎな風習をもっていることを知っていた。

バスク人は、ヨーロッパ人のなかでも正体不明の少数人種で、仏西両国の国境をなすピレネー山脈に住んでいるために、一部はスペインの北端に住み、一部はフランスの南端に住んでおり、固有の宗教がなく、容貌は特異である。船長の知識のなかでのバスク人は、まず、聖フランシスコ・ザビエルであろう。

聖フランシスコ・ザビエルはイエズス会の創始者のひとりで早くからゴアに渡り、印度や東印度諸島を中心に布教していた。しかしながら一五四七年の暮、もしかれがマラッカの町で、かれを驚かせた一人の異人種を見なかったならば、かれの一生はずいぶんちがったものになっていただろう。すくなくとも彼の死はもっと遅く来たにちがいない。

その異人種を見たときのザビエルの衝撃は大きなものであったらしい。その人種はかれが東洋にやってきて見たりつきあったりしたどの東洋人ともちがっていた。ひどく精神的で知性に富み、高貴でさえあった。その男はアンジロウといい、日本人であるといった。ザビエルは魅かれた。アンジロウに魅かれたというより、その人種に魅かれたといっていい。聖フランシスコ・ザビエルはその人種の島へ行って布教することが、神から与えられた自分の使命だとおもった。かれは東洋における重い教職の座にあったためゴアの官民は口をそろえて、かれが極東の未知の島に航海することを反対した。しかしかれはふりきって一ジャンクに投じ、風浪を越えた。やがて日本の鹿児島へ渡り、日本にはじめて切支丹宗を伝え、のち印度に帰った。さらに中国に渡ろうとして、広東港外で歿した。日本滞留中の過労がたたったのだという。聖フランシスコ・ザビエルの遺体がゴアにもどってきたときの盛大な葬列を、船長はまざまざとおぼえている。

ザビエルの遺体はその後ローマ法王庁にもどったが、そのころゴアの市民たちは、「もし」といった。

「もしかれが、神の下僕ではなくただのバスク人であったら、遺体はピレネー山脈の故郷にもどっていたろう」

そのとおりである、と船長も思う。船長の知るかぎりにおいてバスク人のもっとも異風な風習の一つは、かれらが世界のどこに出稼ぎに出ているにせよ、死ねばその遺体か遺骨を、氷河のあるピレネーの山の故郷に送りかえらせたい強烈なねがいをもっていることであった。

だから、バスク人は貪《むさぼ》る。海賊や兵士は小金を貯める。自分の遺骨を国もとの種族の墓にまで送りとどけさせるには、なまなかな金ではすまなかった。蝦蟇が報酬にきたないのも、おそらくバスク人に共通したこの理由によるものだろう。

その後、何事もなくゼローム号は航海をつづけ、やがて天と海が水蒸気に蔽われはじめた。日本近海に入った証拠である。ついにある朝、島影を見た。

「あれは？」

と、蝦蟇は船長にきいた。

「日本である。厳密にはその破片だ。肥前の五島という」

男は、帆綱をつかみ、海に半身を乗りだして飽かずその島の群れをながめた。

船長は、いまこそこの男に訊いてみるべきだとおもった。なぜ、それほどはげしくこの日本に興味があるのか。

「訳なんざ、ねえ」

と蝦蟇はいった。

「ただむしょうにこの国に来てみたかっただけだ。訳はひょっとすると、ザビエルと同じかもしれねえな」

「罰あたりめ」

と船長はいそいで十字を切った。聖フランシスコ・ザビエルが、女の陰裂の形状を見きわめる目的で日本に志したはずがあるか。

が、この無信仰なバスク人は平然としていた。平然としているばかりか、帆綱を両手でつかんだまま、くるりと体を船長のほうへむけてきて、

「驚いちゃいけねえよ、船長《カピタン》。日本人がひょっとするとバスク人かも知れねえのよ」

「驚かない。どの種族の伝説も聖書のつぎに貴重なものだ。バスクにはそういう伝説があるのか」

「あるもねえも」

とバスク人はいった。

「そうにちげえねえ。聖フランシスコ・ザビエルがマラッカで日本人をみたときあれだけ仰天し、ゴア中の反対を押しきって日本へ出かける気になったのは、きっとそういう理由だ。ゴアにいるおれたちの種族の連中はそういっている」

蝦蟇はひどく子供っぽい顔になり、急に息を吸いこんだかとおもうと、バスク語の歌謡らしい哀調を帯びた歌をながながとうたいはじめた。

文意は、船長にはわからない。

バスク語というのは、スペイン語でもフランス語でもないのだ。それどころか、ヨーロッパのどの言語からも孤立していた。

ローマの神学校にある言語学校では、こういう言葉を膠着語《こうちゃくご》とよんでいた。単語と単語を助詞という膠《にかわ》でくっつけてかれらは喋っている。他のヨーロッパ人にとっては理解を絶したほどに難解な言語であった。

ローマの茶目な神学生たちのあいだに伝説があった。あるとき神が悪魔をとらえたという。神がいった、こんどこそはゆるさぬぞ、骨の髄まで改心するまでこらしめてやろう。神はその知恵で考えられるかぎりのむごい刑罰をくわえた。しかし悪魔は動じない。ついに神は万策つき、

「それでは、お前をピレネー山脈の岩窟にとじこめて三年のあいだバスク語を習わせてやる」

このとき悪魔はたちまちその威容をうしない、おおせのごとく心を入れかえます、といったという。悪魔でさえ逃げるほどこの言語はヨーロッパ人にとってにが手なのであった。

そういうふしぎな人種と言語が、どこから来たかについてはヨーロッパ人はたれも知らない。しかしバスク人は知っていた。かれらは自分たちの祖先が、

「アッチラ大王」

であると信じていた。ある者は、成吉思汗《ジンギスカン》の兵士の後裔であるとも信じていた。い

ずれにしても中央アジアの騎馬民族であった。

アッチラ大王は五世紀にヨーロッパを蹂躙《じゅうりん》した匈奴《フンヌ》の王であり、成吉思汗は十三世紀におなじくヨーロッパ文明を破壊した蒙古人の王である。かれらは同種類の言語を用い、同種類の人種であった。そのどちらの場合かはわからないが、とにかくヨーロッパに攻め入ったアジアの騎馬民族が、あるいは滅び、あるいは退却したとき、潮の退いたあとの余波《なごり》のようにしてピレネー山脈に置き去られた者の後裔が、バスク人であるという。

蝦蟇も、この伝説を知っていた。知っていたればこそ、船長に話した。話しおわると、帆綱のまわりをクルリと半回転して、

「みろ、この顔を」

といった。

「なるほど」

蝦蟇が顔をつきだすまでもなかった。ヨーロッパ人としては、異相であった。頭髪が漆黒で、瞳は黒く、皮膚は黄味を帯び、ほお骨がやや高く、全体にバスク的愛嬌がある。バスクの男どもは美男とはいいかねたが、バスクの女は、全ヨーロッパの男性にとって垂涎《すいぜん》のまとであった。

「それが、アッチラの顔か」

「と同時に、日本人の顔さ」

「ああ」

船長はうなずいてみせたが、この男のいうことがわかったわけではない。

「すこし詳しく説明してくれ。なぜその顔が日本人なのだ」

「似ているのよ」

東洋から帰ってくるバスク人が、同種族の間でしきりと伝えていることがある。かれらは呂宋《ルソン》などで日本人という種族を見た、というのだ。たれしもはじめはバスク人か、と驚く。それほど酷似しているというのである。ザビエルもそのうわさを聞いていた。かれが日本へ行ったのもその驚きをたしかめるためだろうとバスク人仲間ではいう。

言葉も、ゴアのイエズス会の会士たちがザビエルの渡航以来、日本語の研究をしているが、語法はバスク語に酷似しているという。顔ばかりか、言葉までが似ているのである。

「似ていることが、それほどうれしいのか」

「うれしかねえが、なんとなくそういう奴らのいる島を見てえというのが、これはバスクの気持だ。バスクでねえとわからねえよ」

「ポルトガル人にはわからないかね」

「スペイン人にも、フランス人にもわからねえだろう。バスクは、全ヨーロッパで十万しかいねえからな」

　蝦蟇のはなしでは、たった十万だけが、毛色も言語もちがうヨーロッパで先祖代々住み暮らしてきているのである。こういう人種的孤独は、ヨーロッパ人にはわからない、というのであった。

「それで、日本を見にゆくのかね」

と、船長が念をおすと、バスク人は急に興がうせたような顔つきになって、

「なあに、考えてみるとそういうわけでもねえ。本音は、ゴアでいつまでもごろごろしていても仕方がねえし、船に乗ればめしが食えるし、船に乗る以上は、ゴアまできたついでに、日本行きの船に乗ってみようと思っただけよ。それに日本人はバスク人とおなじように滅法界戦さが強えというし、スペインの長剣《アラパルダ》に似たカタンナというものを巧みにあつかうという。喧嘩の一つも買って故郷のみやげばなしにしようというだけさ」

三

その翌々日、肥前平戸の領主松浦式部卿法印の家臣伊藤甚三郎という武士が、島内の鯛ノ鼻岳から海峡をゆく一隻のポルトガル船をみたのは、このゼローム号であった。

甚三郎にとって、この異国船はべつにめずらしくもなかった。ここ数年、この東西二里半、南北十里の島にある平戸の津はおそらく世界の船乗りに知られるようになっていた。天文十二年ポルトガル船が種子島《たねがしま》に漂着してはじめて日本を発見して以来、かれらは季節風の吹くころになるとゴアを出航して薩摩坊ノ津に来ていたが、その後平戸が良港であることを知って、この島へ群がるようになっていたのである。島主松浦家はこのため大いに豊かになり、平戸の町も西の都といわれるほどの繁昌ぶりをみせた。

この日、甚三郎は、数日前から鯛ノ鼻岳の野小屋に泊りこんで鹿を追っていたが、まるで不猟であった。

ところが、眼下の海峡に異国船が入ってくるのをみてまず動揺したのは、甚三郎の勢子《せこ》どもであった。鹿などを追っているよりも船荷を運んだほうが、はるかに利になることを知っている。一同あつまって、甚三郎に下山させてくれ、とたのんだ。

「ならん」

といったが、きかない。ついに甚三郎は折れて、

「もすこし待て」

ととめたが、勢子たちは自儘にがやがやと下山してしまった。むりもなかった。船が入るときは、本土から女どもがぞくぞくと伽を稼ぎにあつまってくるし、島内でも百姓でさえすきくわを捨てて港にむらがる。浜にさえ出ておれば落穂のような利でも拾えるのである。

しかし甚三郎にすれば穏やかでない。

まだ一頭の鹿も獲ていないのだ。このころこの島の武士は戦さを稼がぬときは猟をして獣肉を貯えねば一年中の糧食が十分でなかった。

田ものの畠ものの多い他国の武士とちがい、猟はあそびではないのである。

「おのれ、あとで仇をするぞ」

とおもったが、下山をするしかない。かれは小者一人を連れて下山し、宮ノ前の屋敷にもどった。

甚三郎屋敷には、女がいなかった。

妻を先年亡くし、後添いの縁談《はなし》がいずれも気に食わぬまま、やもめ暮らしでいる。屋敷うちは、荒涼としていた。

ろくな調度もなかった。唐船、ポルトガル船が来るようになってから平戸島は全島にこがねが咲くといわれるほど富貴になったが、甚三郎だけは別である。第一、領主松浦式部卿法印の暮らしぶりからして一変した。いわゆる印山寺屋敷に唐風の館を建て、南蛮の調度をおきならべ、その豪奢は本土の大名たちの想像を絶したものであり、家臣たちもそれにならって、南蛮人にものを売って華美な調度を買い貯える者が多い。

が、甚三郎にはそういう才覚はなかった。才覚がないというより、元来無役のかれには、そういう道をつけてくれる商人との近づきがなかった。

自然、来航するごとに黄金の潮を島に打ちあげてくれるはずの南蛮船は、かれにとって騒々しいだけの存在だった。

昼すぎまで寝て、陽がかげるころになって若党をよび、

「女をよべ」

といった。

そういう安直な女が、岬一つ越えた入江の丸山という磯にいくらもいる。島では船虫といった。昼は磯でめなどを獲ってかせぎ、夜は色をひさぐのである。

しかし若党は気の毒そうに首をふった。

「おりますまい」

異国船が入っているではないか。甚三郎などにわずかな金で買われるよりも、女どもにすれば異国船を相手に荒稼ぎをするほうが気がきいている。

「連れて来い」

といって若党を追いだし、あとは日が傾くまで眼を据えて待った。

しかしついに待ち甲斐がなかった。若党がもどってきて首をふったのである。

「やはり、あのあたりの女どもは小屋をはらって一人もおりませぬ。みな船へ漕ぎよって船中にのぼっているそうでござりまする」

「異人が相手か」

念を入れるまでもない、と若党は、鼻に好色そうな小じわを寄せうなずいた。甚三郎は若党にまで愚弄されるのかとむっとしたが、顔には出さなかった。

どちらかといえば表情のにぶいたちである。

「寝よう」と、その夜は、陽が明り障子にまだ残っている時刻から寝てしまった。

そのころ、船中では、バスク人は臓腑が溶けるほどに酔ってしまっていた。あすは、上陸である。

今日は、船に日本の女がきた。船が入江に碇を投げ入れると同時に、小舟を漕ぎよせてきた女どもが、縄梯子をつたって群がり登ってきた。

船内は嬌声に満ちた。水夫たちは後甲板で女どもを押し倒した。あぶれた男たちはその横で順番を待った。待ちかねてズボンをおろしている男もいた。蝦蟇は酒瓶をかかえて、それらの群れのなかを歩いた。この混雑がひとわたりおわればかれも女を抱くつもりでいた。

かれは、一組一組を丹念にのぞき、女のそれがたてであるかよこであるかをしらべ、ついに、

「みなたてだ。バスクの女とかわらぬ」

と、うれしそうに叫んだ。

しかしかれは不幸だった。あまり多量に酒をのんだため、混雑がややおさまるころには泥酔してしまったのである。死体のようになって士官室に運ばれたが、すぐベッドから落ちた。そのまま朝までねむった。

船窓が明るくなってからかれは起きあがったが、思うように立てない。

「女は。――」

と、士官室の居住者の一人であるゴアの商人にきいてみたが、この士官でもない兇暴な司厨員とかかわりあうことを怖れて、だまって部屋を出てしまった。

水夫室へ行ってみた。ほとんどの者は上陸して、在室者は二、三人しかいなかった。

「女は。――」

と、蝦蟇は入口でどなった。水夫たちは、おびえたような顔で立ちあがった。うかつな返事をすればこのバスク人がなにを仕出かすかわからないことを知っている。

「お前たち、耳がねえのか。おれは訊いているんだ。さっきおれは順番を待っていた。あの日本の女どもをどこへ隠したんだ」

「ユイズ」

と、一人がおそるおそる答えた。

「あんたは、なにか勘違いしている。女どもが甲板にきたのはさっきじゃなくて昨夕のことだ。そのときあんたは不幸にも酔っぱらっていたためにわれわれは士官室にねかせた。それから、一晩たって、いまは朝になっている。もう十時だ」

「たれが、時間のことをきいた。おれの女をどこへやったときいている」

「もう帰ったよ」

「どこへだ」

「この先の入江の磯に丸山という小さな部落がある。その部落がぜんぶ彼女らのすみかだ。まもなく上陸した連中の短艇がもどってくるからそれに乗って行けばよかろう」

「連れて来い」

と、蝦蟇は、伊藤甚三郎と偶然おなじことをいった。相手が若党でなく水夫だっただけのちがいである。水夫は後じさりしながら、

「そいつは、むりだよ、ユイズ」

となかばまで言いかけたとき、蝦蟇はおどりかかってその男をなぐり倒した。鼓膜がやぶれたらしい。

「わからねえのか、野郎」

錯乱している。

「あれアみな、おれの女だ。おれのお慈悲によって後甲板で大盤振舞いしてやったんだ。おれに日本の女を抱かせてもらったくせに、おれの分を残さねえとは、どういう

わけだ」

「しかし」

「連れて来い。たった今ここへつれて来い」

「しかしなぜ、おめえの女だ」

「たれがおれの女だといった」

眼をすえている。

「おれの情婦《おんな》だとはいわねえ。おれの国の女だといった。わかるめえ。お前たち、バスクでねえ野郎たちには、わかるはずがねえ」

「ユイズ。お前はなにか間違っている。あれはバスク女でなく日本女だ」

「ほざくな」

蝦蟇は激怒した。が、すぐ蝦蟇は沈黙せざるをえなくなった。船長の使いがきて、すぐ剣をもって上陸せよ、といってきたからである。

四

この永禄四年の平戸宮ノ前の浜における争いは、大げさにいえばその後船乗りの口から口へ伝えられて世界に広まった。発端は、他愛もなかった。六人のポルトガル人が、宮ノ前の町で町民の市《いち》を見ていた。市といっても大げさなものではなく、町の庶人が小金で買いためておいた刀剣、装身具、漆器などをならべて船乗りの持ち物と交易するいわゆる私市である。

六人のポルトガル人は、道ばたにならべられたそれらをはじめは冷やかし半分で見ていたらしいが、しまいには市のなかに入りこみ、取引をはじめた。

ところが、交換条件があわず、言葉が通じあわぬために争《いさか》いを生じ、一人のポルトガル人が、ゴアでインドの最下層民でもなぐるような調子で、つい相手を打擲《ちょうちゃく》した。

これはポルトガル人にとって失敗だった。かれは日本渡航にあたってゴアの教会で「日本人は自尊心がつよく、これを傷つけられればかならず死闘におよぶ」と注意されたことをすっかりわすれていた。

殴られた男は、道ばたにあった市の刀剣をぬいていきなりポルトガル人の右肩に斬りつけた。

心得がないから、浅傷《あさで》である。が、仲間のポルトガル人が狼狽して、剣を引きぬくなり男の右腹から左にかけて田楽刺しに刺しつらぬいた。

果然、入りみだれての喧嘩になった。このとき、船長ソーサは十人ばかりの乗組員をつれて付近を歩いていたが、部下の急をみて捨てておくわけにはいかない。すぐ、使いを丸山の遊女村に出し、船中に残っている連中にも、急ぎ宮ノ前の浜にあつまるように命じた。

バスク人蜍児《ユイズ》が使いをうけたのは、このときである。

かれは短艇から磯にとびおりて半町駈けあがると、そこに人の群れをみた。かれがはじめて群衆としてみる日本人であった。

ところが、案に相違しどの顔も彼に対し破片ほどの好意も見せていなかった。ばかりか、棒、刀、鍬をふるって打ちかかろうとした。

いま一つ意外だったのは、この連中のどの顔も、シナ人や閩《ビン》族などにみられる顔ばかりで、バスク人に似ても似つかなかった。蝦蟇は、失望した。

同時にはげしい憎悪を感じ、自分をむざんに裏切ったこの醜い生きものどもを一人残らず殺戮《さつりく》しつくしてみたくなった。蝦蟇は、悪鬼のようにとびまわった。間断もなく剣をのばした。のばすたびに、日本人の心臓が、狂いもなく串刺しになった。

おそらくこのときだったろう、屋敷の縁側で昼寝をしていた伊藤甚三郎が、若党に起されたのは。

なにしろ屋敷の前で争闘がおこなわれているのである。武士として黙過すれば後の恥辱になることを若党は怖れたのである。

「喧嘩か、こちらは何人じゃ」

「庶人ば二、三十人でござりまする」

「武士はおらぬのか」

「おりませぬ」

「南蛮人の数は」

「やはり二、三十人でございましょう。おいおい、丸山あたりから駈けつけてくる様子でございます」

「心得た」

と、そうなれば甚三郎も武士であった。草鞋《わらじ》をはき、水をかけて紐を締め、若党に槍をもたせて門を駈け出した。

「大将は、どの男か」

甚三郎にすれば真っすぐに駈け入って大将を討ち取れば戦さは勝ちだとおもったのだ。

若党は、動きまわる南蛮人の顔を物色していたが、ひときわ働きのすさまじい男を

みつけて、

「あれでございましょう」

「ほう、あれが南蛮人か。服装をべつにすれば、日本人のごとある」

蝦蟇はこのとき、伊藤甚三郎を見つけ、あっと口をあけた。似ている。

髪の色、眼のかたち、あごの締まりざま、ほどよく焼けた赭顔《しやがん》、どこからみても、故郷のピレネー山脈にいるバスク人そっくりであった。

「おお」

蝦蟇は、咆えながら突進した。

抱擁するつもりだったか、それとも殺すつもりだったか。蝦蟇自身にきいてもよくわからなかったろう。ただ、なにか、彼を走らせるものがあって、はげしく走らせた。

甚三郎も、突進した。

磯馴松《そなれまつ》のそばまできたときほとんど衝突するばかりになった。甚三郎は、ひょいととまった。

「松浦式部卿法印の家来伊藤甚三郎」

と大声で名乗りをあげたとき、蝦蟇にはそれが異様にきこえた。はじめて蝦蟇の前にえたいの知れぬ異人種が押しはだかっていることを知った。殺すべし、と思ったのだろう。蝦蟇はマドリードの裏町のあぶれ者をふるえあがらせた自慢の剣をあげた。その瞬間、甚三郎は跳躍し、蝦蟇は無惨になった。剣もろとも脳天から唇まで断ち割られ、一太刀で絶息している。

この事件の記述は、日本の古記録では「伴天連記」にある。事件は、伊藤甚三郎にはおかまいなし。喧嘩は双方に死傷があったが、ことにポルトガル側に甚大で、船長ソーサをふくめて十四人が斬殺された。すぐ松浦式部卿法印の命で仲裁が入っておさまったが、このためゴアにおける全ポルトガル船は平戸を憎み、以後寄港地を大村に移し、さらに長崎に転じて、平戸の繁栄はうばわれた。

年　譜

一九二三年（大正十二）
八月七日、大阪市浪速区西神田町八七九に生まれる。本名、福田定一。父是定は薬剤師。母ナヲエは奈良県北葛城郡磐城村大字竹内に生まれた。

一九三六年（昭和十一）　十三歳
大阪市立難波第五塩草尋常小学校修了後、私立上宮中学校へ進学。中学一年から、南区御蔵跡町の市立御蔵跡図書館へ通いはじめ、出征の時期までつづく。

一九四一年（昭和十六）　十八歳
四月、国立大阪外国語学校・蒙古語部に入学。

一九四三年（昭和十八）　二十歳
九月、学生の徴兵猶予停止のため、仮卒業で学徒出陣。兵庫県加古川の戦車第十九連隊に入営。初年兵教育をうける。

一九四四年（昭和十九）　二十一歳
十二月、満州、四平陸軍戦車学校を卒業。牡丹江省石頭の戦車第一連隊に見習士官として赴任。

一九四五年（昭和二十）　二十二歳
八月、栃木県、佐野で敗戦を迎え、復員。大阪の家は空襲で焼失していたので母の実家へ帰る。十二月、大阪の新世界新聞社に入社。社会部記者として五ヵ月ほど勤めたのち、退社。

一九四六年（昭和二十一）　二十三歳
新日本新聞社（京都本社）に入社。京都大学記者クラブに配属される。

一九四八年（昭和二十三）　二十五歳
二月、新日本新聞社倒産のため失職。五月、産経新聞社（京都支局）に入社。大学・宗教関係を担当。

一九五〇年（昭和二十五）二十七歳
六月、「わが生涯は夜光貝の光と共に」（「ブディスト・マガジン」）。十一月、「『国宝』学者死す」（「ブディスト・マガジン」）。

一九五一年（昭和二十六）二十八歳
六月〜九月、「正法の旗をかかげて―ものがたり戦国三河門徒」（「ブディスト・マガジン」）。

一九五二年（昭和二十七）二十九歳
三月、「流亡の伝道僧」（「ブディスト・マガジン」）。六月、「長安の夕映え―父母恩重経ものがたり」（「ブディスト・マガジン」）。七月、産業経済新聞社大阪本社の地方部に転勤。

一九五三年（昭和二十八）三十歳
五月、文化部勤務となり、美術と文学を担当。六月、「饅頭伝来記」（「ブディスト・マガジン」）。十一月ごろから一九五五年四月ごろまで「大阪新聞」の文化面に「風神」の署名で、コラム「文学の地帯」「忠臣蔵」などを執筆。

一九五五年（昭和三十）三十二歳
九月、福田定一の本名で、『名言随筆サラリーマン』（六月社）。

一九五六年（昭和三十一）三十三歳
五月、司馬遼太郎の筆名で、「ペルシャの幻術師」を執筆し、講談社の懸賞小説の募集に応募。第八回講談倶楽部賞を受賞。

一九五七年（昭和三十二）三十四歳
五月、「戈壁の匈奴」（「近代説話」）。九月、「井池界隈」（「面白倶楽部」）。十二月、「兜率天の巡礼」（「近代説話」）、「大阪商人」（「面白倶楽部」）。

一九五八年（昭和三十三）三十五歳
一月、「伊賀源と色仙人」（「小説倶楽部」）。四月、「大阪醜女伝」（「小説倶楽部」）、同月五日〜一九五九年二月十五日、「梟のいる都城」（「中外日報」、のちに「梟の城」と改題）。七月、「壺狩」

（「近代説話」）、「マオトコ長屋」（「小説倶楽部」）、中短編集『白い歓喜天』（凡凡社）。

一九五九年（昭和三十四）　三十六歳

一月、産経新聞文化部記者、松見みどりと結婚。四月、「大坂侍」（「面白倶楽部」増刊号）。五月、「仇討勘定」（「小説倶楽部」、のちに「難波村の仇討」と改題）。七月、「間男裁き」（「講談倶楽部」）。八月、「泥棒名人」（「小説倶楽部」）。九月、『梟の城』（講談社）。十月、「十日の菊」（「小説倶楽部」）、「盗賊と女と間者」（「面白倶楽部」）。十二月、八尾市の両親宅から大阪市西区西長堀南五丁目のマンモス・アパートに転居、同月、「法駕籠とご寮人」（「小説倶楽部」）、「下請忍者」（「講談倶楽部」）、「神々は好色である」（「面白倶楽部」）、中短編集『大坂侍』（東方社）。

一九六〇年（昭和三十五）　三十七歳

一月二十一日、『梟の城』で第四十二回直木賞を受賞、文化部長に就任、同月五日・十二日合併号～八月二日、「上方武士道」（「週刊コウロン」、のちに「花咲ける上方武士」と改題）。二月、「嬢さんと喧嘩屋」（「小説倶楽部」）。三月、「外法仏」（「別冊文藝春秋」）、同月二十八日～一九六一年二月二十日、「風の武士」（「週刊サンケイ」）。四月、「みょうが斎の武術」（「講談倶楽部」）、「庄兵衛稲荷」（「面白倶楽部」）、「軒猿」（「近代説話」）、「花妖譚」（「別冊週刊サンケイ」）、「黒格子の嫁」（「オール讀物」）。六月、「けろりの道頓」（「別冊文藝春秋」）。七月、「最後の伊賀者」（「オール讀物」）、同月十八日～八月二十二日、「豚と薔薇」（「週刊文春」）。八月～一九六一年七月、「戦雲の夢」（「講談倶楽部」）。十月四日、「『大坂侍』売り出す」―大宅壮一と対談（「週刊コウロン」）、同月、「ある不倫」（「小説中央公論」）。十一月、「朱盗」（「オール讀物」）、「壬生狂言の夜」（「別冊週刊朝日」）、『豚と薔薇』（東方社）、『上方武士道』（中央公論社）、中短編集『最後の伊賀者』（文藝春秋新社）。十二月、「牛黄加持」（「別冊文藝春秋」）。

一九六一年（昭和三十六）　三十八歳

一月、「八咫烏」（「小説新潮」）、「飛び加藤」（「サンデー毎日」）。三月、出版局次長をもって産経新聞社を退社、「果心居士の幻術」（「オール讀物」）、「雑賀の舟鉄砲」（「別冊文藝春秋」）。四月、中短編集『果心居士の幻術』（新潮社）。五月八日、「忍者四貫目の死」（「週刊新潮」）、同月、『風の武士』（講談社）。六月、「侍はこわい」（「主婦の友」）、同月十七日～一九六二年四月十九日、「風神の門」（「東京タイムズ」）。七月、「言い触らし団右衛門」（「オール讀物」）、「売ろう物語」（「小説新潮」）。八月、「弓張嶺の占師」（「講談倶楽部」）、『戦雲の夢』（講談社）。十月、「おお、大砲」（「小説中央公論」）、「女は遊べ物語」（「講談倶楽部」）、中短編集『おお、大砲』（中央公論社）。十一月、「岩見重太郎の系図」（「オール讀物」）、「伊賀の四鬼」（「サンデー毎日」）、同月二十七日～一九六二年一月一日、「古寺炎上」（「週刊サンケイ」）。十二月、「侍大将の胸毛」（「別冊文藝春秋」）、「雨おんな」（「講談倶楽部」）、同月～一九六二年十一月、「魔女の時間」（「主婦の友」）。

一九六二年（昭和三十七）　三十九歳

一月、「新春放談」―白川渥、竹中郁と鼎談（「月刊 神戸っ子」）、「京の剣客」（「別冊週刊朝日」）。二月、「狐斬り」（「別冊週刊サンケイ」）、「一夜官女」（「講談倶楽部」）。三月、「大夫殿坂」（「別冊小説新潮」）、中短編集『一夜官女』（東方社）。四月、「真説宮本武蔵」（「オール讀物」）、「越後の刀」（「別冊文藝春秋」）、「覚兵衛物語」（「講談倶楽部」）。五月、「法螺貝と女」（「家の光」）、「信九郎物語」（「小説新潮」）、同月～一九六三年十二月、「新選組血風録」（「小説中央公論」）。六月、「冷泉斬り」（「日本」）、同月二十一日～一九六六年五月十九日、「竜馬がゆく」（「産経新聞」夕刊）。八月、「理心流異聞」（「文芸朝日」）。九月、「花房助兵衛」（「小説新潮」）、「奇妙な剣客」（「別冊文藝春秋」）、同月～十二月、「剣風百里」（「講談倶楽部」、廃刊のため未完。のちに加筆して刊行の予定であったが、未刊行で終った）。十月、「若江堤の霧」（「文藝春秋」、のちに「木村重成」と改題）、「おれは権現」（「オール讀物」）、『古寺

炎上』(角川書店)。十一月、中短編集『真説宮本武蔵』(文藝春秋新社)、同月十九日〜一九六四年三月九日、「燃えよ剣」(「週刊文春」)。十二月、『風神の門』(新潮社)。

一九六三年(昭和三十八)　四十歳

一月六日・十三日合併号、「伊賀者」(「週刊読売」)、同月〜十二月、「幕末暗殺史」(「オール讀物」、のちに「幕末」と改題)。三月、「割って、城を」(「別冊文藝春秋」)。五月、「上総の剣客」(「小説現代」)。六月、「軍師二人」(「小説新潮」)、「千葉周作」(「別冊文藝春秋」)。七月、『竜馬がゆく　立志篇』(文藝春秋新社)、同月二十一日〜一九六四年七月五日、「尻啖え孫市」(「週刊読売」)。八月十一日〜一九六六年六月十二日、「国盗り物語」(「サンデー毎日」)。十月、「歴史を斬る」―清水正二郎、陳舜臣、山田宗睦、足立巻一、大竹延、尾崎秀樹、真鍋元之と座談(「大衆文学研究」)、中短編集『花房助兵衛』(桃源社)、同月二十八日〜一九六五年一月二十五日、「功名が辻」(「河北新報」ほか、三友社配信)、同月〜一九六四年九月、「大阪物語」(「婦人生活」)。十二月、「英雄児」(「別冊文藝春秋」)、中短編集『幕末』(文藝春秋新社)。

一九六四年(昭和三十九)　四十一歳

一月、「斬ってはみたが」(「小説現代」)。二月、「慶応長崎事件」(「オール讀物」)、「鬼謀の人」(「小説新潮」)、『竜馬がゆく　風雲篇』(文藝春秋新社)。三月、大阪府布施市(現在の東大阪市)中小阪一七三番十二号に転居、同月、「人斬り以蔵」(「別冊文藝春秋」)、『燃えよ剣』(文藝春秋新社)。四月、「五条陣屋」(「小説新潮」)、「薩摩浄福寺党」(「オール讀物」)、『新選組血風録』(中央公論社)。五月、『燃えよ剣　完結篇』(文藝春秋新社)。六月、「肥前の妖怪」(「別冊文藝春秋」)、「侠客万助珍談」(「オール讀物」)。七月、「喧嘩草雲」(「小説新潮」)、同月二十七日〜一九六六年八月八日「関ケ原」(「週刊サンケイ」)。十月一日、「ほんとうにそう、『奈良』うれしいね」―高橋義孝と対談(「週刊現代」)、同月、「天明の絵師」(「オール讀物」)、「愛染明王」(「小説現代」)。十一月、「ただいま十六歳—近藤勇」(「文芸朝日」)、「伊達の黒船」(「日本」)、『竜馬がゆく　狂瀾篇』(文藝春秋新社)。十二月、「敗者復活五輪大会—大宅壮一、三島由紀夫と鼎談」(「中央公論」)、「酔って候」(「別冊文藝春秋」)、『尻啖え孫市』(講談社)。

一九六五年(昭和四十)　四十二歳

一月一日〜十月二十八日、「北斗の人」(「週刊現代」)、同月二十日〜七月十二日、「城をとる話」(「日本経済新聞」夕刊)、「蘆雪を殺す」(「オール讀物」)。二月、「きつね馬」(「文藝春秋」)。三月、「映画革命に関する対話」—岡本太郎と対談(「キネマ旬報」)、「加茂の水」(「別冊文藝春秋」)、中短編集『酔って候』(文藝春秋新社)。四月、「近代日本を創った宗教人一〇人」—小口偉一、武田清子、松島栄一、村上重良と座談(「中央公論」)。五月、「絢爛たる犬」(「小説新潮」)、同月十五日〜一九六六年四月十五日、「俄—浪華遊侠伝」(「報知新聞」)。六月、「倉敷の若旦那」(「オール讀物」)、『功名が辻　上巻』(文藝春秋新社)。七月、『功名が辻　下巻』(文藝春秋新社)。八月、『竜馬がゆく　怒濤篇』(文藝春秋新社)。九月、「アームストロング砲」(「小説現代」)、「王城の護衛者」(「別冊文藝春秋」)。十月、「嬖女守り」(「オール讀物」)、『城をとる話』(光文社)、同月十八日〜一九六六年十一月二十一日、「十一番目の志士」(「週刊文春」)。十一月、『国盗り物語第一巻　斎藤道三(前編)』(新潮社)、同月〜一九六六年四月、『司馬遼太郎選集』(全六巻　徳間書店)。

一九六六年(昭和四十一)　四十三歳

一月、『国盗り物語　第二巻　斎藤道三(後編)』(新潮社)、『北斗の人』(講談社)。二月〜一九六八年三月、「新史太閤記」(「小説新潮」)、同月〜一九六八年四月、「九郎判官義経」(「オール讀物」、のちに「義経」と改題)。三月、『国盗り物語　第三巻　織田信長(前編)』(新潮社)。六月、「最後の将軍—徳川慶喜」(「別冊文藝春秋」、のちに『最後の将軍』第一部)、『現代文学　19　司馬遼太郎集』(東都書房)。七月、「日本の商人」—

会田雄次、高坂正堯と鼎談（「別冊潮」）、『俄―浪華遊侠伝』（講談社）、『国盗り物語　第四巻　織田信長（後編）』（新潮社）。八月、『竜馬がゆく　回天篇』（文藝春秋）。九月五日、「わが愛する維新群像の人物評定」―大宅壮一と対談（「週刊文春」）、同月、「維新変革の意味」―井上清と対談（『日本の歴史　20』月報　中央公論社）、「権謀の都」（「別冊文藝春秋」、のちに『最後の将軍』第二部）、同月二十二日～一九六七年五月十六日、「夏草の賦」（「河北新報」夕刊ほか、三友社配信）、同月～一九六七年七月、「豊臣家の人々」（「中央公論」）。十月、『竜馬がゆく』『国盗り物語』で第十四回菊池寛賞を受賞、同月、「美濃浪人」（「別冊小説現代」）、『関ヶ原　上巻』（新潮社）。十一月、『関ヶ原　中巻』（新潮社）、『関ヶ原　下巻』（新潮社）、同月十七日～一九六八年五月十八日、「峠」（「毎日新聞」）、同月～一九六七年四月、『司馬遼太郎傑作シリーズ』（全七巻　講談社）。十二月、「徳川慶喜」（「別冊文藝春秋」、のちに『最後の将軍』第三部）。

一九六七年（昭和四十二）　四十四歳

一月二日・九日合併号、「現代と維新のエネルギー」―尾崎秀樹と対談（「週刊読書人」）、同月三日、「明治百年の誕生」―遠藤周作と対談（「産経新聞」）。二月、『十一番目の志士』（文藝春秋）。三月、『最後の将軍―徳川慶喜』（文藝春秋）。四月、「吉田松陰と松下村塾」―河上徹太郎、奈良本辰也と鼎談（「別冊潮」）。六月、「要塞」（「別冊文藝春秋」、のちに『殉死』第一部）、同月二十一日～一九六八年四月二十七日、「妖怪」（「讀賣新聞」夕刊）、同月二十三日～十月六日、「日本剣客伝―宮本武蔵」（「週刊朝日」）。八月、「幕末よもやま」―子母沢寛と対談（「中央公論」）。九月、「旅の話」―水上勉と対談（「風景」）、「腹を切ること」（「別冊文藝春秋」、のちに『殉死』第二部）、『カラー版　国民の文学　26　司馬遼太郎』（河出書房新社）。十一月、『殉死』（文藝春秋）。十二月、「小室某覚書」（「別冊文藝春秋」）、『豊臣家の人々』（中央公論社）。

一九六八年（昭和四十三）　四十五歳

一月、『殉死』で第九回毎日芸術賞を受賞、「日本的なものとは何か」―武田泰淳、安岡章太郎、江藤淳と座談（「文学界」）、「維新の人間像」―萩原延寿と対談（「現代の理論」）、「革命史の最高傑作」―桑原武夫と対談（『世界の名著　37』月報23　中央公論社）、同月～十二月、「歴史を紀行する」（「文藝春秋」）、同月～一九六九年十一月、「英雄たちの神話」（「小説現代」、のちに『歳月』と改題）。二月、「乱世のさまざまな武将」―井上靖、松本清張と鼎談（「潮」）。三月、『新史太閤記　前編』（新潮社）、『日本剣客伝　上巻』（共著　朝日新聞社）、『新史太閤記　後編』（新潮社）。四月二十二日～一九七二年八月四日、「坂の上の雲」（「産経新聞」夕刊）。五月、『義経』（文藝春秋）、中短編集『王城の護衛者』（講談社）。六月、「故郷忘じがたく候」（「別冊文藝春秋」）。七月、「革命と大衆をどうとらえるか」―花田清輝、武田泰淳と鼎談（「別冊潮」）、『現代長編文学全集　45　司馬遼太郎　I』（講談社）、同月二十九日～一九六九年四月、「大盗禅師」（「週刊文春」）。八月、「斬殺」（「オール讀物」）。十月、「大阪弁は土語の代表」―岡本博と対談（「放送文化」）、「胡桃に酒」（「小説新潮」）、『故郷忘じがたく候』（文藝春秋）、『現代長編文学全集　46　司馬遼太郎　II』（講談社）、『峠　前編』（新潮社）、『峠　後編』（新潮社）。十二月、「馬上少年過グ」（「別冊文藝春秋」）。

一九六九年（昭和四十四）　四十六歳

一月十日、「戦国時代は生きている」―海音寺潮五郎と対談（「週刊朝日」）、同月、「ニッポン飛躍の起爆力」―井深大、今西錦司と鼎談（「文藝春秋」）。二月、『歴史を紀行する』で第三十回文藝春秋読者賞を受賞、同月、『歴史を紀行する』（文藝春秋）、同月十四日～一九七〇年十二月二十五日、「世に棲む日日」（「週刊朝日」）。三月二十九日、「日本人のモラル―その断絶と復活」―江藤淳と対談（「産経新聞」夕刊）。四月、「対話／萌え騰るもの」―岡潔と対談（『岡潔集　第三巻』学習研究社）、「城の怪」（「小説新潮」）、『坂の上の雲　第一巻』（文藝春秋）。五月、『妖怪』（講談社）。六月、「文学、歴史、信仰」―長田恒雄と対談（「在家仏教」）、「貂の皮」（「小説新潮」）、『70年への対話　Ⅰ』（共著 毎日放送）、『手掘り日本史』（毎日新聞社）。七月、『大盗禅師』（文藝春秋）、同月十二日～一九七一年十月二十三日、「城塞」（「週刊新潮」）。八月、「幕末と現代」―中山伊知郎と対談（「潮」）、「動乱を生きた一つの青春」―河上徹太郎と対談（「自由」）、『歴史と小説』（河出書房新社）。九月～一九七九年まで、日本文学振興会評議員（直木賞選考委員）を務める。同月、「日本人の原型を探る」―湯川秀樹と対談（「海」）。十月、『日本文学全集　40　有吉佐和子、松本清張、水上勉、北杜夫、瀬戸内晴美、司馬遼太郎』（新潮社）、同月一日～一九七一年十一月六日、「花神」（「朝日新聞」夕刊）。十一月、『坂の上の雲　第二巻』（文藝春秋）、『歳月』（講談社）。十二月、「明治維新と英雄たち」―江藤淳と対談（「小説現代」）、「日本人の行動の美学」―奈良本辰也と対談（『日本の名著　17』月報　中央公論社）。

一九七〇年（昭和四十五）　四十七歳

一月、「日本は〝無思想時代〟の先兵」―梅棹忠夫と対談（「文藝春秋」）、『日本歴史を点検する』（海音寺潮五郎との対談集　講談社）、同月～一九七一年九月、「覇王の家」（「小説新潮」）。二月、「〝あっけらかん民族〟の強さ」―犬養道子と対談（「文藝春秋」）。三月、「神宮と神社について」―上田正昭、金達寿、湯川秀樹と座談（「日本のなかの朝鮮文化」）、「日本人のこころ、日本人のドラマ」―山崎正和と対談（「現代演劇協会機関誌」）、「西洋が東洋に学ぶ時代」―梅原猛と対談（「文藝春秋」）、『カラー版　日本伝奇名作全集　15　司馬遼太郎』（番町書房）。四月、「政治家のタブーを破れ」―小坂徳太郎と対談（「文藝春秋」）。五月、「日本の繁栄を脅かすもの」―向坊隆と対談（「文藝春秋」）、「重庵の転々」（「オール讀物」）。六月一日、「民族と新聞」―会田雄次、鹿内信隆、中山了と座談（「サンケイ新聞」）、同月、「政治に〝教科書〟はない」―高坂正堯と対談（「文藝春秋」）、「牛肉とアブラゲ」―辻嘉一と対談（「甘辛春秋」）、「仏教と寺院について」―上田正昭、梅原猛、湯川秀樹と座談（「日本のなかの朝鮮文化」)、『坂の上の雲　第三巻』(文藝春秋)。七月、「『日中交渉』は屈辱外交か」―古井喜実と対談(「文藝春秋」)、「情報化時代の読書」―桑原武夫と対談(「ブッククラブ情報」)。八月三日、「中世の雰囲気」―林屋辰三郎、梅棹忠夫、山崎正和、村井康彦と座談(「新潟日報」ほか、共同通信社配信)、「〝公害維新〟の志士出でよ」―戒能通孝と対談(「文藝春秋」)、「花の館」(「中央公論」)、『馬上少年過ぐ』(新潮社)。九月、「アメリカとつきあう方法」―大野勝巳と対談(「文藝春秋」)、「保健衛生家、家康」―辻嘉一と対談(「甘辛春秋」)。十月、「若者が集団脱走する時代」―辻悟と対談(「文藝春秋」)、『新潮日本文学60　司馬遼太郎集』(新潮社)、『花の館』(戯曲　中央公論社)。十一月、「日本人は〝臨戦体制〟民族」―陳舜臣と対談(「文藝春秋」)、「人間終末論」―野坂昭如と対談(「小説現代」)、「哲学と宗教の谷間で」―橋本峰雄と対談(『日本の名著　43』月報　中央公論社)。十二月、「下士官に政治は任せられぬ」―宇都宮徳馬と対談(「文藝春秋」)。

一九七一年(昭和四十六)　四十八歳

一月一日、「アジア意識」―森恭三、松本重治と鼎談(「朝日新聞」)、一日・八日合併号、「歴史のなかの狂と死」―鶴見俊輔と対談(「朝日ジャーナル」)、同月、「〝サル〟が背広を着る時代」―富士正晴と対談(「文藝春秋」)、「日本人にとって天皇とはなにか」―福田恆存、林健太郎、山崎正和と座談(「諸君!」)、同月一日～一九九六年三月十五日、「街道をゆく」(全一一四七回「週刊朝日」)。二月、「天皇・武士道・軍隊」―村上兵衛と対談(「文藝春秋」)。三月、「〝人工日本語〟の功罪について」―桑原武夫と対談(「文藝春秋」)。四月、「日本歴史の朝鮮観」―上田正昭、金達寿と鼎談(「中央公論」)、「毛沢東とつきあう法」―貝塚茂樹と対談(「文藝春秋」)、『坂の上の雲　第四巻』(文藝春秋)。五月、「東京・大阪〝われらは異人種〟」―山口瞳と対談(「文藝春秋」)、『世に棲む日日　第一巻』(文藝春秋)。六月二十三日、「日本人を考える　1　その権力構造」―菊地昌典と対談(「サンケイ」)、同月、「千石船入門」―南波松太郎と対談(「船の雑誌」)、「人類を救うのはアフリカ人」―今西錦司と対談（「文藝春秋」）、「飛鳥をめぐって」―上田正昭、金達寿、伊達宗泰と座談（「日本のなかの朝鮮文化」）、『世に棲む日日　第二巻』（文藝春秋）、『司馬遼太郎短篇総集』（講談社）。七月二十二日、「日本人を考える　2　会社とその周辺」―加藤秀俊と対談（「サンケイ」）、同月、『世に棲む日日　第三巻』（文藝春秋）、『日本文学全集　43　山本周五郎、司馬遼太郎』（新潮社）。八月二十六日、「日本人を考える　3　その政治姿勢と思考」―神島二郎と対談（「サンケイ」）、『日本人を考える』（対談集　文藝春秋）。九月十七日、「人間の発見」―湯川秀樹、上田正昭と鼎談（NHKテレビ　教養特集）、三十日、「日本人を考える　4　その中国観」―陳舜臣と対談（「サンケイ」）、同月、『街道をゆく　一　長州路ほか』（朝日新聞社）、同月～一九七四年四月、『司馬遼太郎全集』（第一期全三十二巻　文藝春秋）。十一月四日、「日本人を考える　5　新聞論」―山崎正和と対談（「サンケイ」）。十二月二十二日、「日本人を考える　6　その源をたずねて」―樋口隆泰と対談（「サンケイ」）、同月、『城塞　上巻』（新潮社）。

一九七二年（昭和四十七）　四十九歳

一月三日、「日本人の可能性を探る」―武山主幹と対談（「日本経済新聞」）、同月、『城塞　中巻』（新潮社）、同月一日～一九七六年九月四日、「翔ぶが如く」（「毎日新聞」）。二月、「現代日本に『文明』はない」―萩原延寿と対談（「文藝春秋」）、「大楽源太郎の生死」（「小説新潮」）、『城塞　下巻』（新潮社）。三月、『世に棲む日日』などの作家活動で第六回吉川英治文学賞を受賞、「日本人よ〝侍〟に還れ」―萩原延寿と対談（「文藝春秋」）、「乱世の人間像」―奈良本辰也と対談（「歴史と文学」）。四月二十五日、「新聞記者と作家」―井上靖と対談（「サンデー毎日」）、同月、「日本人と軍隊と天皇」―大岡昇平と対談（「潮」）、『街道をゆく　二　韓のくに紀行』（朝日新聞社）。五月、「有隣は悪形にて」（「オール讀物」）、『日本人と日本文化』（ドナルド・キーンとの対談　中央公論社）、『花神　第一巻』（新潮社）。六月、「高松塚壁画古墳をめぐって」―上田正昭、金達寿、長谷川誠、森浩一と座談（「日本のなかの朝鮮文化」）、『坂の上の雲　第五巻』（文藝春秋）、『花神　第二巻』（新潮社）。七月、「日本人はどこから来たか」―林屋辰三郎と対談（「文藝春秋」）、「徒然草とその時代」―山崎正和と対談（「国文学　解釈と教材の研究」）、『花神　第三巻』（新潮社）。八月、「日本人はいかに形成されたか」―林屋辰三郎と対談（「文藝春秋」）、『花神　第四巻』（新潮社）。九月、『坂の上の雲　第六巻』（文藝春秋）。十一月、「勝海舟、その人と時代」―江藤淳と対談（『勝海舟全集　20』（講談社）、『座談会日本の朝鮮文化』（共編著　中央公論社）。十二月、「織田信長、勝海舟、田中角栄」―江藤淳と対談（「現代」）。

一九七三年（昭和四十八）　五十歳

一月三日、「日本史に探る人生の達人」―萩原延寿、松田道雄ほかと座談（「毎日新聞」）、同月、「日本宰相論」―山崎正和と対談（「諸君！」）、「日本の歴史と日本人」―松本清張と対談（「別冊小説新潮」）、同月～一九七五年九月、「空海の風景」（「中央公論」）。二月、『街道をゆく　三　陸奥のみちほか』（朝日新聞社）。三月、「古代の文化と政治をめぐって」―上田正昭、金達寿、林屋辰三郎と座談（「日本のなかの朝鮮文化」）。四月六日、「蛮性を失わぬ民族だけが生き残る」―野坂昭如と対談（「週刊朝日」）、同月、「敗者の風景」―綱淵謙錠と対談（「オール讀物」）、「不良青年から―寺盗り物語まで」―今東光と対談（「小説現代」）、同月二十六日～七月十六日、「人間の集団について」（「サンケイ」）。五月、日本ペンクラブの理事に就任、同月十一日～一九七五年二月十五日、「播磨灘物語」（「讀賣新聞」）。七月十九日、「ベトナム民族とその将来」―神谷不二と対談（「サンケイ」）、同月、「日本人の世界構想」―山崎正和と対談（「諸君！」）。九月、『人間の集団について―ベトナムから考える』（サンケイ新聞社出版局）。十月、『歴史を考える』（対談集　文藝春秋）、『覇王の家　前編』（新潮社）、『覇王の家　後編』（新潮社）。十二月、「四・五世紀の日本」―上田正昭と対談（『日本の歴史　2』月報　小学館）。

一九七四年（昭和四十九）五十一歳

一月六日、十三日、二十日、「歴史のヒロインたち」―永井路子と対談（「サンケイ」）、同月、「昭和国家と太平洋戦争」―瀬島龍三と対談（「文藝春秋」）、「稲作文明を探る」―岡本太郎と対談（「中央公論」）、『街道をゆく　四　洛北諸道ほか』（朝日新聞社）。二月、「近代化の推進者　明治天皇」―山崎正和と対談（「文藝春秋」）。三月二十九日～四月十九日、「日本と日本人を考える」―江崎玲於奈と対談（「週刊朝日」）。四月、『昭和国民文学全集　30　司馬遼太郎集』（筑摩書房）。五月、『歴史の中の日本』（中央公論社）。六月、「漢氏とその遺跡」―井上秀雄、上田正昭、平野邦雄と座談（「日本のなかの朝鮮文化」）、「琉球弧で日本人を考える」―島尾敏雄と対談（「潮」）。八月、「公家と武家」―富士正晴と対談（「歴史と人物」）、「東夷北狄と農耕中国二千年」―陳舜臣と対談（「オール讀物」）。九月、「山上憶良と『万葉集』」―上田正昭、田辺聖子、中西進と座談（「日本のなかの朝鮮文化」）、『座談会　古代日本と朝鮮』（共著　中央公論社）。十月、『歴史と視点―私の雑記帖』（新潮社）、『街道をゆく　五　モンゴル紀行』（朝日新聞社）、『吉田松陰を語る』（共著　大和書房）。

一九七五年（昭和五十）五十二歳

一月十八日、「日本語その起源の秘密を追う」―大野晋と対談（「週刊読売」）、二十五日、「関西風発音が日本語の元祖」―大野晋と対談（「週刊読売」）、同月、「日本の土木と文明」―高橋裕と対談（「土木学会誌」）、同月～二月、「我らが生きる時代への視点」―小田実と対談（「潮」）。二月、「現代国家と天皇制をめぐって」―小田実と対談（「潮」）、「日本がアジアで輝いた日」―陳舜臣と対談（「オール讀物」）。三月二十五日、「日本人の顔とスタイルはどう作られたか」―梅棹忠夫と対談（「週刊朝日」）。四月、「土地は公有にすべきもの」―ぬやま・ひろしと対談（「無産階級」）、「取材について」―足立巻一と対談（「文藝」）。五月九日、「おおらかだった古代の日本・朝鮮関係」―李進熙と対談（「週刊朝日」）、同月、『街道をゆ

く六　沖縄・先島への道』（朝日新聞社）。六月、「日露戦争とベトナム戦争」―小田実、開高健と鼎談（「文藝春秋」）、「日本海圏文明を考える」―有光教一、林屋辰三郎と鼎談（「歴史と人物」）、『播磨灘物語　上巻』（講談社）、『座談会日本の渡来文化』（共編著　中央公論社）。七月、『播磨灘物語　中巻』（講談社）。八月、「反省の歴史と文化」―金達寿と対談（「季刊三千里」）、『播磨灘物語　下巻』（講談社）。十月、「日本の土地と農民について」―野坂昭如と対談（「諸君！」）、『空海の風景　上巻』（中央公論社）、『余話として』（文藝春秋）、同月～一九七六年七月、「中国の旅」（「中央公論」、のちに「長安から北京へ」と改題）。十一月、『空海の風景　下巻』（中央公論社）。十二月、「鬼灯―摂津守の叛乱」（「中央公論」）、『鬼灯―摂津守の叛乱』（戯曲　中央公論社）、『翔ぶが如く　第一巻』（文藝春秋）。

一九七六年（昭和五十一）　五十三歳

一月三日、「近すぎて遠い国、朝鮮半島を語る」―金達寿、金三奎と鼎談（「讀賣新聞」）、五日、「日本の中の南方文化」―藪内芳彦と対談（「サンケイ」）、三日・十日合併号、十七日、「日本の母語は各地の方言」―徳川宗賢と対談（「週刊読売」）、十一日、「内から見た日本、外から見た日本」―山田宗睦と対談（「神奈川新聞」）、同月、「歴史の中の人間」―湯川秀樹、上田正昭と鼎談（湯川秀樹『人間の発見』　講談社）、『現代日本の文学　II 9　司馬遼太郎集』（学習研究社）。二月、『翔ぶが如く　第二巻』（文藝春秋）。三月二十日、「大河の中国文明　革命にみる変化」―陳舜臣、竹内実と鼎談（「讀賣新聞」）、同月、『翔ぶが如く　第三巻』（文藝春秋）、『街道をゆく　七　砂鉄のみちほか』（朝日新聞社）。四月、『空海の風景』など一連の歴史小説に対して、昭和五十年度日本芸術院賞（文芸部門）恩賜賞を受賞、三日、十日、「しぐさで表現する日本人」―多田道太郎と対談（「週刊読売」）、同月、『翔ぶが如く　第四巻』（文藝春秋）。五月八日、十五日、二十二日、「地球の裏から日本文化を見る」―井上ひさしと対談（「週刊読売」）、同月、「空海・芭蕉・子規を語る」―赤尾兜子と対談（「俳句」）。七月三日、「黒柳徹子の一生懸命対談」―黒柳徹子と対談（「赤旗」）、同月、「日本における『公』と『私』」―石井紫郎と対談（「中央公論」）。八月、「現代資本主義を掘り崩す土地問題」―松下幸之助と対談（「中央公論」）、「日中歴史の旅」―陳舜臣と対談（「オール讀物」）、『土地と日本人』（対談集　中央公論社）、『翔ぶが如く　第五巻』（文藝春秋）。九月、「法隆寺と聖徳太子」―上田正昭、上原和、金達寿と座談（「日本のなかの朝鮮文化」）、「帝国陸軍の思想について・リアリズムなき日本人」―山本七平と対談（「文藝春秋」）、「義経など」―多田道太郎と対談（「国文学　解釈と教材の研究」）、「木曜島の夜会」（「別冊文藝春秋」）、『翔ぶが如く　第六巻』（文藝春秋）。十月、父、是定死去、『長安から北京へ』（中央公論社）。十一月、「『法人資本主義』と土地公有論」―小田実と対談（「潮」）、「毛沢東のいる風景」―富士正晴と対談（「展望」）、『翔ぶが如く　第七巻』（文藝春秋）、同月十一日～一九七九年一月二十四日、「胡蝶の夢」（「朝日新聞」）。

一九七七年（昭和五十二）　五十四歳

一月、「田中角栄と日本人」―山本七平と対談（「文藝春秋」）、「若い日本の不思議な性格」―山崎正和と対談（「中央公論」）、同月～一九七九年五月、「漢の風　楚の雨」（「小説新潮」）。二月、「日本に聖人や天才はいらない」―山本七平と対談（「文藝春秋」）。三月、「外来文化と日本民族」―桑原武夫と対談（「波」）、「西郷隆盛―その虚像と実像の間」―尾崎秀樹と対談（『西郷隆盛』　学習研究社）、『街道をゆく　八　種子島みちほか』（朝日新聞社）。四月、「新都鄙問答―大礼服と縁台将棋の間で」―山崎正和と対談（「中央公論」）、中短編集『木曜島の夜会』（文藝春秋）、『天下大乱を生きる』（小田実との対談集　潮出版社）。五月十三日、「諸悪の根源『土地問題』に解決の手だてはあるか」―都留重人と対談（「週刊朝日」）、同月、「経国の大業」―福永光司と対談（『日本の名著　3』付録　中央公論社）、『筑摩現代文学大系　84　水上勉・司馬遼太郎集』（筑摩書房）。七月九日、十六日、二十三日、「新・日本人論」―井上ひさし、井上好子と鼎談（「週刊読売」）、同月、「いま日本をどう表現していくか」―山崎正和と対談（「中央公論」）。八月五日、十二日、「大阪外国語学校」―陳舜臣、岡田誠三、秦正流と座談（「週刊朝日」）。九月二十二日、「西郷隆盛　その魅力を語る」―萩原延寿と対談（「朝日新聞」夕刊）、同月、「古代製鉄と朝鮮をめぐって」―飯沼二郎、上田正昭、森浩一、李進熙と座談（「日本のなかの朝鮮文化」）。十月、「日本文化と朝鮮文化」―金達寿と対談（「現代」）。十一月、『街道をゆく　九　信州佐久平みちほか』（朝日新聞社）。

一九七八年（昭和五十三）　五十五歳

一月一日、「花開いた古代吉備」―林屋辰三郎と対談（「山陽新聞」）、同月、「シルクロード　歴史と魅力」―陳舜臣と対談（「オール讀物」）。三月、『対談　中国を考える』（陳舜臣との対談集　文藝春秋）。四月、「龍馬の魅力」―芳賀徹と対談（「歴史と人物」）、『日本人の内と外』（山崎正和との対談集　中央公論社）。五月七日・十四日合併号、二十一日、「日本人よ何処へ行く」―江崎玲於奈と対談（「週刊読売」）、同月十一日、「中国翔ぶが如く・晩春の江南ぶらりぶらり」―松原正毅と対談（「毎日新聞」）。七月、「武士と商人」―城山三郎と対談（「現代」）、「世界のなかの日本文化」―林屋辰三郎と対談（「本の窓」）。八月、『西域をゆく』（井上靖との共著　潮出版社）。十月二十七日、「現代を乗り切れるか　初めて開国する〝世界の宗家〟中国」―田所竹彦と対談（「週刊朝日」）、同月、『日本語と日本人』（対談集　読売新聞社）。十一月、『街道をゆく　十　羽州街道・佐渡のみち』（朝日新聞社）。十二月、『座談会　朝鮮と古代日本文化』（共編著　中央公論社）。

一九七九年（昭和五十四）　五十六歳

一月、「鎌倉武士と一所懸命」―永井路子と対談（「文藝春秋」）。四月一日～一九八二年一月三十一日、「菜の花の沖」（「サンケイ」）。五月、『新潮現代文学　46　司馬遼太郎集』（新潮社）、『日本人よ何処へ行く』（対談集　読売新聞社）。七月七日、「さいはての歴史と心」―榎本守恵と対談（「週刊朝日」）、同月、「古代出雲と東アジア」―

林屋辰三郎と対談（「本の窓」）、「『敗戦体験』から遺すべきもの」―鶴見俊輔と対談（「諸君！」）、『胡蝶の夢　第一巻』（新潮社）。八月、東大阪市下小阪三丁目十一番十八号に転居、「日本人の異国交際」―桑原武夫と対談（「潮」）、『胡蝶の夢第二巻』（新潮社）、同月〜一九八一年二月、「ひとびとの跫音」（「中央公論」）。九月、『古往今来』（日本書籍）、『胡蝶の夢　第三巻』（新潮社）、『街道をゆく　十一　肥前の諸街道』（朝日新聞社）。十月、「天下分け目の人間模様」―原田伴彦と対談（「歴史と人物」）、『胡蝶の夢　第四巻』（新潮社）。十一月、『胡蝶の夢　第五巻』（新潮社）。十二月、「難波の古代文化」―上田正昭、金達寿、中尾芳治、森浩一と座談（「日本のなかの朝鮮文化」）、「『翔ぶが如く』と西郷隆盛周辺」―橋川文三、野口武彦と鼎談（「カイエ」）。

一九八〇年（昭和五十五）　五十七歳

一月十一日、「イラン革命の文明的衝撃度」―黒田寿郎と対談（「週刊朝日」）。二月十日、十七日、「薩摩指宿、苗代川にて」―沈寿官と対談（「週刊読売」）。四月十五日、「中世瀬戸内の風景」―林屋辰三郎と対談（「山陽新聞」）、同月、「なぜ、『近くて遠く』なったのか」―金達寿、田中明と鼎談（「諸君！」）。五月、「『項羽と劉邦』の時代」―陳舜臣と対談（「波」）。六月、『項羽と劉邦　上巻』（新潮社）。七月十一日〜八月八日、「日本を動かしたスーパースター」―エドウィン・O・ライシャワーと対談（「週刊朝日」）、同月、『項羽と劉邦　中巻』（新潮社）。八月、『項羽と劉邦　下巻』（新潮社）、『日本人の顔』（対談集　朝日新聞社）。九月、『街道をゆく　十二　十津川街道』（朝日新聞社）。十一月、『歴史の世界から』（中央公論社）。

一九八一年（昭和五十六）　五十八歳

一月、「黄塵千二百年」―貝塚茂樹と対談（「くりま」）。二月二日、九日、十六日、二十三日、「日本人はどこから来たか」―陳舜臣、大野晋、イーデス・ハンソンと座談（「週刊朝日」）。三月、『シルクロード絲綢之路　第六巻　民族の十字路　イリ・カシュガル』（NHK取材班との共著　日本放送出版協会）。四月、『街道をゆく　十三　壱岐・対馬の道』（朝日新聞社）。五月、『歴史の夜咄』（林屋辰三郎との対談集　小学館）。六月、『街道をゆく　十四　南伊予・西土佐の道』（朝日新聞社）。七月、『ひとびとの跫音　上巻』（中央公論社）、『ひとびとの跫音　下巻』（中央公論社）、『街道をゆく　十五　北海道の諸道』（朝日新聞社）。九月十八日、「シバルガンの黄金が大月氏国の謎を解く」―樋口隆康と対談（「週刊朝日」）。十一月、『街道をゆく　十六　叡山の諸道』（朝日新聞社）。十二月十五日、日本芸術院会員に選出される。

一九八二年（昭和五十七）　五十九歳

一月一日、「新科学時代のうねり迫られる意識改革」―山崎正和と対談（「東京新聞」）、同月一日・八日合併号、「日本人のこの旺盛な知的好奇心」―芳賀徹と対談（「週刊朝日」）。二月、『ひとびとの跫音』で第三十三回読売文学賞（小説賞）を受賞。三月十八日、「青春と未来　初めて語りあった『過ぎし日の私』と『日本人論』」―小松左京と対談（「週刊サンケイ」）、二十五日、「我が『青い山脈』時代の郷愁と『これからの日本』」―小松左京と対談（「週刊サンケイ」）、同月、『街道をゆく　十七　島原・天草の諸道』（朝日新聞社）。六月、「歴史の跫音を聴け」―安岡章太郎と対談（「オール讀物」）、『菜の花の沖　第一巻』（文藝春秋）、同月十五日～一九八三年十二月九日、「箱根の坂」（「讀賣新聞」）。七月、『街道をゆく　十八　越前の諸道』（朝日新聞社）、『菜の花の沖　第二巻』（文藝春秋）。八月二十日、「教科書からリアリズムをなくすと国はつぶれる」―李御寧と対談（「週刊朝日」）、二十七日、「今、世界中が『無原則日本人』の正体を追及している」―李御寧と対談（「週刊朝日」）、同月、『菜の花の沖　第三巻』（文藝春秋）。九月、『菜の花の沖　第四巻』（文藝春秋）。十月、『街道をゆく　十九　中国・江南のみち』（朝日新聞社）、『菜の花の沖　第五巻』（文藝春秋）。十一月、『菜の花の沖　第六巻』（文藝春秋）。

一九八三年（昭和五十八）　六十歳

一月、「歴史小説の革新」の功績によって昭和五十七年度朝日賞を受賞、同月、『街道をゆく　二十　中国・蜀と雲南のみち』（朝日新聞社）。二月、「日本・朝鮮・中国」―陳舜臣、金達寿と鼎談（「季刊三千里」）。四月〜一九八四年九月、『司馬遼太郎全集』（第二期　全十八巻　文藝春秋）。五月、『街道をゆく　二十一　神戸・横浜散歩ほか』（朝日新聞社）。六月、「21世紀の危機―〝少数者〟の反乱が地球をおおう」―梅棹忠夫と対談（「現代」）。七月、『日韓理解への道』（鮮于煇、高柄翊、金達寿、森浩一との座談集　読売新聞社）、『ガイド　街道をゆく　近畿編』（朝日新聞社）。九月、『ガイド　街道をゆく　東日本編』（朝日新聞社）。十月、「宇宙飛行士と空海」―立花隆と対談（「文藝春秋」）。十一月十一日、十八日、「中世の歌謡を見直す」―大岡信と対談（「週刊朝日」）、同月、『ガイド　街道をゆく　西日本編』（朝日新聞社）。

一九八四年（昭和五十九）　六十一歳

一月十三日、「東と西の文明の出会い」―桑原武夫と対談（「週刊朝日」）、同月、「昭和の時代と人間」―谷沢永一と対談（「円卓会議」）、同月〜一九八七年八月、「韃靼疾風録」（「中央公論」）。二月二十五日、二十六日、二十八日〜三月十一日、「日韓ソウル座談会」―金聲翰、鮮于煇、千寛宇、渡辺吉鎔、田中明と座談会（「讀賣新聞」）。三月三十一日、「空海のなぞをつく」―伊地智善継と対談（「四国新聞」）、同月、「日本人にとっての奈良」―山崎正和と対談（「新潮45＋」）、『微光のなかの宇宙―私の美術観』（中央公論社）、『街道をゆく　二十二　南蛮のみち　I』（朝日新聞社）、『歴史の舞台―文明のさまざま』（中央公論社）。四月、『歴史の交差路にて―日本・中国・朝鮮』（陳舜臣、金達寿との鼎談集　講談社）、『箱根の坂　上巻』（講談社）。五月、日本文藝家協会理事に就任、同月二十八日、「琵琶湖を語る」―武村正義と対談（「朝日新聞」大阪本社版夕刊）、同月、『箱根の坂　中巻』（講談社）、『街道をゆく　二十三　南蛮のみち　II』（朝日新聞社）。六月、『街道をゆく　南蛮のみち』で第一回新潮日本文学大賞学芸賞を受賞、同月、『箱根の坂　下巻』

(講談社)、『ある運命について』(中央公論社)。七月二十七日、「中国福建省に日本文化のルーツを探る」―陳舜臣、森浩一、松原正毅と座談(「週刊朝日」)。八月三日、「福建人の械闘に一脈通じる日本人の派閥争い」―陳舜臣、森浩一、松原正毅と座談(「週刊朝日」)。九月、「瀬戸の手ざわりと海の豊饒」―林屋辰三郎と対談(「ゼピロス」)。十月十五日、「各代の文明の風の面白さ」―陳舜臣と対談(「アサヒグラフ」)。十一月、『街道をゆく 二十四 近江散歩・奈良散歩』(朝日新聞社)。

一九八五年(昭和六十) 六十二歳

一月、『街道をゆく 南蛮のみち―ザヴィエルを追って』(写真・長谷忠彦 朝日新聞社)。四月、「日本人と京都」―山崎正和と対談(「新潮45+」)、『日韓ソウルの友情―理解への道 part II』(座談会 共著 読売新聞社)、同月一日~五月十九日、「アメリカ素描 第一部」(「讀賣新聞」)。五月、『街道をゆく 二十五 中国・閩《びん》のみち』(朝日新聞社)。九月二十八日~十二月四日、「アメリカ素描 第二部」(「讀賣新聞」)。十月二十日、「白川の水は歴史の流れ」―堤清二と対談(「週刊朝日」)、同月、「師弟の風景―吉田松陰と正岡子規をめぐって」―大江健三郎と対談(「別冊文藝春秋」)。十一月、「なぜ、いま『日本の古代』か」―森浩一、大林太良と鼎談(「中央公論」)、『街道をゆく 二十六 嵯峨散歩、仙台・石巻』(朝日新聞社)。

一九八六年(昭和六十一) 六十三歳

三月、第三十七回NHK放送文化賞を受賞、同月、『日本歴史文学館 13 播磨灘物語』(講談社)、同月~一九九六年四月、「この国のかたち」(「文藝春秋」)。四月二十三日、「昭和の60年と日本人」―樋口陽一と対談(「讀賣新聞」)、『アメリカ素描』(読売新聞社)。五月八日~一九九六年二月十二日、「風塵抄」(「サンケイ新聞」)。六月、『ロシアについて―北方の原形』(文藝春秋)、『街道をゆく 二十七 因幡・伯耆のみち、檮原街道』(朝日新聞社)。九月、大阪国際児童文学館の理事長に就任、同月、「西郷隆盛の虚像と実像」

道』(朝日新聞社)。

和書房)。十一月、『街道をゆく　二十八　耽羅紀行』(朝日新聞社)。

―尾崎秀樹と対談(『西郷隆盛を語る』共著　大和書房)。十一月、『街道をゆく　二十八　耽羅紀行』(朝日新聞社)。

一九八七年(昭和六十二)　六十四歳

一月一日、「日本人と国際化」―陳舜臣と対談(「サンケイ新聞」)。二月、『ロシアについて―北方の原形』で第三十八回読売文学賞(随筆・紀行賞)を受賞、同月二日、「西洋の文明とリアリズム」―土方鉄と対談(「解放新聞」)、九日、十六日、「日本の選択」―大前研一と対談(「週刊朝日」)。八月、『昭和文学全集　18　大佛次郎・山本周五郎・松本清張・司馬遼太郎』(小学館)。九月、『街道をゆく　二十九　秋田県散歩・飛驒紀行』(朝日新聞社)。十月二十五日、「近代日本と新聞」―大岡信、水上健也と鼎談(「讀賣新聞」)、同月、『韃靼疾風録　上巻』(中央公論社)。十一月、『韃靼疾風録　下巻』(中央公論社)。

一九八八年(昭和六十三)　六十五歳

一月一日・八日合併号、十五日、「世界の天井(モンゴル)から眺めれば……せめぎ合う『文明』と『文化』」―開高健と対談(「週刊朝日」)。二月、「日本崩壊は地価暴騰に在り」―井上ひさしと対談(「小説現代」)。四月、和辻哲郎文化賞選考委員に就任、「多様な中世像・日本像―日本人の源流をさぐる」―網野善彦と対談(「中央公論」)。六月、『街道をゆく　三十　愛蘭土紀行　I』(朝日新聞社)、『街道をゆく　三十一　愛蘭土紀行　II』(朝日新聞社)。七月、「『坂の上の雲』をはじめとして、明治という時代がどういう時代であったかを明らかにした作家として」第十四回明治村賞を受賞。十月、『韃靼疾風録』で第十五回大佛次郎賞を受賞、「『近世』の発見」―ドナルド・キーン、山崎正和と鼎談(「中央公論」)。

一九八九年(昭和六十四/平成元)　六十六歳

一月六日・十三日合併号、「『アジア弧』再生のキー握る開放中国」―船橋洋一と対談(「週刊朝日」)、二十日、「内向アメリカの胸襟を開かせる発想」―船橋洋一と対談(「週刊朝日」)。三月、「もの狂いの美学」―大岡信、谷沢永一と鼎談

（「季刊アスティオン」）、『司馬遼太郎「街道をゆく」人名・地名録』（朝日新聞社）。五月、「洪庵のたいまつ」（『小学国語5年　下』大阪書籍）、「二十一世紀に生きる君たちへ」（『小学国語6年下』大阪書籍）。六月、母ナヲエ死去、日本近代文学館常務理事に就任、『街道をゆく　三十二阿波紀行　紀ノ川流域』（朝日新聞社）。八月、「我々はこんなに異なり、こんなに近づいた」―盧泰愚と対談（「文藝春秋」）。九月、『「明治」という国家』（日本放送出版協会）。十月、「日本、日本人、日本文化」―平山郁夫と対談（「プレジデント」）、同月～十一月、「時代が転回するとき」―野坂昭如と対談（「PLAYBOY」）。十一月、『街道をゆく　三十三　奥州白河・会津のみちほか』（朝日新聞社）。

一九九〇年（平成二）　六十七歳

一月一日、「モンゴルの人と歴史を語る」―江上波夫と対談（「讀賣新聞」）、四日、「歴史に学び、21世紀にのぞむ」―井上靖と対談（「東京新聞」）、五日、「〝いい感じ〟のドラマに」―小山内美江子、岡本由希子と鼎談（『NHKドラマ・ストーリー　翔ぶが如く』日本放送出版協会）、五日・十二日合併号、「ノモンハン、天皇、そして日本人」―アルヴィン・D・グックスと対談（「週刊朝日」）。三月、「『明治国家』から『公』なき平成を撃つ」―樋口陽一と対談（「月刊Asahi」）、『春灯雑記』）、『この国のかたち　一　一九八六～一九八七』（文藝春秋）。四月、『街道をゆく　三十四　中津・宇佐のみちほか』（朝日新聞社）。五月、「独創的頭脳を論ず―日本人は精神の電池を入れ直せ」―西澤潤一と対談（「文藝春秋」）。九月、『この国のかたち　二　一九八八～一九八九』（文藝春秋）。十一月、『東と西』（対談集　朝日新聞社）、同月二十六日～十二月四日、「モンゴル素描」（「讀賣新聞」夕刊）。

一九九一年（平成三）　六十八歳

一月四日・十一日合併号、「落語から見た上方と江戸」―桂米朝と対談（「週刊朝日」）。三月、日本中国文化交流協会の代表理事に就任、同月、「時代の風音が聞こえる」―堀田善衞、宮崎駿と鼎談（「エスクァイア　日本版」）、『街道をゆく　三十五　オランダ紀行』（朝日新聞社）。四月、「英国の経験　日本の知恵」―ヒュー・コータッツィと対談（「中央公論」）、同月～一九九二年二月、「草原の記」（「新潮45＋」）。七月、「近世人にとっての『奉公』」―朝尾直弘と対談（『日本の近世　第1巻』月報　中央公論社）。十月、『風塵抄』（中央公論社）。十一月、文化功労者として顕彰される、『春灯雑記』（朝日新聞社）。

一九九二年（平成四）　六十九歳

一月一日、「日本の針路　歴史に探る」―田中直毅と対談（「東京新聞」）。三月十日、「ロシア望見」―中村喜和と対談（「週刊朝日」）、同月、「『二十世紀人類』への処方箋」―堀田善衞、宮崎駿と鼎談（「エスクァイア　日本版」）。四月、『街道をゆく　三十六　本所深川散歩・神田界隈』（朝日新聞社）、『世界のなかの日本―十六世紀まで遡って見る』（ドナルド・キーンとの対談集　中央公論社）。五月、『この国のかたち　三　一九九〇～一九九二』（文藝春秋）。六月、『草原の記』（新潮社）。十月、「ユーモアで始めれば」―アルフォンス・デーケンと対談（「別冊文藝春秋」）、「民族の原像、国家のかたち」―梅棹忠夫と対談（「現代」）。十一月、『時代の風音』（堀田善衞、宮崎駿との鼎談集　UPU）。十二月十六日、「新聞の歴史と可能性」―田中豊蔵と対談（「朝日新聞」）、同月、『街道をゆく　三十七　本郷界隈』（朝日新聞社）。

一九九三年（平成五）　七十歳

一月一日・八日合併号、十五日、「新宿の万葉集」―リービ英雄と対談（「週刊朝日」）、同月、「二十世紀末の闇と光」―井筒俊彦と対談（「中央公論」）。三月、『八人との対話』（対談集　文藝春秋）。八月、「文明のかたち」―F・ギブニーと対談（「文藝春秋」）、『街道をゆく　三十八　オホーツク街道』（朝日新聞社）。十月、『十六の話』（中央公論社）。十一月、文化勲章を授与される。十二月、『デジタルブック「街道をゆく　1　長州路ほか」』（朝日新聞社）。

一九九四年（平成六）　七十一歳

一月七日・十四日合併号、「騎馬民族は来たのか」―佐原真と対談（「週刊朝日」）、二十一日、「縄文人たちの足跡」―佐原真と対談（「週刊朝日」）。二月、『街道をゆく　三十九　ニューヨーク散歩』（朝日新聞社）。五月六日・十三日合併号、「街道をゆく台湾紀行　場所の苦しみ　台湾人に生まれた悲哀」―李登輝と対談（「週刊朝日」）。七月、『この国のかたち　四　一九九二〜一九九三』（文藝春秋）。十一月、『街道をゆく　四十　台湾紀行』（朝日新聞社）。

一九九五年（平成七）　七十二歳

一月一日、「地球時代の混迷を超えて」―梅棹忠夫と対談（「産経新聞」）、六日・十三日合併号、「アメリカから来た日本美の守り手」―アレックス・カーと対談（「週刊朝日」）。二月、「縄文人の精神世界」―佐原真と対談（「現代」）。四月二日、九日、「戦後50年を語る」―半藤一利と対談（「毎日新聞」）。六月、「宗教と日本人」―井上ひさしと対談（「現代」）、「日本という国家―『近代の終焉』に明治を考える」―坂野潤治と対談（「世界」）。七月、「『昭和』は何を誤ったか」―井上ひさしと対談（「現代」）、『九つの問答』（対談集朝日新聞社）。九月、「よい日本語、悪い日本語」―井上ひさしと対談（「現代」）。十月、「昭和の道に井戸を訪ねて」―鶴見俊輔と対談（「思想の科学」）。十一月、『街道をゆく　四十一　北のまほろば』（朝日新聞社）。

一九九六年（平成八）

一月一日、「日本人のこころの行方」―河合隼雄と対談（「産経新聞」）、五日・十二日合併号、「トトロの森での立ち話」―宮崎駿と対談（「週刊朝日」）、同月、「日本人の器量を問う」―井上ひさしと対談（「現代」）、「雪の砂漠の地　青森」―長部日出雄と対談（「小説新潮」）。二月十日、午前零時四十五分ごろ、東大阪市下小阪の自宅で吐血。十一日、救急車で搬入された国立大阪病院（大阪市中央区法円坂町）で緊急手術を受けたが、十二日、午後八時十五分、腹部大動脈瘤破裂のため死去。十三日、正午から自宅にて密葬告別式を挙行。法名「遼望院釈浄定」。三月十日、大阪ロイヤルホテル（大阪市北区中之島）で、「司馬遼太郎さんを送る会」を開催。三千三百名が参集。同月一日、「日本人への遺言　住専問題は経済敗戦だ」―田中直毅と対談（「週刊朝日」）、同月八日、「国の舵とりを大蔵省にまかせていいのか」―田中直毅と対談（「週刊朝日」）、同月、『この国のかたち　五　一九九四～一九九五』（文藝春秋）。四月、「異国と鎖国」―ロナルド・トビと対談（『一冊の本』）。五月、『風塵抄　二』（中央公論社）。六月、『街道をゆく　四十二　三浦半島記』（朝日新聞社）。七月、『国家・宗教・日本人』（井上ひさしとの対談集　講談社）。九月、『この国のかたち　六　一九九六』（文藝春秋）。十一月、財団法人司馬遼太郎記念財団発足、同月二十日、「司馬遼太郎が語る日本―未公開講演録愛蔵版」（「週刊朝日」増刊号）、同月、『街道をゆく　四十三　濃尾参州記』（朝日新聞社）。

一九九七年（平成九）

二月、『日本人への遺言』（対談集　朝日新聞社）。三月、『日本とは何かということ―宗教・歴史・文明』（山折哲雄との共著　日本放送出版協会）。七月二十日、「司馬遼太郎が語る日本―未公開講演録愛蔵版II」（「週刊朝日」増刊号）。十二月十日、「司馬遼太郎が語る日本―未公開講演録愛蔵版III」（「週刊朝日」増刊号）。

一九九八年（平成十）

三月、『「昭和」という国家』（日本放送出版協会）、『司馬遼太郎―アジアへの手紙』（集英社）。八月二日、浄土真宗本願寺派大谷本廟・南谷（京都市東山区五条橋東）に墓碑完成（新聞記者として六年間、青春時代を過ごした地）、納骨法要が営まれる。十日、「司馬遼太郎が語る日本―未公開講演録愛蔵版IV」（「週刊朝日」増刊号）。十月、『歴史と風土』（文春文庫）、同月～二〇〇〇年三月、『司馬遼太郎全集』（第三期　全十八巻　文藝春秋）。十一月、『司馬遼太郎が語る雑誌言論一〇〇年』（共著　中央公論社）。十二月、『人間というもの』（PHP研究所）。

一九九九年（平成十一）

二月十五日、「司馬遼太郎が語る日本―未公開講演録愛蔵版V」（「週刊朝日」増刊号）。七月五日、「司馬遼太郎が語る日本―未公開講演録愛蔵版VI」（「週刊朝日」増刊号）。十二月十五日、「司馬遼太郎からの手紙」（「週刊朝日」増刊号）。

二〇〇〇年（平成十二）

二月、『もうひとつの「風塵抄」―司馬遼太郎・福島靖夫　往復手紙』（中央公論新社）。七月、『司馬遼太郎全講演　1964～1983　第一巻』（朝日新聞社）。八月、『司馬遼太郎全講演　1984～1989　第二巻』（朝日新聞社）。九月、『司馬遼太郎全講演　1990～1995　第三巻』（朝日新聞社）。十月十日、「司馬遼太郎からの手紙　完結編」（「週刊朝日」増刊号）。

二〇〇一年（平成十三）

二月、中短編集『ペルシャの幻術師』（文春文庫）、『フォト・ドキュメント　歴史の旅人　司馬遼太郎のテムズ紀行など』（日本放送出版協会）。三月、『以下、無用のことながら』（文藝春秋）。九月、『司馬遼太郎が考えたこと　1　エッセイ1953.10～1961.10』（新潮社）。十一月一日、司馬遼太郎記念館開館（東大阪市下小阪三丁目十一番十八号）、同月、『司馬遼太郎が考えたこと　2　エッセイ　1961.10～1964.10』（新潮社）。十二月、『司馬遼太郎が考えたこと　3　エッセイ　1964.10～1968.8』（新潮社）、『「司馬遼太郎・街道をゆく」エッセンス&インデックス　単行本・文庫判両用総索引』（朝日新聞社）。

二〇〇二年（平成十四）

一月、『司馬遼太郎が考えたこと　4　エッセイ　1968.9～1970.2』（新潮社）。二月、『司馬遼太郎が考えたこと　5　エッセイ　1970.2～1972.4』（新潮社）。三月、『司馬遼太郎が考えたこと　6　エッセイ　1972.4～1973.2』（新潮社）。四月、『司馬遼太郎が考えたこと　7　エッセイ　1973.2～1974.9』（新潮社）。五月、『司馬遼太郎が考えたこと　8　エッセイ　1974.10～1976.9』（新潮社）、『朝日選書 703　司馬遼太郎　旅のことば』（朝日新聞社）。六月、『司馬遼太郎が考えたこと　9　エッセイ　1976.9～1979.4』（新潮社）。七月、『司馬遼太郎が考えたこと　10　エッセイ　1979.4～1981.6』（新潮社）。八月、『司馬遼太郎全舞台』（中央公論新社）、『司馬遼太郎が考えたこと　11　エッセイ　1981.7～1983.5』（新潮社）。九月、『司馬遼太郎が考えたこと　12　エッセイ　1983. 6～1985. 1』（新潮社）。十月、『司馬遼太郎が考えたこと　13　エッセイ　1985. 1～1987. 5』（新潮社）。十一月、『司馬遼太郎が考えたこと　14　エッセイ　1987. 5～1990. 10』（新潮社）、『司馬遼太郎対話選集　1　この国のはじまりについて』（文藝春秋）。十二月、『司馬遼太郎が考えたこと　15　エッセイ　1990. 10～1996. 2』（新潮社）、『司馬遼太郎対話選集　2　歴史を動かす力』（文藝春秋）。

二〇〇三年（平成十五）

一月、『司馬遼太郎対話選集　3　日本文明のかたち』（文藝春秋）。三月、『司馬遼太郎対話選集　4　日本人とは何か』（文藝春秋）、『司馬遼太郎対話選集　5　アジアの中の日本』（文藝春秋）。

（紙幅の関係上、新聞、週刊誌、月刊雑誌に掲載された随筆、評論、講演、その他を割愛した）

『司馬遼太郎全集』（文藝春秋）年譜、「司馬遼太郎が愛した世界」展（神奈川文学振興会）年譜を参考にさせていただいた。

（平成17年2月）

おことわり

本作品中には、今日では差別表現として好ましくない用語が使用されています。

しかし、江戸時代を背景にしている時代小説であることを考え、これらの「ことば」の改変は致しませんでした。読者の皆様のご賢察をお願いします。

（出版部）

新装版《しんそうばん》　真説宮本武蔵《しんせつみやもとむさし》

司馬遼太郎《しばりようたろう》

講談社文庫

定価はカバーに
表示してあります

2006年4月15日第1刷発行

発行者――野間佐和子
発行所――株式会社　講談社
東京都文京区音羽2-12-21　〒112-8001
電話　出版部（03）5395-3510
　　　販売部（03）5395-5817
　　　業務部（03）5395-3615

デザイン―菊地信義
本文データ制作―講談社プリプレス制作部
印刷―――慶昌堂印刷株式会社
製本―――株式会社国宝社

Printed in Japan

落丁本・乱丁本は購入書店名を明記のうえ、小社業務部あてにお送りください。送料は小社負担にてお取替えします。なお、この本の内容についてのお問い合わせは文庫出版部あてにお願いいたします。

ISBN4-06-275371-5

講談社文庫刊行の辞

二十一世紀の到来を目睫に望みながら、われわれはいま、人類史上かつて例を見ない巨大な転換期をむかえようとしている。

世界も、日本も、激動の予兆に対する期待とおののきを内に蔵して、未知の時代に歩み入ろうとしている。このときにあたり、創業の人野間清治の「ナショナル・エデュケイター」への志を現代に甦らせようと意図して、われわれはここに古今の文芸作品はいうまでもなく、ひろく人文・社会・自然の諸科学から東西の名著を網羅する、新しい綜合文庫の発刊を決意した。

激動の転換期はまた断絶の時代である。われわれは戦後二十五年間の出版文化のありかたへの深い反省をこめて、この断絶の時代にあえて人間的な持続を求めようとする。いたずらに浮薄な商業主義のあだ花を追い求めることなく、長期にわたって良書に生命をあたえようとつとめるところにしか、今後の出版文化の真の繁栄はあり得ないと信じるからである。

同時にわれわれはこの綜合文庫の刊行を通じて、人文・社会・自然の諸科学が、結局人間の学にほかならないことを立証しようと願っている。かつて知識とは、「汝自身を知る」ことにつきていた。現代社会の瑣末な情報の氾濫のなかから、力強い知識の源泉を掘り起し、技術文明のただなかに、生きた人間の姿を復活させること。それこそわれわれの切なる希求である。

われわれは権威に盲従せず、俗流に媚びることなく、渾然一体となって日本の「草の根」をかたちづくる若く新しい世代の人々に、心をこめてこの新しい綜合文庫をおくり届けたい。それは知識の泉であるとともに感受性のふるさとであり、もっとも有機的に組織され、社会に開かれた万人のための大学をめざしている。大方の支援と協力を衷心より切望してやまない。

一九七一年七月

野間省一

酒井順子　結婚疲労宴
酒井順子　ホメるが勝ち！
酒井順子　少子
佐野洋子　嘘ばっか〈新釈・世界おとぎ話〉
佐野洋子　猫ばっか
佐野洋子　コッコロから
佐川芳枝　寿司屋のかみさんうちあけ話
佐川芳枝　寿司屋のかみさんおいしい話
佐川芳枝　寿司屋のかみさんとっておき話
佐川芳枝　寿司屋のかみさんお客さま控帳
佐川芳枝　寿司屋のかみさん、エッセイストになる
桜木もえ　ばたばたナース秘密の花園
桜木もえ　ばたばたナース美人の花道
桜木もえ　純情ナースの忘れられない話
斎藤貴男　バブルの復讐〈精神の瓦礫〉
佐藤賢一　二人のガスコン(上)(中)(下)
佐藤賢一　ジャンヌ・ダルクまたはロメ
笹生陽子　ぼくらのサイテーの夏
笹生陽子　きのう、火星に行った。

佐伯泰英　変《へん》化《げ》〈交代寄合伊那衆異聞〉
佐伯泰英　雷鳴〈交代寄合伊那衆異聞〉
司馬遼太郎　王城の護衛者
司馬遼太郎　俄《にわか》〈浪華遊侠伝〉
司馬遼太郎　妖怪
司馬遼太郎　尻《しり》啖《くら》え孫市
司馬遼太郎　真説宮本武蔵
司馬遼太郎　風の武士(上)(下)
司馬遼太郎　戦雲の夢
司馬遼太郎　最後の伊賀者
司馬遼太郎　新装版　播磨灘物語　全四冊
司馬遼太郎　新装版　箱根の坂(上)(中)(下)
司馬遼太郎　新装版　アームストロング砲
司馬遼太郎　新装版　歳月(上)(下)
司馬遼太郎　新装版　おれは権現
司馬遼太郎　新装版　大坂侍
司馬遼太郎　新装版　北斗の人(上)(下)
司馬遼太郎　新装版　軍師二人
司馬遼太郎
海音寺潮五郎　日本歴史を点検する

司馬遼太郎
陳舜臣
金達寿　歴史の交差路にて〈日本・中国・朝鮮〉
司馬遼太郎
井上ひさし　国家・宗教・日本人
柴田錬三郎　岡っ引どぶ　正・続〈柴錬捕物帖〉
柴田錬三郎　お江戸日本橋(上)(下)
柴田錬三郎　三国志〈柴錬痛快文庫〉
柴田錬三郎　江戸っ子侍(上)(下)
柴田錬三郎　貧乏同心御用帳
城山三郎　ビッグボーイの生涯〈五島昇その人〉
城山三郎　この命、何をあくせく
白石一郎　火炎城
白石一郎　鷹ノ羽の城
白石一郎　銭の城
白石一郎　びいどろの城
白石一郎　庖丁ざむらい〈十時半睡事件帖〉
白石一郎　観音妖女〈十時半睡事件帖〉
白石一郎　刀〈十時半睡事件帖〉
白石一郎　犬を飼う武士〈十時半睡事件帖〉
白石一郎　出世長屋〈十時半睡事件帖〉
白石一郎　おんな舟〈十時半睡事件帖〉

講談社文庫　目録

白石一郎　東海道をゆく〈十時半睡事件帖〉
白石一郎　海よ島よ〈歴史紀行〉
白石一郎　乱世を斬る〈歴史エッセイ〉
白石一郎　海将(上)(下)
白石一郎　蒙古襲来〈海から見た歴史〉
志水辰夫　帰りなん、いざ
志水辰夫　花ならアザミ
志水辰夫　負け犬
新宮正春　抜打ち庄五郎
島田荘司　占星術殺人事件
島田荘司　殺人ダイヤルを捜せ
島田荘司　火刑都市
島田荘司　網走発遙かなり
島田荘司　御手洗潔の挨拶
島田荘司　死者が飲む水
島田荘司　斜め屋敷の犯罪
島田荘司　ポルシェ911《ナインイレブン》の誘惑
島田荘司　御手洗潔のダンス
島田荘司　本格ミステリー宣言
島田荘司　本格ミステリー宣言II〈ハイブリッド・ヴィーナス論〉
島田荘司　暗闇坂の人喰いの木
島田荘司　水晶のピラミッド
島田荘司　自動車社会学のすすめ
島田荘司　眩（めまい）暈
島田荘司　異邦の騎士
島田荘司　アトポス
島田荘司　改訂完全版 異邦の騎士
島田荘司　島田荘司読本
島田荘司　御手洗潔のメロディ
島田荘司　Pの密室
塩田潮　郵政最終戦争
清水義範　蕎麦《そば》ときしめん
清水義範　国語入試問題必勝法
清水義範　永遠のジャック&ベティ
清水義範　深夜の弁明
清水義範　ビビンパ
清水義範　お金物語
清水義範　単位物語
清水義範　神々の午睡(上)(下)
清水義範　私は作中の人物である
清水義範　春高楼の
清水義範　イエスタデイ
清水義範　今どきの教育を考えるヒント
清水義範　人生うろうろ
清水義範　青二才の頃〈回想の'70年代〉
清水義範　日本ジジババ列伝
清水義範　日本語必笑講座
清水義範　ゴミの定理
清水義範　目からウロコの教育を考えるヒント
清水義範　世にも珍妙な物語集
清水義範　ザ・勝負
清水義範 西原理恵子・え　おもしろくても理科
清水義範 西原理恵子・え　もっとおもしろくても理科
清水義範 西原理恵子・え　どうころんでも社会科
清水義範 西原理恵子・え　もっとどうころんでも社会科
清水義範 西原理恵子・え　いやでも楽しめる算数
清水義範 西原理恵子・え　はじめてわかる国語

2006年3月15日現在

「司馬遼太郎記念館」への招待

司馬遼太郎記念館は自宅と隣接地に建てられた安藤忠雄氏設計の建物で構成されている。広さは、約2300平方メートル。2001年11月に開館した。

数々の作品が生まれた自宅の書斎、四季の変化を見せる雑木林風の自宅の庭、高さ11メートル、地下1階から地上2階までの三層吹き抜けの壁面に、資料本や自著本など2万余冊が収納されている大書架、……などから一人の作家の精神を感じ取っていただく構成になっている。展示中心の見る記念館というより、感じる記念館ということを意図した。この空間で、わずかでもいい、ゆとりの時間をもっていただき、来館者ご自身が思い思いにしばし考える時間をもっていただきたい、という願いを込めている。（館長　上村洋行）

利用案内

所在地　大阪府東大阪市下小阪3丁目11番18号　〒577-0803
TEL　06-6726-3860，06-6726-3859（友の会）
HP　http://www.shibazaidan.or.jp
開館時間　10:00～17:00（入館受付は16:30まで）
休館日　毎週月曜日（祝日・振替休日の場合は翌日が休館）
特別資料整理期間（9/1～10）、年末・年始（12/28～1/4）
※その他臨時に休館することがあります。

入館料

	一般	団体
大人	500円	400円
高・中学生	300円	240円
小学生	200円	160円

※団体は20名以上
※障害者手帳を持参の方は無料

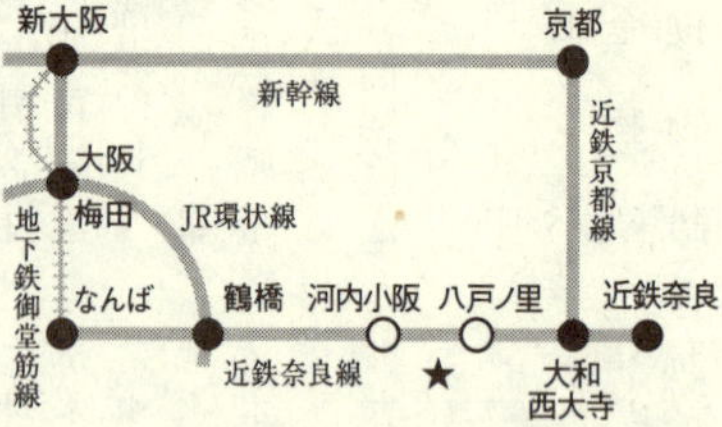

アクセス　近鉄奈良線「河内小阪駅」下車、徒歩12分。「八戸ノ里駅」下車、徒歩8分。
Ⓟ5台　大型バスは近くに無料一時駐車場あり。但し事前にご連絡ください。

記念館友の会　ご案内

友の会は司馬作品を愛し、記念館を支えてくださる会員の皆さんとのコミュニケーションの場です。会員になると、会誌「遼」（年4回発行）をお届けします。また、講演会、交流会、ツアーなど、館の行事に会員価格で参加できるなどの特典があります。

年会費　一般会員3000円　サポート会員1万円　企業サポート会員5万円

お申し込み、お問い合わせは友の会事務局まで

TEL 06-6726-3859　FAX 06-6726-3856